2

Paul Louis Fayolle

Dadada avait frappé à la porte de ma chambre, et comme je ne répondais pas, elle tourna la poignée de ses mains calleuses et ouvrit. D'abord elle fut surprise de mes gémissements. Mais elle ne les prit pas au sérieux :

— Debout, fiston. C'est l'heure du collège. Tu ne vas pas rester là à dormir tout le jour ?

Comme mes gémissements continuaient, elle s'approcha du lit et s'étonna de ma torpeur. Jamais je n'avais été de ces enfants paresseux. Je devais me lever, hop ! je me levais.

Dadada s'approcha plus près du lit et s'inquiéta en voyant mes yeux congestionnés. Tout de suite, elle posa la main sur mon front et grommela, préoccupée :

— *Credo !* Mon saint François du Canindé ! Ce petit est brûlant de fièvre.

Elle ferma ma veste de pyjama et tira les couvertures sur moi. Elle sortit rapidement pour chercher de l'aide.

La somnolence s'emparait à nouveau de mes yeux. Ma faiblesse était si grande que je ne sentais même pas mes bras. Ma mère arrivait en protestant :

— Il doit encore mijoter quelque chose. Il cherche un prétexte pour manquer le collège et ne pas étudier son piano aujourd'hui.

Mais quand elle toucha mon front, elle changea d'avis. Et aussitôt d'accuser tout. Ce sont ses amygdales. Il s'est endormi avec la fenêtre entrouverte et la fraîcheur du matin lui a donné la grippe. Il ne manquait plus que ça.

Déjà Dadada s'agitait. Elle prenait mon parti :

— Pauvret. Il est malade, ce gamin. Toujours si sage, si tranquille. On va attendre que le docteur rentre de la messe.

Quand mon père revint de la messe, il n'eut pas une hésitation :

— Une pneumonie, et une bonne.

Là, ce fut un branle-bas général. Pharmacie. Piqûres. Cachets...

Le LIVRE de POCHE

Jeunesse

Mon bel oranger

ALLONS RÉVEILLER LE SOLEIL

DU MÊME AUTEUR DANS
Le Livre de Poche Jeunesse

Mon bel oranger
Le palais japonais

José Mauro de Vasconcelos

ALLONS RÉVEILLER LE SOLEIL

Traduit du brésilien
par Alice Raillard

HACHETTE
Jeunesse

L'édition originale de ce roman
a paru en langue portugaise
sous le titre :
VAMOS AQUECER O SOL

Pour
D. Antonietta Rudge
Ciccilo Matarazzo
Luizinho Bezerra
et
Wagner Felipe de Souza Weidebach,
le « grand ami ».
Et aussi
pour
Joaquim Carlos de Mello

« Ce ne sont pas seulement les liens du sang qui forment la parenté, mais ceux du cœur et de l'intelligence. »

MONTESQUIEU

Première Partie

Maurice et moi

1

La métamorphose

Tout à coup, mes yeux n'étaient plus dans l'obscurité. Mon cœur de onze ans sursauta de peur dans ma poitrine.

— Mon-Petit-Jésus-avec-l'agneau-sur-vos-épaules, protégez-moi !

La lumière grandissait. Encore. Encore. Et plus elle grandissait, plus augmentait ma peur ; si j'avais voulu crier, je n'y serais pas parvenu.

Tout le monde dormait paisiblement. Toutes les chambres fermées respiraient le silence.

Je m'assis dans mon lit, le dos contre le mur. Mes yeux regardaient si fort qu'ils sortaient presque de leur orbite.

J'aurais voulu prier, invoquer tous mes saints protecteurs, mais pas même le nom de Notre-Dame de Lourdes ne sortait de ma bouche. Ce devait être le diable. Le diable dont on me menaçait tant. Mais si c'était lui, la lumière n'aurait pas la couleur de la lampe, elle aurait une couleur de feu et de sang, et il y aurait certainement une odeur de soufre. Je ne pouvais même pas appeler au secours le frère Feliciano, mon Fayolle chéri. À cette heure, Fayolle devait être dans son troisième sommeil, en train de ronfler comme un bienheureux, là-bas, au collège des Maristes.

Une douce petite voix se fit entendre :

— N'aie pas peur, mon enfant. Je suis venu pour t'aider.

Mon cœur battait maintenant contre le mur et ma voix réussit à sortir, faible et tremblante comme le premier chant d'un jeune coq :

— Qui es-tu ? Une âme de l'autre monde ?

— Non, nigaud.

Et un rire bienveillant résonna dans la chambre.

— Je vais faire plus de lumière, mais ne t'inquiète pas, rien de mauvais ne peut arriver.

Je dis un oui hésitant, mais je fermai les yeux.

— Comme ça, ce n'est pas de jeu, mon ami. Tu peux les rouvrir.

Je risquai un œil, puis l'autre. La chambre avait une lumière si belle que je pensai que j'étais mort et que je me trouvais au paradis. Mais ça, c'était impossible. À la maison, tout le monde disait que le ciel n'était pas pour moi. Les gens comme moi allaient droit dans les chaudières de l'enfer, se faire griller.

— Regarde-moi. Je suis laid, mais tu liras dans mes yeux qu'on peut me faire confiance.

— Où cs-tu ?

— Ici, au pied du lit.

Je m'approchai du bord et m'armai de courage pour regarder. Ce que je vis m'emplit de panique. J'étais si horrifié qu'un frisson me parcourut de la tête aux pieds, comme une fermeture Éclair. Je repris en tremblant ma position première.

— Ça non, mon enfant. Je suis très laid, je sais. Mais si tu as si peur, je vais m'en aller sans t'aider.

Sa voix était devenue suppliante et je résolus de me dominer. Mais c'est sans empressement que je me traînai de son côté.

— Pourquoi tant de crainte ?

— Mais tu es un crapaud !

— Oui. Et alors ?

— Mais tu ne pourrais pas être autre chose ?

— Un serpent ? Un crocodile ?

— Je préférerais, parce que les serpents c'est joli, c'est tout lisse. Et les crocodiles sont très beaux quand ils nagent.

— Excuse-moi, mais je ne suis qu'un pauvre crapaud-cururu, ton ami. Bon, si ça t'est désagréable, je m'en irai. Pourtant, je le répète : c'est dommage.

Le gros crapaud tacheté était si triste et si ému que pour un peu il aurait pleuré. Cela m'attendrit, parce que j'étais si sensible que, lorsque je voyais quelqu'un pleurer ou souffrir, j'avais aussitôt les yeux pleins de larmes.

— D'accord. Mais laisse-moi respirer un grand coup, après ça ira, je commence à m'habituer à toi.

Effectivement, les choses commençaient à changer. Peut-être à cause de l'éclat doux de ses yeux et de l'immobilité de son corps affreux. Je risquai une phrase de sympathie. La phrase sortit en bégayant. Quelque chose me poussait à le vouvoyer.

— Comment vous appelez-vous ?

Il sourit. Il était évident que ce vouvoiement l'étonnait. Mais ce n'est pas tous les jours qu'on rencontre un crapaud qui parle. Ça m'imposait le respect.

Il se gratta la tête et répondit :

— Adam.

— Adam quoi ?

— Simplement Adam. Je n'ai pas de nom de famille.

Ma sensibilité fit encore des siennes. Pourquoi diable fallait-il que je m'émeuve pour un crapaud ?

— Vous ne voulez pas porter le mien ? Ça ne

m'ennuie pas. Regardez comme c'est joli : Adam dc Vasconcelos.

— Merci, mon ami. D'une certaine façon, je vais habiter si près de toi qu'indirectement je profiterai de ton nom.

Avais-je bien entendu ce qu'il avait dit ? Habiter avec moi ? Dicu du ciel, Notre-Dame des Mangabas ! Si ma mère adoptive le voyait dans ma chambre, elle pousserait un cri qui irait retentir jusqu'à la plage de Ponta Negra. Ensuite, elle appellerait Isaura avec son balai et le précipiterait en bas des escaliers. Et comme si ça ne suffisait pas, Isaura devrait attraper Adam par ses petites pattes et le jeter du haut de l'esplanade de Petropolis.

— Je devine ce que tu penses. Mais il n'y a pas de danger.

— Tant mieux !

Je respirai, soulagé.

— Et toi, comment dois-je t'appeler ? Zézé ?

— Je vous en prie ; Zézé n'existe plus. C'était le petit garçon stupide d'autrefois. C'était un nom de gamin des rues... Maintenant, j'ai beaucoup changé. Je suis un enfant poli, bien élevé...

— Et triste. Surtout triste. Peut-être un des enfants les plus tristes du monde, non ?

— Je sais.

— Tu aimerais redevenir Zézé ?

— Rien ne revient dans la vie. D'une certaine

façon, j'aimerais. D'une autre, non. Cette histoire de me faire tant battre et d'avoir faim...

Il me revenait cette vieille douleur qui voulait toujours me poursuivre. Recommencer à être Zézé, à avoir un pied d'oranges douces, perdre à nouveau le Portugâ ?...

— Avoue la vérité. En ce temps-là, tu avais une chose que tu ne ressens plus depuis longtemps. Une chose toute petite et très bonne : la tendresse.

Je fis oui de la tête, découragé.

— Tout n'est pas perdu. Tu possèdes encore la tendresse des choses, sinon tu ne serais pas en train de bavarder avec moi.

Il marqua une pause et ajouta avec beaucoup de sérieux :

— Écoute, Zézé, je suis ici pour ça. Je suis venu t'aider. T'aider à te défendre de tout dans la vie. Et tu ne vas plus souffrir autant d'être un enfant très seul... et d'étudier le piano.

Comment Adam avait-il découvert que j'étudiais le piano ? Et que c'était un des plus grands martyres de ma vie ?

— Je sais tout, Zézé. Je suis venu pour ça. Je vais habiter dans ton cœur et te protéger. Tu ne me crois pas ?

— Si, je vous crois. Une fois, dans ma vie, j'ai déjà eu un oiseau dans ma poitrine qui chantait avec moi les choses les plus belles du monde.

— Et où est-il ?

— Il s'est envolé. Il est parti.

— Ça signifie donc que tu as une place vide pour me cacher.

Je ne savais que penser. Je n'aurais pu dire si je rêvais ou si je vivais un prodige. J'étais tout maigre et j'avais une poitrine creuse avec des côtes comme des arceaux de croquet. Comment allait y tenir un si gros crapaud ? Une nouvelle fois, il devina mes pensées :

— Je me ferai tout petit dans ton cœur, tu ne sentiras rien.

Voyant mon hésitation, il m'expliqua encore :

— Écoute, Zézé, si tu m'acceptes avec toi, tout va être plus facile. Je veux t'apprendre une vie nouvelle, te défendre de tout ce qui est mauvais et balayer peu à peu ce voile de tristesse qui te poursuit toujours. Tu découvriras que, même seul, tu ne souffriras plus autant.

— Il le faut vraiment ?

— Il le faut pour que, dans la vie, tu ne sois pas un homme très seul. Quand j'habiterai dans ton cœur, un nouvel horizon s'ouvrira. Tu constateras une métamorphose dans ta vie.

— Qu'est-ce que c'est, une métamorphose ?

— Un changement. Une transformation.

— Je comprends.

La vérité, c'est que je comprenais aussi que je

n'avais plus du tout peur, plus du tout horreur du crapaud-cururu. J'avais même l'impression que nous étions amis depuis deux cents ans.

— Et si j'accepte ?

— Tu vas accepter.

— Que devrai-je faire ?

— Toi, rien. C'est moi qui ferai tout. Tu devras seulement avoir beaucoup de courage et de volonté pour me laisser pénétrer dans ta poitrine.

J'étais tout frissonnant, comme si un courant électrique m'avait chatouillé les pieds.

— Par la bouche ?

— Non, nigaud. Il n'y aurait d'ailleurs pas la place.

— Alors comment ?

— Tu fermeras les yeux et je me coucherai sur ta poitrine, et je vais pénétrer, pénétrer...

— Et ça ne fait pas mal ?

— Pas du tout. Je ferai descendre sur tes yeux une grande somnolence.

Je luttais contre ma peur. Je sentais déjà sur ma peau le froid glacial de son ventre visqueux. Adam continua à lire dans mes pensées.

— Donne-moi ta main.

J'obéis avec des sueurs froides.

— Tu vas sentir que la mienne aussi est douce.

Un miracle se produisait. La main du cururu avait

grandi, elle avait la taille de la mienne et elle possédait une chaleur amicale et tendre.

— Tu vois ?

Avec les doigts, j'examinai toute sa paume. Je me sentais perplexe :

— Vous aussi, vous étudiez le piano ?

Il eut un rire réjoui :

— Pourquoi ?

— Parce que vous n'avez pas un seul cal dans la main. Je suis pareil : je ne peux pas monter aux arbres, pas m'écorcher les doigts, je ne peux même pas faire craquer mes articulations. Tout ça, c'est interdit pour ne pas gâter mes exercices de piano.

Je soupirai, découragé.

— Tu vois ? Tu as besoin de moi.

— Et un jour, je cesserai d'étudier le piano ?

— Tu détestes tant que ça la musique ?

— Ce n'est pas que je n'aime pas. Ce que je n'aime pas, c'est passer ma vie sur ce clavier. Dans une éternité d'exercices, de gammes qui n'en finissent plus.

Là, je me rappelai une chose :

— Vous savez, *seu* Adam, j'aime bien la gamme chromatique.

— Je sais, *seu* Zézé.

Je découvrais maintenant que nous étions trop familiers pour que je lui dise « vous ».

Nous nous mîmes à rire en même temps.

— Est-ce que tu m'aideras à cesser d'étudier le piano ?

— Voyons, Zézé. Ça, je ne peux pas te le promettre. Peut-être trouverai-je un moyen pour que tu n'en souffres pas trop.

— C'est déjà quelque chose.

Il me regardait d'en bas avec une certaine insistance. Il regarda son bracelet-montre comme pour me rappeler que les heures passaient.

Je n'avais plus à hésiter. Le seul fait de ne plus m'ennuyer au piano avait hâté ma décision.

— Que dois-je faire ?

— Ouvre ta veste de pyjama et n'aie pas peur.

— Je n'aurai pas peur.

— Maintenant, tu dois m'aider. Jette le bout du drap par terre et soulève-moi.

Ça y était. Adam se trouvait maintenant tout près de moi. À la lumière, ses yeux avaient pris la couleur du bleu du ciel quand le ciel est très bleu. Je ne le trouvais plus si laid ni si déplaisant.

— Je veux que tu me dises la vérité. Ça va faire mal ?

— Absolument pas.

— Mais tu ne vas pas manger mon cœur ?

— Si, mais tout doucement, comme si je mâchais un nuage.

— Et si un jour mon père me fait une radiographie ?

— Personne ne découvrira rien. Parce que, avec le temps, je vais devenir un cœur de la forme exacte de celui que tu avais auparavant.

— Je veux tout voir.

— Tu ne préfères pas dormir ?

— Non. Je vais m'adosser au mur et me pencher un peu pour bien suivre.

— Alors je vais faire en sorte que tu entendes une musique très belle.

— Je peux choisir ?

— Tu peux.

— Je voudrais écouter la *Sérénade* de Schubert et *Rêverie* de Schumann.

— Au piano ?

— Oui.

Adam passa la main sur mes cheveux et sourit.

— Zézé ! Zézé ! Avoue que tu ne détestes pas tant que ça le piano...

— Quelquefois, je trouve ça joli.

— On y va ?

— On y va.

Une belle musique commença à jouer. Adam se coucha sur ma poitrine et tout était doux comme le vent.

— Au revoir.

Je le vis appuyer sa bouche sur ma poitrine et commencer à pénétrer. Adam n'avait pas menti. Ça ne faisait pas mal et tout se passait rapidement. Il n'y avait bientôt plus que ses petites pattes qui disparaissaient dans ma chair. Je passai la main, l'endroit était bien lisse. Pourtant, mon cœur battait avec anxiété. J'attendis un peu et n'y tins plus.

— Adam, tu es là ?

Sa voix, maintenant, me parvenait plus basse :

— Je suis là, Zézé.

— Tu as déjà mangé mon cœur ?

— Je le mange. Mais je ne peux pas parler la bouche pleine. Attends une minute.

J'obéis en comptant sur mes doigts. Ç'allait être formidable. Personne ne pourrait deviner que je n'avais plus un cœur comme tout le monde. Mais un crapaud-cururu, mon ami.

— Ça y est ?

— Terminé. C'était bon. Maintenant, tu dois dormir, et demain sera un jour nouveau.

Je m'étirai, plein de bonheur. Je remontai la couverture pour mettre au chaud ma poitrine et mon cœur qui battait régulièrement et sans crainte aucune.

Une chose me fit m'asseoir d'un bond dans mon lit.

— Qu'y a-t-il, Zézé ?

— C'est que tu as oublié d'éteindre la lumière.

— Je vais t'apprendre comment faire. Gonfle bien tes joues et souffle.

J'obéis et tout redevint obscur dans ma chambre.

Le sommeil venait, fermant lourdement mes paupières. Et je souriais.

— Adam, tu dors ?

— Non, pourquoi ?

— Merci pour tout. Et tu peux m'appeler Zézé tout le temps. Même quand je serai devenu un homme. Tu peux, j'aime bien. D'accord ?

La réponse venait, lointaine, lointaine, on ne l'entendait presque plus :

— Dors, mon enfant, dors, car l'enfance est très belle.

— Si son état ne s'améliore pas, il faudra lui appliquer des ventouses.

Je répondis mollement :

— Ce n'est pas la peine. Ça va passer.

— Comment sais-tu que ça va passer ? Ça doit passer, ça oui.

— Mais ce n'est pas une pneumonie, non.

Mon père leva les bras au ciel.

— Voyez-vous ça. On passe sa vie dans les livres, et un nigaud pareil veut apprendre le Pater Noster au curé.

J'étais terrifié par ces fameuses ventouses.

— Qu'est-ce que c'est, des ventouses ?

— C'est une chose très simple pour faire expectorer. Une chose qui va te faire circuler le sang. Allons, ça suffit ! Tu ne peux pas comprendre.

— Comment fait-on ?

— Comme on doit faire. Et ne pose plus de questions, tu vas faire monter la fièvre.

Il eut pitié de moi et m'expliqua plus calmement :

— Ce n'est pas compliqué. On les pose sur la poitrine et ensuite dans le dos. On peut utiliser une simple tasse à café. Et n'aie pas peur, tu n'auras pas mal.

Une chose me tourmentait intérieurement. Est-ce que ça ne ferait pas mal au cururu ? Adam devait tout écouter, et lui aussi, certainement, tremblait de peur.

— Et cette seringue qui met des heures à bouillir !

Il alla protester et la seringue apparut, avec le remède dedans et l'ordre immédiat :

— Tourne-toi, le derrière en l'air.

Je me tournai. Autre protestation :

— Ce galopin n'a que la peau sur les os.

Ma mère le sermonna :

— Cesse de te fâcher, voyons. Tu reviens juste de la messe et de la communion.

J'eus envie de rire. Parce qu'il était toujours comme ça. Il se fâchait pour un rien et ça passait aussitôt. Mais en fait de rire, je poussai un hurlement qui alla retentir dans les branches des palmiers du voisinage.

— Voilà, voilà, c'est fini. Ça fait vraiment mal. Mais si je te l'avais dit, ç'aurait été pire.

L'odeur de l'éther dont on me massait les fesses accrut encore mon vertige.

Alors mon père s'assit au bord du lit et se mit à me regarder. C'était si rare qu'il fasse attention à moi, si rare de regarder sa peau colorée, sa barbe épaisse qui faisait un reflet bleu, si rare de voir ses yeux presque noirs.

Je pris sa main et, à ma surprise, il ne la retira pas.

— Ce n'est pas une pneumonie, non.

— Alors, qu'est-ce que c'est ?

— C'est le crapaud-cururu qui a mangé mon cœur.

Il écarquilla les yeux et passa à nouveau la main sur mon front :

— Il délire encore.

Une voix menue chuchota tout bas. C'était Adam :

— Gros bêta, tu ne vois pas que les grandes personnes ne comprennent rien ? Tu peux dire les plus grandes vérités du monde, ça n'avance à rien.

— Pardon, Adam.

— Pardon de quoi ?

Mon père fut surpris :

— Ce n'est rien, rien du tout. Je devais rêver.

— Tu extravagues. Tu parles d'un crapaud qui a avalé ton cœur et tu m'appelles Adam.

Il allait se lever. Je retins presque sans effort sa main contre le drap.

— Je vais mourir ?

— Quelle sottise ! Ça va passer très vite. À midi, si tu ne vas pas mieux, alors j'appliquerai les ventouses.

— Et le collège ?

— Ne t'agite pas. Tu dois rester bien tranquille. Pas d'école, pas de piano. Jusqu'à ce que tu sois guéri. Au moins pour une semaine.

Il sortit et je restai seul. Seul, non, car Adam manifesta sa présence.

— Zézé, Zézé, tu dois faire plus attention ; notre secret, tu ne peux le raconter à personne.

— Je ne le raconte pas ; j'ai voulu en parler parce que j'avais peur que les ventouses te fassent du mal.

— Bien sûr. Mais tu ne prendras jamais assez de précautions.

J'avais à nouveau sommeil. On m'avait apporté du café au lait, mais je l'avais bu à contrecœur. Mieux valait rester immobile comme si rien n'existait.

— Adam !

— Qu'y a-t-il ? Ne m'appelle pas pour n'importe quoi. Tu as entendu ce qu'a dit ton père. Tu dois te reposer. Parce que, quand tu seras guéri, n'oublie pas que nous allons commencer ensemble une vie nouvelle.

— Je voulais seulement te dire une chose. Il y a une personne à qui je dois tout raconter. Et tu vas beaucoup l'aimer. C'est le frère Feliciano, au collège. Il est si bon, c'est mon ami.

— Et il va comprendre ?

— Sûrement. Il comprend tout ce que je fais.

— Alors on verra. Maintenant, tais-toi.

— Plus qu'une petite chose : est-ce qu'on ne pourrait pas s'arranger pour parler sans parler ?

— En pensée ?

— Oui. Comme ça, je ne me fatiguerais pas et personne ne découvrirait rien.

— C'est une solution. Alors pense une chose pour voir si ça marche.

Je pensai :

« Je vais passer une semaine sans étudier le piano et sans aller au collège. »

Adam éclata d'un rire qui ébranla ma poitrine. Il me répondit immédiatement, en pensée : « Galopin ! Maintenant, voyons si tu dors. »

Satisfait, je fermai les yeux. Ça avait marché. Personne ne pourrait plus découvrir notre secret. Tout allait de mieux en mieux dans notre amitié. J'avais trouvé un ami, j'allais avoir une semaine de vacances, et je brûlais de savoir de quelle façon ma vie allait s'améliorer.

J'entrai au collège et montai l'escalier d'un pas décidé. Je n'avais plus trace de maladie. Je voulais montrer à Adam tous les coins où se passait ma vie.

— Tu vois, Adam ? Maintenant, tu vas connaître le frère Feliciano.

J'entrai dans le bureau de la direction en traînant ma sacoche de livres qui, soit dit en passant, était trop lourde pour ma taille et pour ma maigreur.

Derrière le haut secrétaire, je vis la tête rouge du frère Feliciano. Il avait bien sûr la tête baissée et il écrivait ; il écrivait toujours, parce que, comme adjoint du directeur, il passait sa vie à écrire.

Je me glissai près de lui et attendis qu'il me remarque. Et comme ça tardait, je n'y tins plus :

— Paul Louis Fayolle.

Il lâcha tout comme s'il avait reçu une décharge électrique. Il jeta brusquement ses lunettes sur la table. Son visage s'illumina comme un immense soleil :

— Chuch !

Ça m'avait manqué de l'entendre m'appeler Chuch. Je ne savais pas ce que ça voulait dire et jamais je ne le lui avais demandé. C'était un nom, une invention, une chose pleine de tendresse que le frère Feliciano avait imaginée pour moi. Lui seul m'appelait ainsi.

Il resta à me regarder, heureux, et ensuite il ouvrit les bras pour m'embrasser. Même quand je fus assis sur la chaise à côté de lui, il continua à me regarder, à m'analyser tout entier.

— Alors, tu es revenu, Chuch ?

— Je suis revenu, oui. Je n'en pouvais plus de rester à la maison.

J'étais bien, près de quelqu'un qui jamais ne me ferait de mal ni ne permettrait qu'on me maltraite. Ç'avait été lui le premier frère à découvrir la solitude de mon âme. La tristesse de l'enfant incompris dont les yeux n'exprimaient que tristesse et indifférence. Il savait tout de la lutte de mes onze ans. L'histoire d'un enfant pauvre, donné, pour qu'il l'élève, à un parrain riche et sans fils. Le dépaysement brusque d'un enfant des rues, maître du soleil, de la liberté et des bons tours, lié à une famille nouvelle, irrémédiablement perdu, ignoré, oublié. Que de fois Fayolle ne s'était-il pas intéressé à mes moindres problèmes ! Que de fois n'avait-il pas essuyé mes larmes, ne m'avait-il pas consolé en me montrant qu'il était impossible que je retourne à ma rue si lointaine, à mon inaccessible faubourg ! Lui, oui, le premier à me découvrir et à me protéger. Seuls les autres frères Maristes savaient qu'il s'appelait Paul Louis Fayolle. Moi, j'avais découvert son secret. Je pouvais l'appeler Fayolle et le tutoyer quand nous étions en tête à tête. Devant les autres enfants, il redevenait le frère Feliciano.

— Raconte-moi tout. Tu as maigri, Chuch.

Il sourit, et avant que j'aie commencé, il se rappela une chose :

— J'ai téléphoné chaque jour chez toi pour avoir de tes nouvelles. Tu l'as su ?

Je fis oui de la tête.

— J'étais préoccupé, mon enfant. Mais maintenant, tout est passé et j'ai donné des ordres au réfectoire des frères ; à la récréation de deux heures, après le cours de religion, tu iras manger un morceau de gâteau que j'y laisserai tous les jours. Tu n'as qu'à t'adresser à Manuel, il est au courant.

— Merci.

Il regarda sa montre et vit que nous avions du temps.

— Nous avons du temps, Fayolle. Je suis venu

plus tôt, dans sa voiture. Il est allé à l'hospice pour la consultation.

— Alors raconte.

Je n'avais pas envie de parler de ma maladie. C'était passé, sans intérêt. La grande nouveauté, c'était l'existence d'Adam. Je ne savais par où commencer.

— Tu me promets de ne pas te moquer de moi ? Tu ne penseras pas que je suis complètement maboul ?

Fayolle prit un air très sérieux, très attentif. Je racontai tout et le regardai droit dans les yeux. Je redoutais de découvrir une ombre de doute ou de raillerie. Il n'y avait rien de semblable dans ses yeux châtains, si bons. J'étais rassuré.

— Alors, Chuch, tu as un crapaud-cururu en forme de cœur ?

J'étais perplexe. Je ne m'étais jamais demandé jusqu'alors si mon cœur avait la forme d'un crapaud ou si c'était le contraire.

— Je crois que oui. C'est agréable. Il va m'aider beaucoup.

Pourtant, je décidai de ne pas lui raconter pour l'instant que le crapaud s'appelait Adam. Ça pourrait ne pas plaire à Adam.

— Alors tu y crois, Fayolle ?

— Bien sûr, j'y crois. Dans la vie, on croit à tant

de choses. C'est toujours bon d'espérer des choses heureuses dans son cœur.

Je sentais que Fayolle était un peu surpris et ne voulait pas me décevoir ; et, tout à coup, il me vint un de ces raisonnements idiots comme il m'en venait continuellement :

— Je pense que ce n'est pas si difficile de croire que j'ai un crapaud dans mon cœur. En tout cas, moi j'ai vu ce qui m'arrivait. On croit bien, aussi, que dans l'hostie il y a le corps et le sang de Notre-Seigneur Jésus-Christ.

Fayolle me regarda avec une très grande douceur et sourit.

— Eh bien, Chuch, je ne doute en rien de ce que tu m'as dit. Ne m'as-tu pas toi-même raconté une fois que, lorsque tu étais petit, tu avais un oiseau qui chantait dans ta poitrine ?

— Si.

— Eh bien, tout ce que j'espère, c'est que ton crapaud ne t'apprendra que de bonnes choses, qu'il conservera ton cœur toujours droit.

Il se tut et continua à sourire en m'observant longuement. Ensuite, il jeta un coup d'œil à sa montre et me ramena à la réalité :

— C'est presque l'heure, Chuch. Bientôt, la cloche va sonner.

Je me levai. Fayolle ajouta :

— Plus tard, on parlera davantage.

Je me dirigeai vers la porte. Je me retournai pour lui faire un signe d'adieu, et lui tournait ses lunettes dans ses mains, attendant que je disparaisse dans le corridor.

Je pensai pour Adam :

« Alors ? Tu l'aimes ?

— Beaucoup. Ça, c'est un ami ! »

Le soleil illuminait tout le corridor et le ciel bleu paraissait découpé en petits morceaux par les fenêtres. Est-ce qu'Adam ne regrettait pas sa liberté ancienne, le soleil, la pluie, le chant des cigales, les cris des enfants qui lâchaient des cerfs-volants, le bruit des toupies qui tournoyaient dans la rue ?

« Pas une seconde. »

J'étais émerveillé, et j'ajoutai :

« Tu es terrible. Mais on va voir si tu supporteras huit heures de classe ici et trois de piano à la maison.

— Zézé chéri, chacun dans ce monde a son destin. Quand je suis venu, je savais tout. »

3

Maurice

— Hé ! Joaozinho, assez flemmardé. À nous deux !

Je n'avais pas besoin de présenter Joaozinho à mon crapaud-cururu. C'était peut-être ce qu'il connaissait le mieux.

J'ouvris les rideaux du salon pour que la lumière du jour, pour que le soleil merveilleux viennent emplir de vie tous les recoins. Comme toujours, je commençais sans conviction. Ensuite je m'échauffais et j'allais de l'avant. Avant d'ouvrir le couvercle du piano, je regardai la tête de la négresse. Une négresse en terre cuite que ma grand-mère avait reçue de Paris quand elle avait eu quinze ans. Au dire de mon père, cette statuette, avec son turban blanc et ses yeux tristes, serait un jour mon héritage. Je la traitais avec un grand respect et je pensais que la Noire Barbara devait aimer ma musique quand tout marchait bien. Mais cette fois, je lui conseillai :

— Dona Barbara, vous feriez mieux de rabattre votre turban sur vos oreilles, parce que je n'ai pas étudié depuis une semaine et mes doigts sont rouillés.

Puis je soulevai le couvercle de Joaozinho et j'ôtai sans hâte le coussinet vert brodé d'une portée avec plein de petites notes jaunes. Joaozinho montra toutes ses dents très blanches. Tout son monde de notes, de dièses et de bémols. Je ne comprendrais jamais pourquoi des dièses et des bémols. L'un ou l'autre suffisait. Puisqu'un *la* dièse était un *si* bémol, pourquoi tant de complications ? En fait, les dièses étaient beaucoup plus sympathiques, parce qu'ils ressemblaient à un tas de petites cages à oiseaux suspendues. J'aimais l'odeur toujours nouvelle que mon piano renfermait ; de ma vie, je ne pourrais oublier cette odeur. Je m'apprêtais à poser les doigts sur le piano quand un long rayon de soleil vint danser, taquin, sur le visage de la Noire Barbara. Que le soleil était beau quand on était bien portant ! À cette heure, là-bas, très loin, Totoca devait partir pour l'école Martins Junior. Toute la bande. Les cigales devaient chanter l'été dans les buissons. Godoïa balayait la salle, rangeait la chambre, préparait le repas. Et moi, ici, enfermé dans ce salon, qui ne voyais qu'un filet de soleil. J'avais déjà les yeux pleins de larmes quand j'entendis la voix d'Adam :

— Oublie, Zézé, ça n'avance à rien. Peu à peu, tu vas oublier, oublier, et quand tu y repenseras, tout sera si loin que tu n'en souffriras plus.

Je revins à la réalité. D'abord, je passai doucement mes doigts sur les touches. J'aimais Joaozinho. Il n'était coupable de rien. Il ne me faisait jamais de reproches quand je jouais faux. Il m'obéissait toujours. Quand il se trompait, c'était ma faute.

Un pied qui cognait au plafond, ça voulait dire que ma mère s'étonnait de ma lenteur. Deux, c'était pour tout recommencer. Trois, c'était l'alarme générale. Si je ne m'appliquais pas, elle descendait pour voir ce qui se passait. Parfois, les premiers temps, les trois coups s'étaient fait entendre. Je découvris qu'il valait mieux faire tout bien, car ça passait plus vite et il n'y avait pas de « tempête ».

Et c'était ma vie. Avant le petit déjeuner, une demi-heure de piano. Après le petit déjeuner, encore vingt minutes jusqu'à l'heure de partir au collège. À midi, quarante minutes avant le repas, et puis retour au collège. Je faisais presque toujours mes devoirs en étude et je rentrais à la maison à cinq heures et demie. Une douche, des vêtements propres, et encore un peu de piano pour attendre le dîner. Je dînais et j'avais une demi-heure pour jouer. Mais jouer avec qui ? Je n'avais pas d'amis. Personne n'aimait, chez moi, qu'un ami vienne me voir. Moi-même, j'étais inquiet à l'idée que ça puisse se produire. Je faisais fête au petit chien Tulu qui était tout boiteux à cause d'un accident. Je dois dire que cette petite bête m'adorait. Généralement, je m'asseyais sur la marche de l'escalier, derrière la maison, qui donnait sur le jardin de la capitainerie des ports. Nous regardions le rio Potengi avant que la nuit tombe, les barques glissaient lentement au soleil couchant qui illuminait d'or leurs voiles blanches et gonflées par le vent. Maintenant, ce serait mieux, car nous serions trois à rêver : Tulu, Adam et moi.

— Un jour, on va s'enfuir sur la mer, dans une barque, n'est-ce pas, Adam ?

— Fameuse idée !

En entendant ma voix, Tulu agitait la queue.

— Je t'emmènerai, Tulu. Nous pourrons l'emmener, le pauvre, n'est-ce pas, Adam ?

— Naturellement.

C'était la demi-heure la plus courte du monde. Arrivait la voix de ma mère :

— Terminé. Tu as suffisamment joué. C'est l'heure.

Je rentrais, je me lavais les mains en regardant mes doigts minces comme si je les détestais. Je me dirigeais vers le salon et ouvrais le couvercle de Joaozinho.

Et chaque fois je relisais sa marque. C'était un

piano Ronish. Je tapais rageusement les premières notes et elles grognaient Ronish-Ronish-Ronish. Ensuite, je me perdais dans l'univers de Coupé-Czerny, et d'aligner gammes et exercices jusqu'à l'heure de dormir.

Le dimanche, pour utiliser ce temps sans collège, j'étudiais presque toute la matinée. D'abord mes leçons, ensuite un peu de piano pour changer. Rares étaient les dimanches où mon père décidait d'aller à la plage. Là, oui, un monde d'enchantements m'attendait. Je nageais déjà comme un poisson. Et ce fait même entraînait ma condamnation : « Tu ne peux pas nier que tu as du sang d'Indien. Un vrai Pinagé. »

Je n'y faisais pas attention. Je devais profiter de mes vingt minutes de bain de mer. Car la plage était une succession d'observations. Attention au soleil. Ne restez pas trop à cause de sa gorge. S'il a mal à la gorge, il devra étudier son piano même avec quarante de fièvre.

Après le déjeuner, on me demandait mon carnet. Tout était en règle : de bonnes notes. Venait l'examen essentiel : « Tu t'es confessé et tu as communié ? » Oui. On récapitulait les jours de la semaine pour voir si je n'étais pas en faute, si je n'avais fait aucune bêtise. Je pouvais partir. Je me faisais très beau pour la séance de cinéma de deux heures. Quand je partais, encore des recommandations : « Mets ta casquette de cuir. Tu as un quart d'heure pour sortir du cinéma et rentrer. » Si j'étais en retard de cinq minutes, il y avait déjà quelqu'un au portail, à m'attendre. « Va au cinéma Carlos Gomes. On passe un film de Jackie Cooper : *Les Aventures de Skippy.* Ensuite, tu devras me raconter le film. »

Je partis sans entrain. J'avais le temps de passer par le cinéma Royal pour voir les photos. Heureusement, ils avaient renoncé à l'obligation du « bonjour ». J'avais déjà été privé de cinéma deux dimanches parce que je refusais de dire bonjour et bonsoir. J'avais mes raisons, bien sûr. Ils n'étaient pas mes parents. J'avais été emmené très jeune et j'étais incapable de choisir. Tout et tout était prétexte à punitions, toujours ils me faisaient sentir que je n'étais pas leur fils. Pire encore, à propos de n'importe quoi je me disais : « Ils sont comme ça avec moi parce que je ne suis pas leur fils. » Ils voulaient me rendre parfait je ne sais pourquoi.

Je marchais, presque indifférent.

— Tu sais, Adam, ce qu'il m'a fait ? Non. Tu n'habitais pas encore avec moi. Eh bien, voilà. Tu as vu que je suis le plus jeune élève de ma classe, le plus petit, n'est-ce pas ?

Adam acquiesça, tout oreilles.

— Eh bien, voilà. Quand l'année a commencé et que je suis entré en sixième, j'étais très content, très fier. On m'a donné une liste de livres et de cahiers qui n'en finissait plus. Ça faisait en tout vingt-cinq mille reis. Je suis allé en courant au cabinet de mon père pour lui montrer la liste et lui demander de l'argent. Tu savais que la sixième c'est l'année où il y a le plus de matières, Adam ?

— Écoute, Zézé, en matière d'études, je n'y entends rien. Je ne connais que la vraie vie.

— Tu me pardonnes ?

— C'est bon, continue.

— Je montai l'escalier de son cabinet et je m'assis en attendant qu'il ait terminé et qu'il ouvre la porte. Ce n'a pas été très long, mais j'étais si impatient que ça m'a paru une semaine. Il a ouvert, il m'a fait signe d'attendre. Il est allé répondre au téléphone et inscrire un rendez-vous. Il m'a appelé. Il m'a fait asseoir et a ouvert la note des livres. Il a tout additionné, lentement, il a quitté ses lunettes et m'a regardé sèchement.

— Tu ne vaux pas le prix de ces livres. C'est bon. À la maison, je te donnerai l'argent.

Adam s'impatienta. Il voulait savoir la fin. Mais moi, je m'étais arrêté parce que, bêtement, j'avais les yeux humides, en pleine rue.

— Et toi, qu'est-ce que tu as fait, Zézé ?

Je continuais à ravaler mon émotion par petits bouts...

— Parle, Zézé, ne sois pas comme ça. Je suis là pour t'aider. Qu'est-il arrivé, Zézé ?

— Ben, j'avais la mort dans le cœur. Je suis sorti avec ma liste à la main comme si tous ces livres avaient pesé comme d'énormes pièces de monnaie. J'ai pensé : « Si j'avais été son fils, il ne m'aurait pas parlé comme ça. »

— Ne te mets pas dans cet état, Zézé. Nous allons tout oublier. Allons au cinéma. Tu as deux heures de liberté.

Je m'arrêtai pour regarder les affiches. *Une leçon d'amour,* Maurice Chevalier et Helen Twuelvetrees. Une tentation. Je n'avais jamais vu cet acteur au fameux canotier. C'était le même prix. Et l'autre film, *Skippy,* mon ami Tarcisio Medeiros l'avait déjà vu à une séance du soir. Il m'avait même raconté l'histoire et je pourrais la répéter à la maison. L'hésitation paralysait mes jambes, quand Adam se précipita à mon secours :

— Entre, Zézé.

— Mais s'ils s'en aperçoivent ?

— Pourquoi s'en apercevraient-ils ?

Je ne me décidais pas. Mon bon sens me poussait d'un côté et Adam de l'autre. Il était sans doute furieux de l'histoire que je lui avais racontée et il voulait me donner une compensation.

Je pris mon billet avec un parfait naturel. Personne ne se préoccupait de savoir si le film était ou non pour les enfants. S'il ne l'était pas, ils ne devaient pas le passer en matinée. J'allai dans un coin bien caché, j'ôtai ma casquette et j'attendis que la séance commence. Heureusement, nous ne vîmes personne de connu.

Le soir au dîner, contrairement à l'habitude, personne ne me questionna sur le film. Ils croyaient aveuglément que je ne désobéirais pas. Que je ne risquerais pas de perdre un mois de cinéma en bravant les ordres reçus.

Ce soir-là, avant de me coucher, j'allai retrouver Joaozinho sans que personne m'ait rien dit. J'étudiai par plaisir. Je jouais avec les doigts du rêve. J'étais si absorbé que ma mère s'étonna :

— Tu as dépassé l'heure. Qu'est-ce qui t'arrive aujourd'hui ? Allons, assez. Demain, tu continueras.

Je sentis qu'elle était très satisfaite. Mais pas tant que moi. J'enfilai mon pyjama, j'allai me laver les dents. Je décidai même d'économiser mes prières. Au lieu du chapelet habituel, je récitai seulement trois Ave Maria. Un soir, ça n'avait pas d'importance. On priait tellement au collège, à en avoir des crampes dans la bouche. Ce que je voulais surtout, c'était bavarder avec Adam. Bavarder avec lui et avec mon traversin qui, lui aussi, était complice de tous mes rêves.

— Tu crois que le diable va m'apparaître parce que je n'ai pas récité le chapelet entier ?

— Des sornettes, Zézé. Le diable n'existe pas. Il n'a jamais existé. Ce sont les gens qui inventent ces histoires pour faire peur aux autres.

— Mais c'est la seule chose dont j'ai peur.

— Pourquoi ? Du moment que je suis avec toi, tu n'as à avoir peur de rien. Ni des fantômes, ni des sorcières, ni d'aucune de ces bêtises.

— C'est parce que tu es courageux. Moi, je ne peux pas oublier les cours de religion. Ils fourrent le diable partout. Il n'y a que Fayolle qui parle autrement.

— Alors crois-le, lui.

Je me rappelai une chose :

— Tu as déjà vu le padre Monte ?

— Le maigre avec des lunettes ?

— Oui. Le confesseur du collège. Tu ne peux pas savoir comme c'est agréable de se confesser à lui. Il a l'air de ne pas écouter ce qu'on dit. Il vous donne trois petits Ave Maria et il pardonne. Un saint.

Je fis une pause.

— Et alors ?

— Alors, une fois j'ai été me confesser et je ne savais pas que le padre Monte était allé à Recife et qu'il y resterait deux semaines. C'est quand je suis entré dans le confessionnal que j'ai remarqué la différence. C'était un père très gros, avec la goutte au nez et des oreilles en éventail. L'animal m'a demandé de ces choses, j'en étais glacé. Je n'aime pas y penser. Il m'a passé un savon terrible et m'a donné trois chapelets en pénitence.

— Mais quels si grands péchés un gamin comme toi peut-il bien faire ?

— Voyons, Adam. Des péchés, quoi ! Les péchés que font tous les enfants. Seulement voilà, je devais me rappeler combien de fois je les avais faits ; j'étais si nerveux que je ne me rappelais plus. Tout aurait été très bien si la semaine suivante je n'étais pas retourné me confesser. Tu sais ce qu'il m'a dit ?

— Non.

— Il m'a demandé en parlant du nez : « Alors, cette fois tu as compté ? » Je suis resté sans voix. Parce que, au catéchisme, on m'avait assuré que le prêtre, quand il sort du confessionnal, oublie tout. J'étais stupéfait. Un peu plus et je partais en courant sans terminer ma confession. Mais j'ai tenu bon. Je devais communier le lendemain pour pouvoir aller à la plage et au cinéma. J'ai pris mon courage et j'ai tout raconté. À la fin, le père était furieux. Il a dit que je n'avais même pas essayé de me corriger. Qu'un enfant comme moi était condamné à l'enfer. Et si j'avais eu un accident et que je sois mort en état de péché mortel ? Je serais allé droit en enfer. Satan m'aurait reçu avec sa fourche pour me jeter dans les flammes éternelles. J'en étais malade. Terrifié. Et à la fin, il m'a donné trois rosaires en pénitence. Tu sais ce que ça veut dire, Adam ? Neuf chapelets. Et je devais les réciter en un jour pour pouvoir communier le lendemain.

— Et ensuite ?

— Ensuite, heureusement, le padre Monte est rentré et tout est redevenu comme avant : on paie ses péchés pour rien. Mais la vérité, c'est que j'ai passé des nuits horribles. Je dormais avec la lumière et, au moindre bruit, je tremblais de la tête aux pieds en pensant que Satan agitait sa fourche.

— Désormais, plus de ça. Je suis là.

— C'est vrai.

J'étirai mes bras sur le traversin et je soupirai.

— Qu'est-ce qu'il y a encore, Zézé ?

— Rien. C'est que j'étais fou d'envie d'aller me coucher et de parler d'une autre question, et nous avons perdu un temps énorme... Maintenant, je dois dormir pour me lever à six heures.

— Si c'est long, on peut laisser ça pour demain. D'accord ?

— D'accord.

Je bâillai profondément.

— Adam !

— Oui.

— Depuis que tu es venu habiter avec moi, je trouve la vie meilleure.

— Ce n'est pas agréable ?

— Et comment ! Mais souvent, je réfléchis.

— À quoi ?

— Tu ne vas pas mourir, n'est-ce pas ?

— Non. Je ne vais pas mourir. Je ne mourrai jamais.

Mes yeux commençaient à se fermer.

— Est-ce qu'un jour tu t'en iras ?

— Ça, c'est possible. Mais seulement quand je saurai que tu n'as plus besoin de moi. On dort ?

— Plus qu'une petite question. Ça t'a plu ?

— Quoi ? L'histoire du père ?

— Non. Je parle du film. De lui.

— L'acteur ? Ce fameux Maurice Chevalier ?

— Bien sûr. Seulement, on ne prononce pas le « r » final de Chevalier.

— Tu sais que je ne comprends rien aux études, encore moins au français.

— Ça n'a pas d'importance. Je t'expliquais. Tu sais une chose, Adam ?

— Quoi encore ?

— J'ai découvert une merveille. Je ne veux pas en parler, ce serait trop beau.

— Raconte tout de même.

— Est-ce qu'il pourrait devenir mon père ?

Adam fit un bond dans ma poitrine et envoya promener le sommeil :

— Un père ?

— Oui, un père. Mon père.

Il était trop surpris pour répondre, et quand il y parvint, sa voix était pleine de prudence :

— Écoute, Zézé, tu as eu un père. Ensuite, comme tu me l'as raconté, tu en as trouvé un autre qui était un Portugais. Ensuite, tu as été donné à ce père adoptif. Qu'est-ce que tu veux de plus ?

— D'eux tous, seul le Portugais ressemblait à un père. Mais il est mort très vite, et moi, je n'avais même pas six ans. Maintenant, je voudrais un père comme Maurice. Un père qui soit gai, qui ait toujours l'air de trouver la vie belle.

— En résumé, un père de rêve.

— Tu m'aideras ?

— T'aider à quoi ?

— Tu m'as dit que tu voulais me voir heureux. Que tu étais venu habiter avec moi pour inventer un monde d'espérances, et d'autres choses. Eh bien, c'est le moment de m'aider. Aide-moi à avoir un père comme Maurice. Tu comprends ?

— Je sais ce que tu veux dire. Mais pour un crapaud, cette histoire est très étrange.

— Tu n'as jamais eu de père ?

— Si, bien sûr. Mais les crapauds, c'est différent. On naît dans un tas de petits œufs réunis par un fil. Quand vient le moment, on devient une sorte de petit poisson noir avec une queue. Et on passe sa vie à nager de-ci de-là. Ensuite on grandit et la queue tombe. On sort de l'eau et on va chacun de son côté. Jusqu'à ce qu'on devienne grand et qu'on passe son temps à manger des moustiques et des bestioles. Ou alors qu'on obéisse à un ordre supérieur, comme ce qui m'a amené à toi.

Là, mon propre sommeil s'était envolé en fumée :

— Tu n'as jamais rencontré un de tes frères ?

— Si, en passant. Il partait vivre dans les forêts de Goiás. Il voulait vivre près d'un grand fleuve. Si je ne me trompe, un grand fleuve appelé l'Araguaia. Nous avions l'air de deux étrangers. Je lui ai souhaité bon voyage et il est parti. Mais il faut dormir. Éteins la lumière. Sinon, d'ici peu, quelqu'un va venir voir ce qui se passe. Et ça ira mal.

— D'accord.

J'éteignis la lumière et me blottis contre mon traversin. La dernière chose que je dis, c'est :

— Tu vas m'aider, n'est-ce pas, Adam ?

— Dors, Zézé. Tu as de ces idées...

4

Le gloussement de poule

J'étais hors d'haleine, je montais en courant presque la petite rue de Junqueira Aires. Je devais retrouver Tarcisio Medeiros, l'unique ami que j'avais. On était assis côte à côte, en classe. Tarcisio ne m'avait jamais pardonné une chose que j'avais faite. Une trahison, d'après lui. Il était du genre calme, il parlait toujours posément. Un jour, au cours de religion, le frère était arrivé avec plein de petits santons dans la main. C'était pour récompenser les plus sages. Il regarda toute la classe, passant l'inspection. Ensuite il demanda, sans nous lâcher des yeux :

— Qui a assisté à tous les cours sans bavarder ?

D'abord se levèrent ceux qui étaient réellement

irréprochables. Ensuite, de plus douteux. Ceux qui aussi bien pouvaient avoir parlé que pas. Et je vis cet hypocrite de Tarcisio se lever avec le plus grand sérieux et aller en prendre un ! Il revint, tout fier, avec le petit santon dans la main, et m'adressa un sourire triomphant.

Le diable s'agita en moi. Adam me souffla :

— Vas-y, Zézé.

Je me levai et ce fut un éclat de rire général. On savait que je parlais beaucoup et que je passais ma vie à inventer des farces. Je ne bronchai pas. J'avançai, tout rouge, vers l'estrade et tendis la main. Le santon hésitait en l'air, soumis à l'indécision du frère.

Il m'examina avec curiosité. Sa voix était presque une sentence :

— Tu n'as pas parlé, Vasconcelos ?

Je fis non de la tête.

— Tu dis la vérité ?

— Oui.

— Tu sais, je pourrais ne pas te croire.

Une inspiration fulgurante me vint :

— Mais puisque Tarcisio qui est mon voisin l'a mérité, pourquoi pas moi ? Puisqu'il n'a pas parlé, avec qui aurais-je pu parler ?

Toute la classe éclata de rire. Même le frère cacha un sourire en mettant la main sur sa bouche. Le santon descendit et je retournai, plus rouge encore, jusqu'à ma place, conscient de ma déloyauté et de ma roublardise.

Tarcisio bouda deux jours de suite, mais après, il apporta une rocambole de son jardin et la mit dans ma sacoche sans que je le voie. À la récréation, on se parla comme si rien ne s'était passé.

Maintenant, j'arrivais comme un fou, l'angoisse au cœur. Même Adam était préoccupé. « Cette fois, Zézé, tu auras de la chance si tu t'en tires sans qu'on l'apprenne chez toi. » Je pensai pour Adam : « Que veux-tu que je fasse, le feu est mis, ça va chauffer. »

Tarcisio m'attendait sur le banc convenu. Je m'assis en soufflant et m'éventai avec ma main. Mon visage avait l'air d'un poivron. On ne se dit même pas bonjour, et Tarcisio commença tout de suite :

— J'ai entendu dire que le frère Manuel va te coincer aujourd'hui.

— Je sais.

— Mais c'est toi qui as inventé le gloussement de poule ?

— Je n'en sais rien.

— Comment, tu ne sais pas ? Tu dois savoir.

— D'une certaine façon, oui.

Nous nous tûmes, et, tandis que ma peur augmentait, je croyais entendre dans mes oreilles des voix en chœur qui gloussaient le gloussement de poule. Ça s'était répandu dans le collège. Dès qu'il arrivait quelque chose d'anormal, le gloussement retentissait.

J'avoue qu'au début c'était drôle. Mais ensuite, ça prit de telles proportions que ça tourna à la catastrophe. Tantôt au réfectoire, tantôt en récréation. Même le jour où Joao la Baleine, en s'agenouillant à la messe, avait cassé le banc, le gloussement avait retenti. Dieu du ciel ! Dans l'église, en plein mois de mai ! On l'entendait partout. Même au dortoir où le silence était de règle. Un lit grinçait, et c'était ce cot-cot d'un ton de fausset qui semait la pagaille. Les frères se réunirent pour prendre des mesures. Ça faisait mauvais effet dans un collège chic, de fils de famille. Et ils commencèrent à faire des recherches pour découvrir l'auteur de l'invention. Ça ne tarda guère. « C'est Vasconcelos ! » Nombre de frères s'étonnèrent. Ils avaient peine à croire que moi, le plus jeune de la classe, un gamin chétif et fragile... J'avais même peur d'en parler au frère Feliciano. Parce que, c'était certain, il ne pourrait rien faire pour moi.

Je fis un bond et me mis sur mes pieds.

— Tu sais une chose, Tarcisio ? Je ne vais pas m'en faire pour ça.

Il était surpris de mon attitude. Généralement, j'étais si prudent, si peureux.

— Qu'est-ce qui t'arrive ? Je ne te reconnais plus.

— C'est comme ça. Ma vie désormais va changer. Avant peu, ce sera l'indépendance ou la mort.

Ses yeux s'écarquillèrent encore plus.

— Donc, on n'en parle plus. Et j'ai décidé de te dire dès maintenant qu'hier, j'ai été voir en cachette ce film, *Une leçon d'amour.*

— Tu es fou !

— Pas du tout. Et le film n'a rien d'extraordinaire. Seulement un tas de baisers. Rien de plus.

— On t'a permis, chez toi ?

— On ne m'a rien permis, et on n'a rien su. Je te dis que je vais changer.

— Mais qui est-ce qui te fourre des choses pareilles dans la tête, Zé ?

Mon secret faillit m'échapper, mais Adam me donna un coup de coude.

— Personne. Maintenant, allons au collège. Advienne que pourra.

Nous entrâmes d'un pas ferme. Tout le monde me regardait avec curiosité. La nouvelle s'était rapidement répandue. Je n'avais pas fait dix pas qu'une voix m'arrêta :

— Vasconcelos !

Je levai les yeux vers Archimedes. Archimedes était un élève plus âgé, une autorité au collège après les frères. C'était un bras droit, un homme de confiance.

Il y avait un peu de pitié dans les yeux d'Archimedes. Lui, en général si autoritaire, me parlait doucement. Nous formions un parfait tableau biblique : David et Goliath.

— Suis-moi.

J'obéis. Tarcisio s'était évanoui dans la nature.

Je fus conduit jusqu'à une salle vide.

— Assieds-toi.

J'obéis. Archimedes s'adossa à un pupitre, croisa les bras et m'observa longuement. Il ne paraissait pas croire à ma culpabilité.

— Alors, Vasconcelos ?

— Je ne sais rien.

— C'est bon.

Nous nous tûmes et il se mit à tourner dans ses doigts la petite chaîne de sa montre. Nous attendîmes en silence plus de dix minutes. Et, si j'avais été comme autrefois, j'aurais été tremblant de peur avec une envie de vomir. Mais maintenant, c'était différent. Adam était à mes côtés et allait prendre mon parti.

La grande cloche ordonna le silence total. Et peu après, on n'entendit plus que le crissement des chaussures qui raclaient le ciment en entrant dans les classes. Puis, le bruit des prières.

— Maintenant, viens.

Il me tint par le bras pour que je ne m'enfuie pas.

— S'il te plaît, Archimedes, lâche-moi.

— Je peux te faire confiance, Vasconcelos ?

— Je te donne ma parole d'honneur.

Il me lâcha mais se rapprocha de moi. Je savais où il me conduisait. Vers la classe de deuxième année.

La plus grande et la plus nombreuse. Nous entrâmes. La classe était bourrée. D'autres élèves étaient immobiles dans les couloirs.

Tandis qu'Archimedes et moi passions entre les rangées de pupitres, une salve d'applaudissements éclata, assourdissante. Sur l'estrade, derrière sa table, le frère Manucl me regardait. Jamais son visage et sa barbe noire ne m'avaient paru aussi redoutables. Jamais ses yeux noirs n'avaient été aussi menaçants. Adam me laissa face à face avec le frère et se cacha. Maintenant, un silence de mort planait.

— Croise les bras.

J'obéis sans me presser.

— Monte sur l'estrade.

J'obéis mais, en même temps, je décroisai les bras. La voix reprit, plus violente :

— Je vous ai dit, monsieur, de croiser les bras.

J'obéis en le fixant fièrement.

— Baisse les yeux.

Je regardai le bout de mes bottines et de mes pantalons informes, de péquenaud. Alors il prit la parole, et ce fut rapide, grâce à Dieu. Il parla du gloussement de poule. Il dit ses effets « maléfiques ». Et il décréta, d'une voix à laquelle Satan lui-même, avec sa fourche, aurait obéi :

— Si quelqu'un est surpris en train de pousser cet infâme gloussement, il sera expulsé du collège.

Toute la classe approuva, car, avec le frère Manuel,

on ne plaisantait pas. Il faisait encore plus qu'il ne promettait.

Il se tourna vers moi :

— Et pour célébrer une si mémorable réunion, pour en finir une fois pour toutes avec cet affreux gloussement de poule, j'invite ces messieurs à célébrer en chœur, le plus fort possible, l'adieu à cette chose horrible. Le plus fort et le dernier gloussement de poule pour l'auteur. Quand j'aurai compté jusqu'à trois.

Il compta et, alors seulement, je pus mesurer toute l'étendue de cette monstruosité qu'était ce gloussement en fausset. La chose dura trois minutes.

Le frère Manuel réclama le silence et recommanda pour terminer :

— Je ne veux plus jamais entendre un piaulement, encore moins un gloussement de poule... Et quant à ce monsieur...

Son index se tendait vers moi.

— Tu vas rester une semaine en pénitence, les bras croisés tout l'après-midi. Tu peux te retirer.

Je sortis sans sentir mes jambes. Mais mon orgueil me soutenait. Adam était émerveillé de mon courage.

Tarcisio avait réapparu et prenait mon parti.

— Zé, j'ai gardé ta sacoche. Tiens.

Nous nous dirigeâmes vers notre classe. Mes yeux fixaient le sol comme s'ils mesuraient le ciment brûlant. Tarcisio parlait tout bas :

— Quand tu as tourné la tête, le frère Manuel s'est mis à sourire. Je ne sais pas s'il trouvait ça drôle ou s'il regrettait ce qu'il avait fait.

Mais la vérité vraie, c'est que jamais plus on n'entendit parler du gloussement de poule au collège.

— Je mets ta sacoche dans ton pupitre.

Je ne pouvais même pas le remercier. Je me dirigeai vers l'estrade, je montai, je croisai les bras et je restai immobile comme si j'avais été changé en pierre.

Quand se termina mon châtiment au tintement de la cloche, je m'assis par terre tant ma fatigue était grande. Même ma vue était trouble. J'aurais pu m'évanouir sur place, mais je n'aurais pas flanché.

Tarcisio avait ouvert ma sacoche et pris mon gobelet. Il alla jusqu'au filtre et me rapporta un verre d'eau. J'avais passé tout ce temps sans récréation et sans boire.

Ensuite il me confia :

— Quand on donnera le signal de l'étude, le frère Feliciano veut te parler. Il t'attend au réfectoire des frères. Maintenant, je m'en vais. Est-ce qu'on va savoir quelque chose chez toi ?

Je haussai les épaules, indifférent à tout.

— Demain matin, on se retrouve place du Palais.

De la tête, je fis signe que oui.

Quand la cloche sonna, j'allai, tête basse, retrouver Fayolle. Il était pâle et préoccupé.

— Pauvre Chuch ! Assieds-toi. Tu dois être mort de fatigue, non ?

Je m'assis, mais je n'avais pas le courage de lever les yeux. Fayolle essayait de me faire oublier mon humiliation.

— Je t'ai gardé un peu de gâteau. Je sais que tu l'aimes. C'est du biscuit roulé.

— Merci. Mais je n'en veux pas.

— Tu es fâché avec moi ?

— Jamais.

Mais je gardais les yeux baissés. Alors il fit une chose qui me blessa au-dedans de moi. Du bout des doigts, il me souleva le menton. Il faisait exactement comme mon Portugâ, Manuel Valadares.

— Si tu n'es pas fâché, manges-en un morceau et bois un peu de guarana.

J'obéissais à contrecœur et très lentement.

— Tu sais, Chuch, je ne pouvais rien faire pour toi.

— Personne ne pouvait.

— Mais il faut que je te parle sérieusement. Tu as confiance en moi ?

— Bien sûr, Fayolle.

— Tu n'as pas inventé ce gloussement de poule, n'est-ce pas ?

— Oui et non.

— Je ne t'en crois pas capable. Dis-moi qui a rejeté la faute sur toi. Raconte-moi la vérité. De cette façon, je pourrai parler au frère Manuel et faire alléger ta punition.

— Tu peux en douter, Fayolle, mais c'est ma faute. Je vais tout te raconter. C'était une plaisanterie que faisaient les enfants de l'école publique là-bas, à Bangu, près de Rio. Ce n'est pas moi qui l'ai inventée, non. Seulement, en bavardant avec mes camarades, j'ai eu la bêtise de leur raconter. Je ne pensais pas que ça tournerait comme ça. Ils m'ont demandé d'imiter le gloussement et je l'ai fait plusieurs fois. Ils ont trouvé ça drôle, et tu sais comment c'est, les enfants. Ils l'ont baptisé le gloussement de poule et la chose a continué. Elle s'est répandue. Ensuite, tout le collège...

— Oh ! Chuch ! Tu n'es pas si coupable ! De toute façon, j'en parlerai au frère Manuel. Je crois que tu n'en auras que pour une semaine. Et je vais réduire ta peine à une heure, c'est presque certain. Demain, je te le dirai.

Je me levai et pris ma sacoche.

— Tu as fait semblant. Tu n'as rien mangé.

— Après tout ça, c'est impossible d'avoir envie de manger.

— Où vas-tu ?

— Je dois aller en étude pour faire mes devoirs jusqu'à cinq heures.

— Tu as envie d'y aller ?

— Je suis mort de honte.

— Alors, nous allons encore bavarder un peu. Je te dispense de l'étude. Tu veux ?

— Je veux bien. Mais je dois aller aux toilettes. Je ne peux plus tenir.

Il m'indiqua la porte :

— Va à celles des frères. C'est plus propre.

Il attendit mon retour, mais quand j'arrivai, je remarquai que sa grande préoccupation s'était dissipée.

Il me fit asseoir en face de lui :

— Alors, comment s'est passé ton dimanche, hier ?

— Comme toujours. J'ai été à la messe. J'ai communié. J'ai fait mes devoirs. Du piano aussi pour changer.

Les mots étaient durs à sortir. Une tristesse envahissante, qui n'en finissait plus, me faisait mal dans la poitrine.

— Chuch, j'ai beaucoup réfléchi à une conversation que nous avons eue.

— Laquelle ? Nous en avons eu tant.

— Celle où tu m'as parlé du crapaud-cururu que tu as dans le cœur.

— Je vois.

— Par amitié pour toi, je voudrais te demander que tu n'en parles à personne.

— Tu as peur qu'on me mette à l'asile ?

Il sourit doucement.

— Non. Ce n'est pas ça. Je veux parler de cette comparaison que tu as faite avec l'hostie. Tu comprends ?

— Je comprends.

— De la façon dont tu en as parlé, beaucoup de gens pourraient penser que c'est une hérésie, ou même un blasphème.

J'étais surpris :

— Toi, tu le penses aussi, Fayolle ?

— Non, parce que je te connais bien et que je sais qu'il n'y a rien de mauvais dans ton cœur. C'est pourquoi j'y ai beaucoup réfléchi. J'aimerais pourtant que tu modifies ton raisonnement.

— Je ne comprends pas bien.

— C'est facile. Le Christ est la plus grande espérance des hommes, n'est-ce pas ?

— Oui.

— Tu ne doutes pas de l'hostie consacrée, n'est-ce pas ?

— Que Dieu me pardonne. À la maison, c'est défendu de jurer par l'hostie consacrée.

— Alors, fais la chose suivante : pense que le Christ est l'espérance des hommes et que ton crapaud aussi est une espérance. Quelque chose que le Christ t'a donné comme une grâce.

Je réfléchis une seconde à ce qui me paraissait si compliqué, mais, en fait, ne l'était pas. Puisque Fayolle me le disait, il devait avoir raison.

— C'est bon. Je ne dirai plus ça. D'ailleurs, je ne veux parler d'Adam à personne. Sauf à toi.

— Parfait. Parfait. Maintenant, mange encore un morceau de gâteau.

L'idée, tout à coup, de raconter à Fayolle mes autres projets me tourmentait l'âme.

Il découvrit qu'une bouffée de joie commençait à envoyer promener ma tristesse du côté de Macaïba.

— Tu ne me caches rien, Chuch ?

— Comment as-tu deviné ?

— En regardant tes yeux. Qu'y a-t-il ?

Je le suppliai, très ému :

— Tu vas me croire ?

— Je te crois toujours.

— Bon. Tu aimes Maurice ?

Il fronça les sourcils, réfléchissant avant de répondre :

— Quel Maurice ?

— Maurice Chevalier.

— Ah ! L'acteur français ?

— Lui, oui. J'ai désobéi. Adam était d'accord et, au lieu d'aller voir un film pour enfants, j'ai été voir son film *Une leçon d'amour*.

— Oh ! Chuch ! Tu n'aurais pas dû faire ça.

— Pourquoi ? Qui est Maurice Chevalier ? Raconte-moi tout ce que tu sais de lui.

— Je ne sais pas grand-chose. Seulement que c'est un acteur. Un chansonnier. Un artiste de vaudeville.

— Qu'est-ce que c'est, tout ça ?

— Un chansonnier, c'est un chanteur. Ça vient de chanson, tu sais. Un vaudeville, c'est du théâtre musical et dansé.

— Mais il n'y avait pas beaucoup de danse ni de musique dans le film. Il a même trop peu chanté à mon goût. Mais n'aie pas peur qu'il m'ait scandalisé, comme on dit chez moi.

— Malgré ça, ce n'est pas un film de ton âge. Quelqu'un t'a vu au cinéma ?

— J'étais bien caché dans un coin sombre.

Nous restâmes silencieux un moment. Il grattait sa tête rousse, aux cheveux coupés très court. Il poussa un sifflement sans musique, comme il faisait toujours quand il était embarrassé.

— Enfin, Chuch, pourquoi t'intéresses-tu tant à cet acteur ?

— Tu l'as déjà vu jouer ? Non. Je sais. Mais il est si humain. Il a un sourire si bon. Il est drôle. Il ne porte que des vêtements élégants. J'ai décidé avec Adam qu'il va être mon père.

— *Credo,* petit ! Voilà encore une de tes inventions.

Mais en voyant mon air sérieux et mes yeux presque humides, son expression se modifia. Fayolle redécouvrait en moi l'enfant solitaire de toujours.

— Ne reste pas comme ça, Chuch. Raconte-moi la suite.

— C'est tout. C'est vraiment tout.

Il prit mes mains et me demanda gravement :

— Mais pourquoi veux-tu tant de pères ? Le tien est un homme bon qui ne veut que ton bonheur, Chuch...

— Peut-être. Mais je voudrais un père qui me considère comme une personne. Qui ne dise pas, lorsqu'il me fait un cadeau, que je ne le mérite pas. Qui oublie que je suis le fils d'une Indienne. Qui...

Je lâchai ses mains, laissai tomber ma tête sur la table et la cachai dans mes bras. Je me mis à sangloter. Et je continuai à parler :

— Je voudrais un père qui vienne dans ma chambre me dire bonsoir. Qui pose sa main sur ma tête. Qui entre dans ma chambre et, si je suis découvert, qui me borde tout doucement. Qui m'embrasse en me souhaitant une bonne nuit.

Fayolle posa sa main sur mon bras et attendit que ma crise soit terminée :

— Je comprends, Chuch. Je comprends.

Il sortit un mouchoir à carreaux noirs et blancs pour essuyer mes larmes. Le pire, c'est que ce mouchoir ressemblait à celui de Manuel Valadares.

— Allons, allons. Sèche tes yeux. Mouche-toi. Tu as eu une mauvaise journée. Tout s'en est mêlé pour que tu sois très malheureux. Mais ça va passer. Demain sera un jour nouveau.

Il se leva comme s'il avait eu une grande idée :

— Écoute, Chuch. Tu peux m'attendre un quart d'heure ? Tu me promets de ne pas sortir d'ici.

Je reniflai en disant que oui.

— Je reviens.

Il sortit. Il resta absent le temps annoncé et revint satisfait :

— J'ai réussi. J'ai parlé au frère Manuel. Il t'attend dans le corridor. Il va lever ta punition. Maintenant, va, Chuch. Va avec courage.

Je sortis dans le corridor et, tout au bout, le frère Manuel m'attendait en jouant avec les pans de sa ceinture. Mes pieds se mirent à peser comme du plomb. Mais je devais continuer. À cet instant, Adam prouva une fois de plus qu'il était mon ami :

— Vas-y, Zézé. Et pas d'impertinence.

Le frère avait l'air d'avoir deux cents mètres, et maintenant il était à moins de cinq pas de moi, les bras croisés. J'avançais en tremblant. Je ne parvenais pas à décoller mes yeux du ciment.

— Vasconcelos !

Sa voix s'était transformée. Ce ne devait pas être le même homme. Je tremblai encore plus, si fort que les larmes jaillissaient de mes yeux. Voyant que je m'étais appuyé à une fenêtre pour ne pas tomber, il s'approcha de moi. Il s'agenouilla près de moi et me prit le menton.

— Qu'est-ce que c'est que ça, grand bébé ?

Il enfouit sa main dans la poche de sa robe et en

tira un mouchoir, également à carreaux noirs et blancs. Il essuya mes yeux sans rien dire. C'est alors qu'il fit cet aveu :

— Je devais faire ça, mon enfant. Tu penses que ça m'a fait plaisir ? Tu penses que ce n'est pas dur de dire tout ce que j'ai dit à un petit garçon comme toi ?

Il se releva et me prit dans ses bras.

— Maintenant, c'est terminé. On n'en parle plus. Le frère Feliciano m'a tout raconté, tu n'es pas fautif. Ça va ?

Il me déposa sur le sol et sourit dans sa barbe noire.

— D'accord ?

Il me tendit la main pour que je la serre, et j'obéis.

— Maintenant, va et oublie tout.

Il me prit par les épaules et me fit faire demi-tour. Il me donna une petite tape amicale en me poussant.

5

Rêver

Chez moi, ma conduite déconcertait tout le monde. Tous les gens qui venaient à la maison faisaient des compliments sur ma sœur. Moi, je détestais tout ça. Il suffisait que je sache qu'il y avait quelqu'un pour que je disparaisse. Si je me trouvais dehors, je me débrouillais pour rentrer par la fenêtre de ma chambre sans qu'on me remarque. J'avais horreur de tendre la main, de faire un sourire ou de murmurer une parole aimable à quiconque ne m'était pas sympathique. Je n'étonnais plus personne, si, une fois mon piano terminé, même lorsqu'on m'avait accordé une demi-heure pour me détendre avant de me coucher, je me dirigeais vers ma chambre.

Presque toujours, j'y retrouvais Maurice assis dans ce grand fauteuil dont personne ne voulait parce qu'il était vieux, décoloré, avec des ressorts enfoncés. D'autres fois, il apparaissait quand j'étais déjà couché et que je terminais ma prière. Il arrivait toujours avec cet air à lui, sympathique, son large sourire et ses yeux brillants qui passaient du gris au bleu.

— Comment vas-tu, mon garçon ?

Il se baissait et m'embrassait, il voulait savoir tout ce que j'avais fait, tout ce qui était arrivé. Ses vêtements étaient très beaux. Le pli de son pantalon impeccable. Et toujours il répandait un parfum chic que j'aimais beaucoup sentir.

Mais ce soir, il tardait beaucoup. C'était ennuyeux, parce que, comme il me l'avait expliqué, il se levait très tôt pour aller tourner aux studios. S'il arrivait tard, il resterait moins longtemps avec moi.

— Je suis préoccupé, Adam.

— Tu es idiot, Zézé. Attends encore et cesse de t'affoler.

Je lui expliquai mes craintes.

— Maurice n'a peut-être pas de tournage demain et il pourra rester plus longtemps avec toi. C'est déjà arrivé une fois ?

— Trois fois.

— Alors...

Je me tus et me mis à prier Notre-Dame de Lourdes que j'adorais. Pour moi, elle était la plus grande de toutes les Notre-Dame. J'avais pour elle une dévotion sans bornes qui me faisait sous-estimer les autres. Par exemple, je pensais toujours que Notre-Dame de Fatima était une servante de Notre-Dame de Lourdes. Tout ce que je lui demandais était exaucé.

Et Maurice arriva en m'en faisant la surprise, comme toujours. Il entrait par n'importe où. Rarement par la porte pour ne pas attirer l'attention. C'était merveilleux. Maurice était entré dans la chambre en descendant du plafond. Il n'avait aucune difficulté à traverser les murs ou même la fenêtre fermée. Et il n'y avait pas moyen qu'il m'apprenne ces trucs magiques.

— Alors ?

— J'ai failli m'endormir. Tu as été si long, Maurice.

J'appuyai ma joue sur sa main.

— Le tournage s'est terminé tard, et comme demain je suis en vacances...

— C'est bien ce qu'Adam disait.

— Cet Adam est un gros malin.

— C'est vrai. Tu n'as pas ton chapeau de paille, aujourd'hui ?

— Il faisait froid là-bas. J'ai mis un costume plus chaud et ça n'allait pas avec le chapeau de paille.

Jamais il ne m'avait bien expliqué où était ce « là-bas », et je n'osais pas le lui demander. Une préoccupation passa sur mon visage et attira l'attention de Maurice.

— Qu'y a-t-il maintenant ?

— Une chose. J'y ai pensé beaucoup ces jours-ci.

— Alors, parle-m'en. N'est-il pas entendu qu'il n'y a pas de secret entre nous ?

— Mais c'est bête à demander.

Comme il continuait à m'interroger des yeux, je lâchai :

— C'est que j'ai peur qu'il t'arrive quelque chose.

— Pourquoi veux-tu qu'il m'arrive quelque chose ?

Je me sentis très malheureux et je demandai à brûle-pourpoint :

— Tu ne vas pas mourir, n'est-ce pas, Maurice ?

Il rit d'un rire joyeux :

— J'ai l'intention de beaucoup attendre pour ça. J'ai une très bonne santé.

Voyant que je pleurais presque, sa physionomie changea.

— Qu'est-ce que c'est que ça, maintenant ? Comment est-ce déjà que t'appelle ce frère au collège ?

— Chuch.

— Eh bien, Chuch, qu'est-ce que c'est ?

— C'est que je n'aime pas beaucoup aimer les gens. Et quand ça arrive, j'ai peur qu'ils meurent.

— Il est déjà mort beaucoup de gens que tu aimais bien ?

— Beaucoup, non. Seulement un homme qui m'a appris que la vie sans tendresse ne valait rien.

Je lui racontai rapidement l'histoire de Manuel Valadares, mon bon Portugâ qu'un train appelé le Mangaratiba m'avait enlevé.

Maurice me prit la main, très ému :

— Quel âge avais-tu, Chuch ?

— Entre cinq et six ans.

— Oui. La vie a de ces injustices. C'est un gros chagrin pour ton âge.

— Je te parle de ça, Maurice, parce que je t'aime beaucoup. C'est si difficile de rencontrer quelqu'un comme toi dans la vie que je ne sais pas...

— Tu peux te rassurer, tu peux te rassurer. Tout va aller très bien. Je ne vais pas mourir et tu ne seras plus triste.

— J'aimerais aussi te poser une question que j'ai déjà posée à Adam. Tu t'en iras, un jour ?

— Qui sait ? Je resterai avec toi jusqu'à ce que tu n'aies plus besoin de moi. Jusqu'à ce que je sois sûr que tu es devenu un petit homme qui sait se conduire seul. C'est bien, comme ça ?

— Oui, mais ce sera dans longtemps.

— Je ne sais pas. Tu es un petit garçon très précoce.

J'étais un peu consolé. Pourtant, malgré la présence de Maurice, quelque chose était douloureux au-dedans de moi.

— Je peux te parler encore d'une chose triste ?

— D'accord. Plus qu'une et c'est fini.

— C'est très court. Tu sais, Maurice, je n'ai jamais su où on a emporté mon Portugâ quand il est mort. Jamais. D'ailleurs, que peut faire un enfant de six ans ? Peu après sa mort, nous avons déménagé, après nous sommes revenus à Bangu et, très vite, très vite, j'ai été donné à mon père adoptif pour étudier, devenir quelqu'un et pouvoir soulager la misère de ma famille.

— Alors, tu dois oublier les choses que tu as laissées derrière toi et étudier beaucoup pour aider les tiens.

J'eus envie de rire.

— Pourquoi ris-tu ?

— Parce que, souvent, tu parles comme Adam. On dirait que vous vous êtes mis d'accord.

— Eh bien, notre ami Adam est un garçon sensé. Tout le monde possède, ou acquiert, une chose qui commence à naître en toi et qui s'appelle tout simplement le bon sens. Maintenant, je ne vais plus rester qu'un petit moment, car il est tard. Pas pour moi. Mais pour toi qui dois te réveiller tôt.

— Tu prends ton petit déjeuner au lit comme dans le film ?

— Toujours. C'est très agréable.

— Ici, au Brésil, les gens sont très vieux jeu. Ça ne se fait pas.

— Ce n'est pas non plus indispensable. Quand il le faut, je vais à table comme tout le monde.

Maurice réfléchit :

— Hier, tu allais me raconter quelque chose et tu t'es endormi avant de commencer. L'histoire de la guerre des uniformes. Tu te rappelles ?

— Ç'a été une guerre formidable. Mais je ne sais pas si ça t'intéressera beaucoup. Il n'y a pas une fin horrible comme dans le gloussement de poule.

— C'est encore une de tes blagues, au collège ?

— Oui. Mais il n'y en a pas eu d'autres. Quand je suis entré au collège, l'année dernière, l'uniforme des élèves était boutonné jusqu'au menton. Tu ne peux pas t'imaginer comme c'était malcommode. Avec cette chaleur qu'il fait toute la journée. Et nous, enfermés dans ces classes brûlantes. La sueur qui coulait dans le cou. Un jour, je m'habillais à la maison et, devant la glace, j'ai ouvert le haut de l'uniforme et j'ai retourné le col. J'ai mis par-dessus le col de ma chemise et je l'ai laissé entrouvert. C'était une merveille. Dorénavant, je le porterais comme ça. Dès que j'avais quitté la maison, tu sais, le col ouvert et la chemise par-dessus. Mais ça n'a pas marché comme je le pensais. En plein devant l'entrée du collège, je me suis trouvé nez à nez avec le frère José, le directeur. Ce frère est français, comme toi, Maurice. Mais il a de si gros sourcils, si rapprochés, qu'on dirait le pont d'Igapó. Quand il se fâche, cette broussaille noire se soulève sur son front, on dirait un porc-épic.

— Qu'est-ce que c'est que ces nouveautés, senhor Vasconcelos ?

La voix était terrifiante.

— Habillez-vous !

J'obéis en tremblant et baisai sa main velue et humide.

Quand je rentrai chez moi, je m'arrêtai dans le jardin de la cathédrale. Je jetai ma sacoche sur un banc et j'entrouvris mon uniforme. Quel délice. Mon ami était surpris.

— Essaie, Tarcisio. C'est diablement bon.

— Non. Si un frère passe par là, on va se faire pincer.

— Qui veux-tu qui passe ? Ils sont tous en train de dire leur bréviaire, ou quelque chose dans ce genre, à cette heure-ci.

Pourtant, Tarcisio ne se décida pas :

— J'essaierai dans ma chambre, à la maison.

Le diable me souffla une idée :

— On pourrait commencer une guerre. La guerre de l'uniforme.

— Et à la fin, se faire punir comme toi pour le gloussement de poule ?

— Si tu ne veux pas, ça ne fait rien. Je vais commencer, et tu vas voir comme ça va prendre.

Effectivement, chaque fois que c'était possible,

vite, mon uniforme révolutionnaire. Mon audace grandit au point que j'allais en récréation l'uniforme entrouvert. J'entrais en classe et une voix s'élevait :

— Vasconcelos, de la tenue !

J'obéissais. Mais, à la première occasion, je revenais à la charge. C'était le diable. Et ça devint une litanie. Une rengaine. Vasconcelos, de la tenue. De la tenue, Vasconcelos. Vasconcelos, de la tenue. De la tenue, Vasconcelos.

Et la chose s'aggravait :

— Vasconcelos, en punition.

Je fermais mon uniforme et restais contre le mur, les bras croisés.

Vint la menace :

— Tu vas avoir de mauvaises notes sur ton bulletin.

J'avais de mauvaises notes, je me faisais gronder, on me menaçait même de téléphoner chez moi. Ça, ce serait pire. Heureusement, la menace ne se réalisa pas.

Je me battis tant pour ma guerre qu'elle porta ses fruits. Toutes les bêtises prennent vite. Les imitateurs apparurent. C'était une véritable chasse aux rebelles. De la tenue ! En punition ! De mauvaises notes ! Et vlan ! Il suffisait qu'on s'éloigne du collège pour que les uniformes commencent à s'entrouvrir.

Maintenant, j'étais devant Fayolle.

— Chuch, ne fais pas ça. Ferme ton uniforme.

J'avais pitié de lui et je le fermai :

— Pardon, Fayolle.

— Maintenant, tu dois venir avec moi à la salle de réunion des frères. Pourquoi fais-tu ça, Chuch ? Je n'ai jamais vu un moucheron comme toi inventer tant de complications.

Je suivis lentement Fayolle. Nous pénétrâmes dans la grande salle. Tous les frères du collège étaient autour de la table, m'attendant en silence. On m'ordonna de me mettre bien en face d'eux, mais on n'exigea pas que je croise les bras. C'était horrible d'être observé par tous ces regards sévères. Même Fayolle s'était assis de l'autre côté. Si j'échappais au regard du frère Manuel, je tombais en plein sur les yeux du frère Joaquim. Seul le frère Flavio avait un air de sympathie. Il dissimulait un sourire. J'aurais pu en profiter mais, si je le regardais, il allait pousser un vrai éclat de rire. Qui allait prendre l'initiative de l'accusation ?

Une chose était évidente : ils se renvoyaient la balle. Le frère Luiz ne prendrait jamais cette initiative. Le frère Onézimo n'en aurait pas le courage parce que son portugais était confus. Le frère Estevao, qu'on appelait dans son dos Frankenstein, préférerait certainement me donner une gifle et attendre de voir si les choses s'arrangeaient. C'est le directeur qui se décida. Ses énormes sourcils s'agitaient lentement.

— Senhor Vasconcelos.

Ça y était. Nous étions en scène tous les deux. Mes cheveux blonds, presque blancs, se collaient à mon front en sueur. Ce qui sortit de ma gorge n'était pas une voix, mais un semblant de voix :

— Présent, frère José.

Fayolle regardait fixement la table, il devait en avoir compté toutes les taches. Peut-être même priait-il pour moi.

— Eh bien, senhor Vasconcelos, vous allez nous faire le plaisir de nous montrer comment vous portez votre uniforme, n'est-ce pas ?

J'hésitai. Mais ses épais sourcils se soulevèrent, le faisant ressembler, avec ses yeux noirs et brillants, à une chouette en colère.

— Qu'attendez-vous ? Vous vous flattez de le porter comme ça en bravant la discipline du collège.

Mes doigts glacés ne parvenaient pas à dégrafer les crochets du col. J'étais tout tremblant. Pourtant, il était urgent d'obéir. Enfin j'y réussis, et bientôt le col de ma chemise apparut en liberté.

— C'est vous qui avez inventé cette mode ?

Ma voix ne sortait pas. Le frère Manuel risqua un avis :

— Tu ne vas pas dire, cette fois, que ce n'est pas toi l'auteur. Le gloussement de poule, je veux bien. Nous avons accepté l'explication. Mais maintenant ?

— C'est moi, frère directeur. Moi seul.

— Et pourquoi ?

À quoi bon nier ? J'allais tenter ma chance en disant la vérité.

— Parce que c'est un uniforme très laid.

— Et encore ?

— Parce que, comme ça, on ne sent pas autant la chaleur et on n'est pas à moitié asphyxié.

— Encore autre chose ?

— C'est plus joli.

— Encore une raison ?

— Avec l'uniforme ouvert, je n'ai pas trop mal à la tête. Il y a des moments, en classe, où on fait très attention et où il fait très chaud, et ma tête éclate.

Je me tus et mes yeux étaient pleins de larmes.

La voix du frère José était devenue si douce que je sursautai.

— Vous savez ce qui vous attend ?

— Sûrement je vais rester en punition toute ma vie. Je vais écrire mille lignes en disant que je ne dois pas porter mon uniforme comme ça. À la fin, on va téléphoner chez moi et je serai privé de cinéma et de plage.

On dit qu'un cœur ne fait pas mal, mais le mien me faisait mal. D'abord ce fut un mince filet de larmes. Ensuite, quand j'éclatai, ce fut une véritable inondation sur mon visage.

— Je... je préfère mourir. Casser la vitre de

l'armoire de chimie, prendre une pierre de poison. Comme ça, personne ne me punira plus.

— C'est bon. C'est bon. Il n'est pas nécessaire de mourir pour cette fois. Quant à la punition, c'est une chose à étudier. Maintenant, retire-toi et va t'asseoir dans le bureau du frère Feliciano. Ensuite nous t'appellerons.

J'obéis. Marchant comme si j'avais maigri beaucoup et ne pesais rien. Je restai assis en regardant le dessin du carrelage, espaçant mes sanglots et souhaitant disparaître dans le premier trou venu. Je perdis même la notion du temps. Et je ne repris conscience que lorsque la grande cloche ordonna de regagner les classes.

Je levai la tête et Fayolle avançait lentement vers moi. Ses yeux avaient un air de grande satisfaction. Il s'approcha et, cette fois, je n'eus pas la tentation de saisir, pour rire, les pans de sa ceinture.

— Chuch !

Je ne répondis pas. Je n'avais même pas le courage de le regarder.

— Écoute, Chuch, j'ai une grande nouvelle pour toi.

Certainement, il était parvenu à faire réduire ma peine. Ou alors, on n'allait pas téléphoner à la maison.

— Je ne te la dis que si tu me regardes. Ne sois pas

fâché contre moi, j'aurais cent fois préféré qu'on ne fasse pas toute cette histoire.

Je levai la tête. Son visage était à nouveau ce soleil rayonnant de bonté. D'une main, il tenait une petite règle en caoutchouc et donnait de petits coups dans la paume de son autre main.

— Tu as confiance en moi, Chuch ?

— Toujours. Si je n'avais pas confiance en toi, en qui pourrais-je avoir confiance dans la vie ?

— Alors, viens là.

J'obéis et il souleva doucement mon visage.

— Il est arrivé un miracle, Chuch. Un miracle que je n'espérais pas moi-même. Tu sais quoi ? Tu as gagné la guerre.

— On ne va pas me punir, Fayolle ?

— Non. Au contraire. Tu les as beaucoup étonnés, ils ont trouvé que tu étais très intelligent. Ils ont longuement discuté et sont arrivés à la conclusion que c'est toi qui avais raison.

S'il n'avait pas été un frère, je lui aurais sauté au cou.

— Maintenant, je ne te raconterai la suite, ce qu'ils ont décidé, que si tu me réponds franchement.

Je fis une croix sur ma poitrine, jurant.

— Ce n'était pas vrai ce que tu as dit... cette histoire de poison, que tu allais voler dans la salle de chimie, n'est-ce pas ?

— J'ai menti, Fayolle.

Il respira très fort, soulagé.

— J'ai menti, Fayolle. Parce qu'on n'a pas besoin de casser la vitre de l'armoire. Une fois, le frère Armando enlevait la poussière sur les pierres, et je l'aidais. À un moment où il ne regardait pas, j'ai volé un morceau de pierre que j'ai toujours avec moi. Souvent j'ai envie de mourir.

À nouveau mes larmes menaçaient de réapparaître.

— Mais, Chuch, tu es encore un petit enfant. Tu n'as pas douze ans. Pourquoi penses-tu à ces choses ?

— Parce que je suis un enfant malheureux. Tout le monde passe son temps à me dire que je ne vaux pas la nourriture que je mange. Que je suis un Indien. Que je suis un sauvage pinagé. Que je ne suis bon à rien.

Là, j'éclatai en sanglots.

— Tout ça, ce sont des bêtises. C'est faux. La vérité, c'est que tu es un enfant très travailleur, très intelligent et très vif. Tu ne m'as pas dit que tout le monde s'étonne que tu sois si petit et si en avance ? Tu as oublié que tu vas être l'unique élève à terminer le collège à quinze ans ? Alors ? Voyons, Chuch, ne pleure pas. Les choses vont s'arranger avec le temps. Je sais que tu seras un enfant heureux comme les autres. Ne suis-je pas ton ami ? Eh bien, beaucoup de gens sur terre n'ont même pas un ami. Tu ne crois pas ?

Mon désarroi se heurtait à la bonté du frère Feliciano et me ramenait au bon sens.

— Tiens, prends.

Il me tendait à nouveau le mouchoir à carreaux noirs et blancs.

— Ça va mieux ?

— Oui.

— Si je te demandais quelque chose, tu le ferais ? Mais une chose d'ami à ami. Tu promets ?

— Je promets.

— Attention ! tu as promis. Si tu tiens parole, je t'achèterai des paquets d'images. De ces grandes images dont tous les enfants font collection dans un album. Tu ne les collectionnes pas ?

— Non. Je n'ai jamais d'argent pour en acheter. Quand j'ai envie de manger une glace qui me fait mal à la gorge, je prends l'argent du tramway et je rentre à pied à la maison.

Fayolle fit un geste :

— Un tas grand comme ça.

Je souris.

— Ce n'est pas la peine, Fayolle. Pour toi, je ferais n'importe quoi pour rien. Qu'est-ce que c'est ?

Une hésitation apparut sur le visage de Fayolle comme s'il craignait de perdre un pari.

— Laisse-moi voir la pierre de poison.

Je ne protestai pas. J'enfonçai la main dans la poche de ma vareuse et on entendit trois billes s'entrechoquer. La pierre était nichée parmi elles. Je la mis dans le creux de ma main et, à la lumière, elle était très jolie, toute bleue.

— Elle est belle, n'est-ce pas ?

— Elle est belle, mais très triste. Et surtout dangereuse.

Il me regarda bicn dans les yeux. Il me regarda comme jamais il ne l'avait fait. Sa voix me supplia :

— Tu ne veux pas me donner cette pierre, Chuch ?

— Pourquoi la veux-tu, Fayolle ? Tu es heureux. Tu as Dieu dans ton cœur. N'est-ce pas ce que tu dis ?

— Bien sûr. Mais je ne veux pas que mon petit Chuch fasse ou pense des bêtises. Tu t'imagines comme je serai préoccupé si je sais que tu as toujours ça dans ta poche, si je pense au danger que tu cours ?

— D'accord, tu peux la garder. Si je veux mourir, je trouverai un autre moyen. Ça ne fait rien.

— Oui. J'aime mieux ça. Tu as beaucoup à vivre, mon enfant, et cette histoire de mourir, on doit la laisser dans les mains du Bon Dieu.

Il avait gagné son pari.

— Et la suite, Fayolle ?

— Quelle suite, Chuch ?

Dans son émotion, il avait tout oublié. Il se frappa le front.

— Quelle tête j'ai, mon Dieu !

Il rit d'un air heureux.

— Il est arrivé un miracle comme je te l'ai dit. Non seulement on ne va pas te punir, mais on va te permettre de porter ton uniforme à ta guise. Nous sommes presque à la fin juillet. Tous les élèves pourront porter leur uniforme comme ils le voudront. Pour l'année prochaine, c'est déjà décidé. L'uniforme sera modifié. Tu as gagné, Chuch. Maintenant, va. Tu peux arriver en retard, le frère Amadeu ne dira rien. C'est entendu.

Je restai debout sans me décider, regardant son bonheur.

— Tu vois, Chuch, comme la vie est belle parfois ?

— C'est vrai.

Je marchai à reculons jusqu'à la porte pour ne pas perdre un seul instant de sa joie. Je m'arrêtai une seconde sur le seuil, juste pour entendre son commentaire : « Cœur d'or ! »

Je me tournai vers Maurice, et il me regardait tendrement.

— C'était trop long, n'est-ce pas, Maurice ?

— Non. C'était intéressant.

— Je pensais que tu t'étais ennuyé.

— Pas une minute. Tu sais, mon garçon, que tu es un des êtres les plus sensibles que j'aie rencontrés ?

Ces mots, dits par Maurice, me rendaient très fier.

Il regarda sa montre.

— Qu'elle est belle ! Elle est en or ?

— Tout en or. Même le bracelet.

— Je n'ai jamais rien vu de si beau de ma vie. À dire vrai, je n'ai jamais vu beaucoup de montres. Quand je serai grand, j'en aurai une, un jour.

— Certainement. Mais tu sais ce que dit ma montre ? Que c'est l'heure pour les enfants de fermer les yeux pour rêver.

— Tu rêves beaucoup, Maurice ?

— Rarement. On devient un homme, on fait son chemin dans la vie et les choses se transforment.

— Ben, moi, je rêve terriblement. Je pose ma tête sur le traversin, je détends mon cœur comme Adam m'a appris, et ça y est.

— Si je pouvais, si je pouvais... Alors, voyons comment tu te prépares à rêver.

— Comme ça.

Je tapotai mon traversin et posai ma tête dessus. Maurice remonta le drap sur ma poitrine :

— Maintenant, « Monptit », je dois t'avertir d'une chose pour que tu ne sois pas trop triste. D'accord ? Je vais passer une semaine sans pouvoir apparaître. Mais dès que je le pourrai, je reviendrai. Pourtant, pas avant jeudi prochain.

Je serrai ses mains entre les miennes et il les retira lentement. Il caressa mes cheveux.

— Maurice, qu'est-ce que c'est, « Monptit » ?

— L'abréviation de « Mon petit ».

— Je comprends.

Je fermai les yeux très fort pour ne pas le voir partir. C'était le moment où il était le plus mon père.

Maurice m'embrassa et murmura :

— Bonne nuit, Chuch. Rêve, mon enfant.

La paix de la nuit, la paix de l'obscurité s'était faite dans ma chambre. Le sommeil venait, si fort, que j'entendis à peine une petite voix très loin, très amie, très amie :

— Bonne nuit, Zézé.

— Bonne nuit, Adam.

6

Allons réveiller le soleil

— Enfin, Zézé, ça suffit, pour l'amour de Dieu ! Assez. Tu vas avoir onze ans et tu dois changer. Ce sont des pleurnicheries à faire perdre patience à un chrétien. Assez ! Ça suffit.

— Je sais, Adam. Mais tu vois bien : j'ai beau faire, j'ai toujours les yeux qui se mouillent.

— Et alors ? Tu n'es pas un homme ?

— Si. Je suis un homme, mais j'ai envie de pleurer. Voilà.

J'étais près de bouder. Adam s'en aperçut et changea de tactique :

— Regarde par la fenêtre, Zézé. Le jour est si beau, le ciel si bleu, les nuages comme de petits moutons. Tout exactement comme le jour où tu as libéré le petit oiseau de ta poitrine.

Je commençais à trouver qu'Adam avait raison.

— Surtout le soleil, Zézé. Le soleil de Dieu. La plus belle fleur de Dieu. Le soleil qui réchauffe et fait germer les graines.

Je me rappelai une poésie qu'on avait lue en classe et qui parlait du soleil qui faisait germer les graines. Cet Adam était terrible.

— Le soleil qui fait tout mûrir. Qui donne sa couleur au maïs et rend transparentes les eaux du fleuve. Ce n'est pas beau, Zézé ?

— Si. Je n'aime pas quand il n'y a pas de soleil. Je trouve la pluie jolie si elle vient et s'en va tout de suite. Quand elle dure trop, je me sens tout moisi.

— Si le soleil de Dieu est si beau, imagine un peu l'autre.

J'étais interloqué :

— Quel autre soleil, Adam ? Je ne connais que celui-ci qui est déjà très grand.

— Je veux parler d'un autre encore plus grand. Le soleil qui naît dans notre cœur. Le soleil de nos espérances. Le soleil que nous réveillons dans notre poitrine pour réveiller aussi nos rêves.

J'étais émerveillé :

— Adam, tu es aussi poète, non ?

— Non. Seulement j'ai senti avant toi l'importance de mon soleil.

— Et le mien ?

— Le tien, Zézé, est un soleil triste. Un soleil environné de larmes au lieu de pluie. Un soleil qui n'a pas découvert tout son pouvoir et sa force. Qui n'a pas encore embelli tous tes moments. Un petit soleil, un peu grincheux.

— Qu'est-ce que je dois faire ?

— Peu de chose. Il suffit de vouloir. Tu dois ouvrir les fenêtres de ton âme et laisser entrer la musique des choses. La poésie des moments de tendresse.

— La musique comme celle que je joue ?

— Ce n'est pas exactement ça. Tu fais une musique extérieure. C'est une musique qui ne mène à rien. C'est toi que tu dois baigner de musique au lieu de faire une musique froide pour les autres.

Je restais stupéfait de tout ce que me disait Adam.

— Le principal, Zézé, c'est que tu découvres que la vie est belle et que le soleil que nous réchauffons dans notre poitrine nous a été donné par Dieu pour augmenter toutes ces beautés.

— Tu veux dire qu'en pleurant je mouille les rayons de mon soleil ?

— Bien sûr. Et je suis venu pour ne pas laisser ton soleil se refroidir. Pas vrai ?

J'approuvai.

— Alors, serre-moi la main comme un ami et allons réveiller le soleil !

— Comment puis-je serrer ta main puisque tu es caché dans ma poitrine ?

— En pensée, comme les autres fois.

Je fermai les yeux et pensai. Instantanément, je sentis sa main tiède frôler la paume de ma main.

— Adam, on bavarde ?

— Ce n'est pas l'heure, Zézé. Tu dois te concentrer pour étudier. Quand on montera la rue, en allant au collège, on bavardera.

— Il n'y a pas de danger, non. Je peux jouer ça les yeux fermés, tu veux voir ?

— Non, Zézé. Pour l'amour de Dieu. J'entends des pas au-dessus. Ta mère est réveillée. Elle va descendre d'ici peu.

— C'est bon, si tu ne veux pas...

Je retournai à mes croches et à mes doubles croches, à mes triples croches et à mes quadruples croches. Un ressort se détendit en moi, et envoya promener ma tristesse. Pfft ! Je n'avais plus que trois jours à attendre pour que Maurice revienne. Et ça n'avançait à rien d'être impatient. Il arriverait le soir...

Je souris, heureux. Maurice, deux fois, ne m'avait-il pas fait une surprise ? D'abord, un jeudi où j'avais le diable au corps et où j'avais ouvert Joaozinho de mauvaise humeur. J'avais envie de donner des coups de poing sur les notes, de voir les cordes se casser et les petits ressorts s'envoler de tous les côtés. J'avais même envie de mordre ces petits marteaux de feutre, à l'intérieur. C'était un de ces moments où je ne savais pas comment entreprendre mes exercices. Pas ombre de possibilité de réveiller mon soleil. Je m'assis sur la banquette en sentant mon âme tirer la langue. Mes doigts étaient durs comme des crochets de fer. Sur ce, j'entendis un « pscht ! » et je me retournai, tout content.

— Holà ! Chuch.

— Toi là, à cette heure-ci ?

Maurice s'était assis dans l'un des fauteuils du salon et mettait un doigt sur ses lèvres pour me recommander le silence.

Je murmurai tout bas :

— Pourquoi es-tu venu ?

— J'ai senti que tu avais besoin d'encouragements.

— Aujourd'hui, j'en ai vraiment besoin.

— Pas tant que ça. Joue pour moi, rien que pour moi.

J'obéis et tout se transforma. J'étais si absorbé que je n'entendis pas ma mère qui était descendue pour me voir étudier. Quand elle le faisait, c'est qu'elle était très satisfaite de mes progrès.

— À la bonne heure. J'aime te voir étudier avec application, sans mauvaise volonté.

J'avais une peur horrible qu'elle ne se soit assise sur les genoux de Maurice. Heureusement, elle avait choisi un autre fauteuil.

Une autre fois, Maurice m'apparut en pleine classe. Il fit une révérence, ôta son canotier et me salua. Son sourire joyeux était de la taille du soleil de son âme.

Brusquement, l'image de Maurice se transforma en une autre, très lointaine. Je m'imaginais à l'école publique, et je voyais, dans ma tendresse, mon Portugâ qui me faisait un signe. J'allais être triste quand Adam m'avait conseillé :

— Zézé, Zézé, regarde le soleil !

Il avait raison. Jamais plus je ne pourrais avoir mon Manuel Valadares. Jamais, jamais. Un train maudit l'avait tué.

— Oublie, Zézé. Pense à Maurice. Ça vaut mieux.

Et c'était vrai. Maurice n'allait jamais mourir. Lui-même me l'avait promis. Il n'y avait pas de train, d'avion, de bateau, de ruade de cheval... rien qui puisse lui faire du mal.

Néanmoins, Maurice était loin et je devais attendre trois jours pour qu'il revienne.

— Adam, nous pouvons bavarder, maintenant ?

— Et ta mère ?

— Elle n'est pas encore prête, et c'est enfantin ce que je joue.

— Que veux-tu tant me dire ?

— Il t'a plu, ce frère grand et tout maigre qui est arrivé ?

— Le frère Ambrôsio ?

— Lui, oui. Tu n'as pas aimé le cours de littérature qu'il nous a fait ?

— Pour dire la vérité, Zézé, quand j'ai vu que tu était si attentif, j'en ai profité pour faire un petit somme.

— Quel crime, Adam ! Il est fantastique. Il va être notre professeur l'année prochaine. Tout ce qu'il dit est nouveau et il a promis qu'il va nous faire travailler les méninges.

— Travailler quoi ?...

— Les méninges. C'est ce qu'il a dit, et il a expliqué ; si tu n'avais pas dormi, tu saurais ce que c'est. Les méninges, c'est la même chose que la cervelle.

— Ah !

— Mais tu ne vas pas me dire que tu t'es aussi endormi aujourd'hui à la messe ?

— Ça, non. J'étais très réveillé. C'était une des choses les plus drôles que j'aie jamais entendues.

— Et si tu avais vu !

— C'est comme si j'avais vu.

La scène était toute fraîche dans ma mémoire. Sur le grand tableau, contre un pilier, était inscrit le numéro 214, un cantique en l'honneur de saint Joseph. On se mit à chanter, dirigés par la grosse voix du frère José et accompagnés par l'harmonium du frère Amadeu, là-haut :

Volez, volez, célestes messagers,
Vers Joseph à toutes ailes accourez,
De Jésus, dans ses transes dernières,
Qu'il aille adoucir le calvaire.

Ensuite il y avait un autre couplet et l'on reprenait le refrain. Et voilà que le frère José s'endormit pour de bon. Il avait même la tête inclinée. Personne n'avait le courage de le réveiller. Même pas les autres frères comme ça aurait dû normalement se produire. Mais non. Quand sonna la clochette de l'évangile et que tout le monde avait déjà terminé et commençait à s'agenouiller, le frère José se réveilla en sursaut et entonna tout seul :

Volez, volez, célestes messagers,
Vers Joseph à toutes ailes accourez...

Ce fut un désastre. Un éclat de rire général. Il fallut que le frère Ambrôsio d'un côté et le frère Manuel de l'autre passent de banc en banc pour rétablir l'ordre. Malgré ça, quelques élèves se firent punir. Moi, c'était tangent, comme dit le frère Joaquim.

Le frère José était rouge comme un poivron.

— Tu crois, Adam, que Fayolle a ri ?

— Certainement pas.

— Même pas en dedans ?

— J'en doute. Ce frère est un ange.

— Gros comme il est ? Je n'ai jamais vu d'ange comme ça.

— Je parle au sens figuré.

— Tu es compliqué.

J'essayai un instant d'imaginer Fayolle avec de grandes ailes dorées, les bras croisés sur la poitrine comme sur les tableaux de l'Annonciation. Non, ça ne marchait pas.

L'après-midi, j'allai bavarder avec Fayolle. Je voulais savoir des choses. Mais la principale, c'était s'il avait ri en dedans.

Quand je le lui demandai, il me regarda avec un sourire.

— Tu n'as vraiment pas ri, Fayolle ?

— Quelle idée, Chuch !...

— Mais c'était drôle !

— J'avoue que oui.

— Tu n'as même pas ri en dedans ?

— Je ne pouvais pas, Chuch. C'est un vieillard. C'était pénible et humiliant pour lui, tu ne trouves pas ? Tu es encore trop jeune pour sentir ça.

Sans doute Adam avait raison comme toujours. Fayolle était un ange. Je le regardais avec insistance en essayant de l'imaginer avec de grandes ailes dans le dos.

— Qu'as-tu à me regarder comme ça ?

— Rien, rien. Fayolle, est-ce que tu sais une chose ?

— Laquelle ?

— Comment volent les anges ?

Il sourit.

— Encore une de tes idées.

— C'est sérieux. Je voudrais savoir. On voit toujours les anges immobiles, les ailes fermées. Toujours les bras croisés comme s'ils avaient terminé de voler et étaient arrivés. Est-ce qu'ils battent des ailes comme les hirondelles et les moineaux ?

Fayolle gratta ses cheveux roux et bouclés. Dommage qu'il ne les ait pas toujours ainsi. Venait un coiffeur, et zzzz, il le tondait à zéro, ne laissant qu'une petite touffe sur le devant.

— Écoute, Chuch, pour dire la vérité, je ne sais pas et je n'y ai jamais réfléchi. Ce doit être parce que les anges n'aiment pas qu'on les voie voler, ou parce qu'ils volent dans l'obscurité et que les gens ne peuvent pas les voir.

L'explication ne me satisfaisait guère. Mais voyant les efforts que faisait Fayolle pour me donner une réponse, je décidai d'approuver.

— Et maintenant ?

— Je peux te parler d'homme à homme ?

— Chuch, pas de complications.

— C'est que j'ai entendu une chose.

— Quelle chose ?

— Je me doute de ce que c'est, mais je voudrais en être sûr.

— Bon, dis.

— Ce que je vais te demander, je l'ai déjà entendu dire deux fois. D'abord par le frère...

Je chuchotai un nom à son oreille.

— Et ensuite quand Maurice m'a raconté une histoire où il était fâché.

— Qu'est-ce que c'est ? Vas-y.

— D'accord. Mais tu m'as permis. Qu'est-ce que ça veut dire « M » ? E-M-E ?

Il mit la main sur sa bouche pour ne pas pousser un grand éclat de rire :

— Tu veux vraiment savoir, Chuch ?

— C'est bien de tout savoir.

— Bon, « M », c'est la même chose que « merde ».

— Comme en portugais ? Mais avec un « e » à la fin au lieu d'un « a » ?

— Exactement.

— Que c'est drôle !

— Qu'y a-t-il de si drôle ?

— En français, c'est si joli. On dirait le nom d'une petite chatte avec des pattes de velours. Je sais.

— Tu ne peux pas dire ça devant tout le monde, Chuch.

— Je ne vais pas le dire vraiment. À la maison,

quand je prends mon petit déjeuner tout seul, par la fenêtre je vois le mur du jardin. Et il y a toujours deux chattes maigres qui arrivent. L'une, c'est miss Sonia à cause d'une vieille Anglaise qui passe son temps à tricoter. L'autre, c'est Déluge, à cause de l'arche de Noé : je donnerais n'importe quoi pour y monter. Hier, il est apparu une autre chatte qui n'a pas de nom. Elle marche très délicatement comme si elle avait des pattes de velours. Je vais l'appeler comme ça.

Fayolle était mort de rire.

— J'aime te voir ainsi, Chuch. Un diablotin qui invente des choses. Sans cette tristesse que tu avais.

— Depuis qu'Adam est là, j'ai toujours un petit soleil de joie en moi.

— C'est bien. Mais dis-moi, Chuch, comment sais-tu que ce sont trois chattes ?

— C'est très simple. Dadada m'a dit qu'il n'y a que les chattes qui soient de trois couleurs. Elle l'a appris dans le sertão.

— Je vois. On s'instruit tous les jours.

Un léger coup de coude dans ma poitrine. La voix d'Adam était inquiète :

— Assez, Zézé. Cesse de rêver. Ta mère descend, elle arrive.

— Que peut-il bien y avoir, mon Dieu ? J'ai étudié correctement. Elle n'a fait aucun signe alarmant.

— Tu peux t'arrêter, quelques instants.

Elle tenait dans les mains un rouleau de papier et ses yeux avaient une tristesse que je ne leur avais jamais vue.

Elle alla droit au sujet :

— Tu sais que ton père est malade et qu'il va être opéré ?

Comment aurais-je pu savoir ? Il était toujours rose et vigoureux. Il est vrai que, de temps en temps, il avait une fièvre bizarre. Il allait jusqu'à quarante de fièvre et, le lendemain, il était frais comme si rien ne s'était passé.

De la tête, je fis signe que je ne savais rien.

— Eh bien, il va être opéré. Nous allons passer deux mois à Rio pour ça.

Pourquoi me racontait-elle ces choses ? Avant même le petit déjeuner ?

— Tu vois ce papier ?

Elle le déroula.

— Lis. C'est quelque chose qui « devrait » t'intéresser.

Une main appliquée avait écrit : Valse n° 10, 7e Valse opus 64 et Nocturne opus 9 n° 2 de Chopin.

— Tu sais ce que c'est ?

— Je sais.

— C'est une commande de dona Maria de Penha pour que je l'apporte de Rio. Elle va donner un récital de ses élèves au théâtre Carlos Gomes et c'est toi qui dois l'ouvrir. Elle dit que si tu travaillais davantage, tu pourrais présenter l'examen d'entrée en quatrième année, au Conservatoire.

Tout était très mystérieux.

— Quand nous partirons pour Rio, tu seras interne au collège Santo Antônio.

Mon âme fit un bond. Quelle chance !

— Et, pendant deux mois, tu n'auras personne qui surveille tes études de musique.

— Mais comment pourrais-je ? Étudier dans ce tohu-bohu, avec les élèves qui s'agitent de tous les côtés. Et par-dessus le marché, avec un piano sourd, aveugle et tordu. Un vieux piano faux. Poussiéreux et idiot...

— Inutile de répliquer. Je sais ce que je dis. Je vais te poser une question très importante. Qui sera très importante pour ta vie... Veux-tu continuer à étudier le piano ? Oui ou non ?

Adam me poussait de toutes ses forces : « Dis tout de suite que non, idiot ! Tu n'as pas attendu ça toute ta vie ? »

— Oui ou non ?

Ma réponse vint sèche et dure comme si mes lèvres eussent été de pierre.

— Non.

Elle prit le papier de mes mains.

— C'est bien. Tu as décidé. Tu continueras à étudier jusqu'à la prochaine leçon et tu rendras ça à ton professeur. C'est dommage !

Alors éclata la tempête. Non qu'elle ait crié ou m'ait parlé durement. Elle semblait parler pour elle-même :

— Quand tu fermeras ce piano, jamais plus tu ne pourras l'ouvrir. Tu entends ? Jamais plus. Mais je ne te donnerai jamais, non plus, de crayons ni de couleurs pour dessiner ou peindre. Tout ça sera interdit. Seulement le nécessaire pour le collège. J'allais t'apporter de Rio une belle boîte d'aquarelles, une quantité de timbres pour commencer une collection et tant d'autres choses ; maintenant, il n'en est plus question.

Elle se leva, le papier à la main.

— Tu as décidé. Maintenant, ferme ce piano et va prendre ton petit déjeuner. Ne traîne pas pour ne pas arriver en retard au collège.

Elle tourna le dos et sortit.

— Qu'est-ce qui m'est arrivé, Adam ?

— Je ne sais pas. Mais si tu as pris une décision, ne reviens pas en arrière. Désormais, tu pourras grimper aux arbres, faire de l'exercice et plein de choses. C'est bien ?

— Oui.

Je disais ça sans grande conviction. Mais j'étais certain d'une chose. Je ne reviendrais pas en arrière.

Je posai le coussinet de feutre vert sur les touches

de Joaozinho avec un soin que je n'avais jamais eu avant. Je regardai son nom écrit en lettres dorées : Ronish. Je fermai le couvercle et sortis sans sentir mon corps, comme si, dans mon âme, j'avais été coupable de trahison envers un ami.

7

L'adieu à Joaozinho

— Je n'ai plus que trois jours de piano, Adam, et une leçon pour dire au revoir à mon professeur, dona Maria da Penha.

— Elle va être triste ?

— Je ne crois pas. Je lui ai dit si souvent que je voulais cesser d'étudier. Je me suis tant plaint. J'ai mis tant de mauvaise volonté qu'elle sera sûrement soulagée.

— Tu dois te persuader d'une chose : tu as dit que tu cessais, c'est fini. Pas question de revenir en arrière ou de te laisser influencer. Parce que, Zézé, c'est une occasion unique. Si tu ne t'arrêtes pas maintenant, tu ne t'arrêteras jamais. Tu deviendras un petit vieux à cheveux blancs comme Liszt et tu mourras en jouant du piano.

— Je ne reviendrai pas en arrière.

— Et sois sûr que ta mère va tenir sa promesse. Jamais plus tu ne poseras les doigts sur les touches d'un piano.

— Et tu penses que je voudrais ? C'est comme la messe. On est obligé d'assister à tant de messes que, quand je serai grand, j'éviterai même de passer près d'une église.

— Tu ne prieras plus ?

— Ça, c'est différent. Prier, c'est bavarder avec Dieu. Une gentille petite conversation, en prenant son temps. On peut même prier couché, il est content. Maintenant, je vais me taire. Cet exercice est difficile en diable et je dois faire très attention à ma main gauche.

Mais l'exercice terminé, le papotage reprenait :

— Aujourd'hui, il revient.

— Maurice ?

— Bien sûr, idiot, qui d'autre pourrait revenir ? Je suis mort d'impatience que ce soit le soir.

Je poussai un immense soupir.

— Qu'est-ce qu'il y a, Zézé ? Tu n'as pas le courage d'attendre ?

— Je pensais au dîner.

— Oui. Tu dois être très sage, poli, aimable.

— Comment sera-t-il, l'écrivain ?

— J'en sais autant que toi. Qu'il est portugais, qu'il habite Rio et qu'il a écrit un livre qui s'appelle *Poudre du diable.*

— Est-ce que c'est bien ?

— Quelqu'un a déjà lu le livre ?

— Mon père, je crois. Mais il l'a fait disparaître. Il l'a si bien caché que ça ne doit pas être un livre pour les enfants. Un mercredi, quand je n'aurai pas classe, je vais fouiller partout et le lire en cachette.

— Tu es complètement fou, Zézé.

— Je vais faire comme avec les livres de médecine.

— Qu'est-ce qui se passe avec les livres de médecine ?

— Tu sais, ces gros livres qui sont dans la bibliothèque. Eh bien, je les ai lus un à un, en cachette.

— Non !

— Un dimanche, mon père était assis près d'une des bibliothèques et il feuilletait des livres. Je ne sais pas par quel miracle je suis passé par là. Il a ôté ses lunettes de son nez et m'a appelé. Il m'a regardé sévèrement et il a dit d'une voix grave : « Tu vois ces livres ? » Il a montré tout le rayon. « Je ne veux pas que tu y touches, compris ? » J'ai fait oui de la tête et je me suis éloigné très intrigué. Qu'est-ce qu'ils avaient que je ne pouvais pas voir, ces livres ? Tu sais, Adam, je ne les avais jamais remarqués avant. J'y pensais, j'y pensais, et le diable me soufflait : « Vas-y, idiot, et regarde. Le mercredi, ta mère a une réunion de dames patronnesses et tu es seul avec Dadada... Pfft... personne n'en saura rien. »

— Et toi ?

— Ça n'a pas traîné. Le premier mercredi, je me suis précipité pour les regarder. J'y ai passé beaucoup de mercredis. Mais ça n'en valait vraiment pas la peine.

— Si ça n'en valait pas la peine, pourquoi as-tu passé tant de mercredis à les regarder ?

— Parce que je voulais voir tout. De A à Z. C'était plein de femmes nues, d'hommes nus avec des boutons, des écorchures, des pustules, des éruptions, des blessures, des jambes cassées, des bras tordus. Une chose horrible.

— Qu'y as-tu gagné ?

— Rien, au contraire. Parce qu'à table, quand on servait de la viande saignante, à moitié crue, j'en avais l'estomac retourné.

— Et il s'en est aperçu ?

— Rien du tout. Les grandes personnes sont quelquefois très bêtes. Je marquais bien l'emplacement et je faisais attention de ne rien changer.

Je tournais les pages du cahier et commençais un autre exercice. Bientôt, la conversation avec mon crapaud reprenait :

— Tu sais ce que j'ai découvert hier, Adam ?

— Comment veux-tu que je sache, puisque tu ne m'as rien raconté ?

— C'est qu'en cessant le piano, je pourrai rentrer très tôt à la maison. Je n'aurai pas besoin de faire mes devoirs en étude. Je les ferai chez moi et j'aurai le temps de m'amuser. Mais m'amuser vraiment. Je vais monter dans le manguier, dans le sapotillier. Je vais voler des goyaves au voisin. Quand j'étais petit, j'étais terrible pour voler des goyaves, j'étais imbattable. Et puis, il y a autre chose. Maintenant, mon père m'envoie chez Cascudinho chercher des livres. L'autre jour, il m'a demandé si j'aimais lire et il m'a dit que, dès que je « pourrais », il allait me prêter des livres d'aventures pour les lire en cachette.

— Comment vas-tu faire ?

— C'est facile. Quand je ferai mes devoirs à la maison, je m'installerai sur la table de la salle à manger. Tu as déjà passé la main sous la table ?

— Bien sûr que non. Quelle idée, Zézé !

— Eh bien, c'est une table à rallonges. Il y a deux planches en dessous qui forment une espèce d'étagère. Là, tu peux cacher ce que tu veux. Tu lis, tu lis. Et quand tu entends des pas dans l'escalier, vite tu mets le livre sous la table et tu le remplaces par un livre de classe. Personne ne s'en apercevra jamais.

— C'est vraiment bien imaginé, Zézé. Une bonne idée.

— Tu sais, Adam, à propos de cachette ? J'ai découvert la cachette au trésor de la maison.

— Qu'est-ce que c'est ?

— Tu n'habitais pas encore avec moi. Tu ne peux pas savoir. J'étais intrigué de toujours voir des magazines avec des pages arrachées. Il devait y avoir des choses qui n'étaient pas pour les enfants. J'ai tellement fouiné que j'ai fait une découverte. Dans ce meuble qui tourne, il y a un coin où ils cachent tout. C'est comme ça que j'ai découvert la Vénus de Milo. Une grosse bonne femme, sans bras, et avec tout ça dehors.

Je tapais sur ma poitrine pour expliquer.

— C'est là que se trouve tout ce que je ne peux pas voir.

Je poussai un soupir de soulagement car l'horloge sonnait sept heures et demie. Bientôt, bientôt, on m'enverrait au collège. Place du Palais, Tarcisio m'attendrait avec son bel uniforme bien à la mode. Avec des pantalons patte d'éléphant différents des miens, trop étroits, de péquenaud. Je ne sais pas ce qu'il en aurait coûté à ma mère de faire faire les miens comme ceux des autres enfants. Quelle difficulté à ce que les fées Carabosse cousent mes uniformes ? Mais non. C'était cette fatalité. Dona Beliza, la sœur de Ceicao, fabriquait ces monstres informes pour que tout le monde se moque de moi et me persécute.

— C'est un sauvageon. Quand il vient quelqu'un, il disparaît dans sa chambre.

C'était une façon, pour ma mère, d'excuser mon impatience. Aussi, ce diable de dîner n'en finissait plus. C'était une conversation ennuyeuse où l'on faisait des mystères de tout. Il n'était question que du roman. Mais on en parlait par petits morceaux. En s'arrêtant aux moments qui devaient être les plus intéressants.

Quand je pus enfin dire bonsoir et que j'entendis la porte de ma chambre se refermer derrière moi, je respirai.

Maurice était là. Il était plein de soleil. Dans les cheveux, dans son sourire, sur son nœud papillon.

Il se leva et me serra dans ses bras.

Je l'embrassai avec tant d'enthousiasme qu'il dit :

— Doucement, Monptit, tu vas me faire tomber.

— Ah ! Maurice, Maurice. Que c'était long ! Cette semaine n'en finissait plus. J'ai tant de choses, tant de nouvelles à te raconter.

— Laisse-moi te regarder.

Je m'éloignai, obéissant.

— C'est bien. C'est bien. Bonne mine, mais toujours maigre et fragile. Il faut changer ça.

Il retourna à son fauteuil et je m'installai en face de lui, sur le lit.

— Maurice, d'abord je dois te demander une chose. Une chose qui est dans un livre dont on ne fait que parler depuis trois jours à la maison. L'auteur a dîné avec nous, c'est pour ça que j'étais long à venir.

— Qu'est-ce que c'est ?

Je lâchai la question comme si j'avais lancé une pierre :

— Qu'est-ce que c'est, « cocaïne » ?

Maurice écarquilla les yeux.

— Quoi ?

— Oui. Cocaïne. Hier, j'ai demandé à Fayolle. Il s'est embrouillé, embrouillé, et il m'a dit que lorsque j'aurais quinze ans, je pourrais savoir.

Maurice caressa ma frange blonde.

— Bon, moi je ne serai pas aussi rigoureux. Je te fais un rabais. Quand tu auras quatorze ans et demi, je te le dirai. Si tu le découvres avant, tu n'y gagneras rien. Car c'est une chose totalement sans importance. En comparaison de toutes les choses intéressantes que tu dois me raconter.

— Il y en a beaucoup. Et toi, tu as beaucoup travaillé à des films ?

— Passablement.

— Des scènes d'amour ?

Il brandit son index d'un air si drôle que je souris.

— Monptit, Monptit ! J'ai fait beaucoup de scènes où je chante dans un café, en plein air. Ce n'est pas un film très amusant, mais je le fais pour honorer un contrat. Jusqu'à ce que je trouve quelque chose de plus intéressant.

Il me regarda comme j'aimais tant qu'il le fasse.

— Et alors ? Ces nouveautés ?

— Maurice, mes jours sont comptés.

— Tu ne vas pas encore me dire que tu vas mourir. Voyons, Chuch, cette phase est passée.

— Non. Personne ne va mourir. Il y a que je vais abandonner mes études de piano et que je vais revivre.

Je lui racontai tout en détail et il m'écoutait attentivement. Quand j'eus terminé, Maurice était un peu préoccupé :

— Mais es-tu bien sûr d'être totalement satisfait de cette solution ?

— Je crois que oui, Maurice. C'est définitif.

— Alors, nous avons gagné la guerre contre le premier ennemi.

J'étais étonné :

— Il y en a un autre ?

— Un autre peut-être plus important. Viens là.

Je m'assis sur le bras du fauteuil et il me serra contre sa poitrine de sorte que ma joue était appuyée contre sa tête. C'était tout ce que j'avais désiré d'un père. Sa main me souleva le menton et je sentis que ses doigts étaient doux. Ensuite ses doigts s'arrêtèrent sur mon cou. Jamais sa voix n'avait été plus affectueuse. Si j'avais été comme autrefois, j'aurais éclaté en sanglots. Mais je me dominais assez pour avoir seulement les yeux humides.

— Monptit, ton plus grand ennemi est là.

— Ma gorge ?

— Oui. Nous devons faire enlever ces amygdales le plus vite possible.

Je pleurnichai, à demi désespéré :

— Maurice. C'est la chose dont j'ai le plus peur après le diable.

— Ça passera. Et puis tu es courageux. Un petit homme qui sait vaincre sa peur. Ne m'as-tu pas dit que tu avais horreur des crapauds ?

— Oui, c'est vrai.

— Et pourtant, ton plus grand conseiller est un crapaud qui vit dans ton cœur.

— Mais Adam est « enchanté ».

Nous restâmes silencieux. Moi, pour ne rien perdre de cette tendresse que je n'avais jamais eue dans ma vie. Pour rester ainsi ne fût-ce qu'une demi-heure, j'aurais été capable de supporter cent cinquante opérations des amygdales.

— Alors, Monptit ?

— Tu veux vraiment, Maurice ?

— C'est pour ton bien, mon enfant.

Sa main caressait à nouveau mes cheveux.

— Et puis, ce n'est pas bon d'avoir toujours la gorge enflammée. Tu n'aimes pas les glaces ?

— J'en suis fou.

— Sans tes amygdales, tu pourrais manger des tas de glaces toute la journée. Tu pourrais rester plus longtemps dans la mer sans t'enrhumer. Ce pus qui se fabrique dans ta gorge va descendre dans tes reins, dans ton estomac. Plus tard, ça peut te rendre malade.

Dieu du ciel, quelle chose étrange ! Maurice répétait les propres paroles du médecin. Sauf que lui me le disait plus gentiment et qu'il était moins menaçant.

— Tu es un ami du docteur Raul Fernandes ?

— Je n'en ai jamais entendu parler.

— C'est drôle, tu dis les mêmes choses que lui.

— Tout le monde sait ça. Il n'y a pas besoin d'être médecin ou ami de médecins. Qu'en penses-tu ?

— Une fois, j'ai essayé de me faire opérer, et ç'a été un véritable fiasco.

— Il y a combien de temps ?

— Plus de deux ans.

— Bon. Alors il y a déjà longtemps. Tu sais pourquoi je veux qu'on t'opère, Chuch ?

— Je le suppose. Mais tu ne veux pas continuer à m'appeler Monptit ? J'aime tant.

Maurice rit :

— D'ici peu, je vais t'appeler grand bébé. Donc, Monptit, quand tu seras délivré de ces maudites amygdales, tu verras commencer une nouvelle phase de ta vie. D'abord, tu vas t'allonger, grandir. Ensuite, tu vas devenir fort et musclé. Tu vas avoir une poitrine large à force de nager.

— Je vais pouvoir casser la figure à tous ces garçons qui se moquent de moi parce que je suis petit ?

— Bien sûr. À tous. Qu'en dis-tu ?

La peur étouffait à nouveau ma vaillance :

— Maintenant, ce n'est pas possible, parce qu'« ils » partent en voyage pour Rio dans huit jours.

— Ne détourne pas la question. Nous pouvons attendre jusque-là. Ainsi, tu affermiras ton courage. Non ?

— Puisque tu veux, je le ferai. Ça va être dur de m'habituer à cette idée. Quelqu'un qui va être content, c'est Fayolle.

— Nous serons tous contents. Ton ami Fayolle, Adam, moi...

— Maurice, tu crois vraiment que je peux avoir un crapaud-cururu dans le cœur ? Ça paraît une idée un peu saugrenue, non ?

— Pourquoi ne pas y croire ? On croit à tant de choses dans cette vie. Et aussi parce que tu es à un âge où tous les rêves sont une réalité.

Il souleva sa main pour voir l'heure. C'est incroyable, cette manie qu'ont les grandes personnes de toujours regarder l'heure. Et surtout quand tout était si bon.

Maurice devina mes pensées :

— Je sais, Monptit, mais j'ai eu une semaine terriblement lourde. Tu comprends ?

Je me levai. Lui aussi. Et je me dirigeai vers mon lit.

— Aujourd'hui, tu te couches tout habillé, avec tes chaussures ?

Nous éclatâmes de rire.

J'ôtai rapidement mes chaussures et commençai à me déshabiller. Il prit lui-même mon pyjama sous mon traversin. J'enfilai d'abord le pantalon et ensuite la veste. Les doigts de Maurice se mirent à boutonner ma veste. Et moi, je sentais un désir immense de ne jamais grandir. D'avoir toujours Maurice près de mon cœur et que mon pyjama ait deux cent quatre-vingt-deux boutons.

Je passai la journée à retourner cette idée dans ma tête. Je me remémorais tous les détails de ma première opération de la gorge. Un échec. Je l'avais annoncé à tout le monde, collège, voisins. J'avais fait un raffut de tous les diables. J'étais le plus grand héros de la terre parce que je me faisais opérer. Mais quand vint le moment, qu'on m'entortilla dans une espèce de camisole de force et qu'apparut une aiguille grande comme ça, je me mis à hurler. On tenta de me maintenir. Des infirmières arrivèrent. Moi, je criais si fort qu'on devait m'entendre jusqu'au fin fond de Natal. Ce fut une tragédie. Et une honte pour moi.

Je n'avais pas envie de penser à bavarder avec Adam. L'après-midi, comme c'était mercredi, je travaillai dans la salle à manger. Mes doigts caressaient la cachette, sous la table, où je mettrais les livres. Où les livres allaient m'aider à rêver un peu plus encore.

Les paroles de Maurice bourdonnaient à mes oreilles.

Subitement, je pensai à une chose et je me levai.

Adam devina mon intention :

— Attention ! Zézé, ta mère l'a défendu.

— Personne n'en saura rien. Dadada n'en parlera pas.

J'avais abandonné le piano depuis une semaine et mes premiers regrets de Joaozinho commençaient à se manifester. J'entrai dans le salon et me dirigeai vers lui sur la pointe des pieds. Je soulevai le couvercle et cette odeur que jamais je ne pourrais oublier emplit mes narines.

— Salut, Joaozinho.

J'éloignai la banquette, je m'assis et allongeai mes doigts sur le clavier. Je commençai à jouer les morceaux que j'aimais. Pas d'exercices. D'abord la *Chanson triste* de Tchaïkovski. Ensuite un nocturne. Après *Rêverie,* de Schumann. Je jouais comme je ne l'avais jamais fait. Je jouais parce qu'il n'y avait personne qui m'y oblige. Parce que j'aimais ce que je faisais. Je jouais de toute mon âme, de tout mon cœur, et ça me faisait beaucoup de bien.

— Tu vois, Joaozinho, comme c'est bon comme ça.

J'étais étonné qu'une semaine sans exercices n'ait

pas rouillé mes doigts. Je jouai encore un morceau et je sentis une étrange tristesse que je n'attendais pas, du moins pas si tôt.

Je le refermai en posant le coussinet de feutre avec beaucoup de tendresse.

Je retournai à mes devoirs et, à nouveau, les paroles de Maurice me revinrent.

J'avais la certitude que, cette fois, je ne faillirais pas. J'avais peur. Si j'échouais une deuxième fois, il pourrait se fâcher, et ne jamais plus m'appeler Monptit. Et, sans ça, je préférais mourir. Mais mourir pour de bon.

Le soir, comme je n'étudiais plus le piano, j'étais au portail avec ma mère et ma sœur, à regarder la vie calme de la rue Junqueira Ayres. Vint à passer une vieille demoiselle qui enseignait à l'école ménagère. Elle gravissait péniblement la montée. Elle s'arrêta devant la maison et nous dit bonjour. Soudain, une chose atroce se produisit. Elle s'adressa à ma mère :

— Cet après-midi, je me suis arrêtée un bon moment devant votre porte. Il y avait un ange qui jouait du piano, c'était une splendeur.

Ma mère me regarda droit dans les yeux et ne dit rien.

J'étais rouge et confondu.

Deux jours après, quand je rentrai du collège, je sentis une chose qui me tourmentait l'âme. Un malaise. Un avertissement, comme disent les braves gens.

— Qu'est-ce que tu as, Zézé ?

— Je ne sais pas, Adam. Quelque chose qui me rend très triste.

Nous entrâmes dans la maison et je jetai ma sacoche sur la table de la salle à manger. Quelque chose me poussait vers le salon. Là, je tombai assis sur le fauteuil de Maurice. À la place de Joaozinho, il y avait un vide énorme. Maintenant, ce salon allait mourir de silence. Je cherchai anxieusement dona Barbara. Elle était posée sur un guéridon, quelque part, comme si elle avait été détrônée.

— Ça ne fait rien, dona Barbara. Quand je serai un homme et que tu m'appartiendras pour de bon, je t'achèterai un piano encore plus beau.

La vérité, c'est que mon âme était toute vide. Je faisais un effort pour empêcher mes yeux de se remplir de larmes.

La voix d'Adam dit tout bas en moi :

— Regarde le soleil, Zézé, allons réveiller le soleil.

Deuxième Partie

L'heure du diable

1

La difficile décision

Il ne semblait pas que Joaozinho ait habité si longtemps cet angle du salon. Les meubles s'étaient comme rapprochés, ils avaient grandi et avaient pris peu à peu sa place. Mais la vérité, c'est que le salon, sans lui, était devenu complètement mort et affreux.

— Oublie, Zézé. Ne te sens pas coupable, tu n'as commis aucun crime. Ça devait arriver.

— Je sais, Adam. Mais tu vois, tout doucement je l'oublie.

— Pourquoi ne retournes-tu pas lire le livre de Tarzan ?

— J'y vais, j'y vais.

Ah ! Tarzan ! Cascudinho m'avait ouvert un

monde nouveau qui réveillait mon sang d'Indien. Tarzan des Singes qui vivait dans la forêt, volait dans les lianes, luttait avec les gorilles. Qui nageait avec les crocodiles et les hippopotames, se faisait suivre par Sheetah la panthère, montait sur le dos des éléphants.

Je dévorai presque *Les Fauves de Tarzan* et je n'avais plus qu'une envie, vite grandir pour m'enfuir vers la forêt, me faire un pagne en peau de gazelle et avoir un couteau à ma ceinture. Et tout serait très facile. N'étais-je pas petit-fils d'Indiens ? N'avais-je pas du sang de sauvage ? L'Amazonie ne renfermait pas de lions comme l'Afrique. Mais ses fleuves étaient tous immenses, pleins de crocodiles et de tapirs. Je ne me lassais pas de regarder le livre de sciences naturelles. J'adorais les sciences naturelles qui, par-dessus le marché, se trouvaient être enseignées par Fayolle. Cascudinho... (Pour moi, c'était Cascudinho, mais c'était le docteur Luiz da Câmara Cascudo pour ceux qui venaient de loin lui rendre visite, pleins de respect et d'admiration pour son savoir.) Donc, Cascudinho me regardait et paraissait deviner ce que je devais connaître. Sous mon apparence frêle, il avait découvert le monde d'impatience et d'aventures réprimées qui m'habitait. Quand j'eus fini avec la série des Tarzan, il avait attaqué la série des Scaramouche, suivie de *L'Épervier des mers* et autres pirates merveilleux.

Je retournai à la table aux mystères, tambourinai

avec mes doigts en cadence, mais mon impatience de retrouver Tarzan paraissait s'être dissipée.

— Zézé, qu'as-tu aujourd'hui ?

— Rien, Adam. Sauf une chose qui m'étrangle la gorge, un début de tristesse qui flotte en moi.

— Tu as à nouveau mal à la gorge ?

— Ce n'est pas ça, Adam. Je parle au sens figuré, comme toi et le frère Ambrôsio.

— Alors, c'est quoi ?

L'envie de bavarder s'enfuyait aussi.

— Je sais, tu es préoccupé parce que tu vas être interne, n'est-ce pas ? Mais ce sera très bien, Zézé. Une liberté formidable. Tu pourras jouer au ballon, et qui sait même si tu n'entreras pas dans l'équipe de Luiz de Mello !

— Tu crois ça ! L'Itararé n'accepte que les bons joueurs, et moi, je suis maladroit à pleurer.

— En t'entraînant un peu...

— Inutile. Mon fort, c'est nager. Ça oui. Je deviens fou quand je vois de l'eau.

Je me tus à nouveau.

— Je sais, Zézé. Pendant deux mois, tu vas rester sans Maurice. Il ne pourra certainement pas aller te voir.

Ce sujet, dont je ne voulais même pas me parler à moi-même, me faisait un peu mal.

— C'est un sujet désagréable.

— Mais tu dois t'habituer à cette idée.

— Je sais. Au collège, il ne pourra pas venir me voir. Parler avec moi toute la soirée comme nous le faisons toujours. La seule solution, c'est de dormir et qu'il m'apparaisse dans mes rêves quand il me manquera trop.

Je poussai un grand soupir.

— Mais ce n'est pas le fait d'être interne ni l'absence de Maurice qui me rend malheureux.

— Alors, dis.

— C'est lui. Tu as remarqué comme il est triste et préoccupé ? Maintenant, il ne chante plus dans la salle de bain : « Réveille-toi, ouvre la fenêtre, Stella. » Il a perdu cette manie de se fâcher pour tout. Il reste silencieux, il ne fait que lire, perdu dans le monde des livres et des journaux.

— C'est normal. Une opération est toujours une opération.

— Oui.

Je retournai à mon mutisme.

— Bon, Zézé, je respecte tes sentiments. Si tu ne veux pas parler, ne parle pas. Je te connais trop pour insister.

Sur les genoux de Maurice, la conversation continua. Je lui parlai de mes préoccupations.

— Prie, Zézé. Une opération est toujours une

opération. Ne m'as-tu pas dit qu'il était solide comme un roc ?

— C'est vrai.

— Alors, il guérira vite. Quand il reviendra, il sera bien portant et la vie reprendra son cours.

— Même maintenant, je ne suis pas à mon aise avec lui.

— Tu ne l'aimes pas ?

— Je l'aime un peu. Finalement, c'est un père de raccroc, mais c'est mon père. Ce n'est pas vraiment un ennemi. Je sais que parfois les enfants ne comprennent pas ce que veulent les grandes personnes. Mais, à sa manière, il doit vouloir mon bien.

— Je suis content de t'entendre raisonner de cette façon.

Puis il ajouta :

— Assieds-toi un petit moment sur le lit. Aujourd'hui, il fait une chaleur incroyable.

J'obéis, mais sans m'éloigner beaucoup de Maurice. Je voulais profiter de ces instants, de tous ces instants, sachant que nous allions rester deux mois l'un sans l'autre.

— Tu sais la vérité, Monptit ? Inconsciemment, tu l'aimes beaucoup. Et c'est bien comme ça.

— Je ne l'aime pas la moitié de ce que je t'aime.

Maurice rit.

— Oui, tu l'aimes. Et un jour, quand tu parviendras à prendre les choses comme elles sont, tu l'aimeras même beaucoup.

— C'est vrai ?

— Je te le jure. Un jour, tu l'aimeras comme il est. Parce qu'on ne peut pas demander aux gens plus qu'ils ne peuvent donner.

— Tout pareil.

— Pareil à quoi ?

— Le frère Ambrôsio a dit ça une fois, avec d'autres mots, et aussi que le bonheur est là où il est et pas là où on voudrait qu'il soit. Ce n'est pas tout à fait ça. Je ne sais pas répéter ses paroles, parce que le frère Ambrôsio parle très bien, tu sais ? Un jour, j'aimerais te le présenter, Maurice.

Je disais ça sans grande conviction. Ils vivaient tous deux dans des mondes très différents et ils étaient plus occupés l'un que l'autre.

— Maurice.

— Hum.

— Tu connais Johnny Weissmuller ?

— Non.

— Dieu du ciel ! L'acteur qui fait le rôle de Tarzan au cinéma !

— Ah ! j'y suis !

— On annonce *Tarzan, le fils de la forêt* au cinéma Royal. Je suis mort d'impatience de le voir.

Je me sentais un peu déçu de Maurice.

— Je pensais que là où tu travailles tout le monde se connaissait.

— Oh ! Monptit ! Là-bas, c'est un monde énorme. Une ville immense. Ce n'est pas tout petit comme Natal. D'autre part, il joue pour la Metro, et moi je suis à la Paramount. Tu sais, la montagne avec de petites étoiles, au générique.

— Oui. Tandis que la Metro est un gros lion terrible.

— Mais dans trois ans, je pense faire un film avec la Metro.

Je le regardai d'un air soupçonneux. Ne disait-il pas ça pour me consoler ? Maurice devina mes pensées :

— C'est sérieux. On prépare une grande production musicale où tu me verras en compagnie de Jeannette Mac Donald. Nous avons déjà fait un film ensemble, qui a eu beaucoup de succès : *Aube de l'amour.*

— Je ne l'ai pas vu. J'en ai entendu parler à la maison. Mais je ne suis même pas passé près du cinéma. Si j'avais su que c'était toi... Mais, tu comprends, j'étais tout petit.

— Et tu es quoi, maintenant ?

— J'étais encore plus petit. Continue.

— Eh bien, si je joue à la Metro, je connaîtrai Tarzan.

— Quel bonheur !

— Pourquoi ce nouvel enthousiasme ?

— Quand je serai grand, je veux être exactement comme lui. Aller dans la forêt, vivre là-bas. Et, comme j'ai du sang indien, ça se passera très bien. Tu le crois, Maurice ?

— Généralement, je crois tout ce que tu dis, mais cette fois...

— Pourquoi pas ?

— Simplement parce que, pour vivre dans la forêt, il faut beaucoup de force et de résistance, entre autres choses.

— Et je ne pourrai pas avoir tout ça ?

— Tu pourras si tu le veux.

J'étais rouge comme un poivron. Je savais où Maurice voulait en venir.

— Je sais, Maurice. Tu veux parler de l'opération des amygdales. Je t'ai déjà promis que je le ferai.

— Mais quand ?

— Maintenant, ce n'est pas possible. Tu sais que je vais être interne pendant deux mois. Seulement quand ils rentreront de Rio.

— Écoute, mon enfant, ce n'est pas un problème. Parles-en à ton ami Fayolle pour qu'il organise tout.

Je fis une moue. Mais ce n'est pas Maurice qui me rappela à l'ordre, ce fut Adam :

— Il a raison, Zézé. Tu dois te décider une bonne fois.

Maurice ne disait rien, mais il me regardait fixement.

— C'est bon. Je vais en parler à Fayolle.

— À la bonne heure, Monptit. Je veux te voir fort, brûlé de soleil, nageant comme un poisson. Cassant la figure à tous ces garnements qui se moquent de toi.

— Bien sûr. Mais tu vas me promettre une chose.

— Je promets.

— Le jour de l'opération tu seras là, tu me soutiendras.

— Je serai là, dussé-je être mis à l'amende. Je laisserai mon travail pour être près de toi.

Il regarda sa montre.

Mon cœur fit un bond. Le moment dont je ne voulais pour rien au monde était venu.

— Viens là, Monptit.

Il ouvrit les bras.

— Je dois m'en aller.

— Nous allons rester séparés deux mois, Maurice ?

— Il le faut, non ?

Il passa les doigts sur mes yeux.

— Je ne veux pas de larmes. Ça passera vite et tu seras très heureux, tu joueras avec un tas d'enfants de ton âge.

— Peut-être. Mais tu me manqueras beaucoup.

— Garde-moi dans ton cœur à côté d'Adam. Pense à moi de temps en temps.

Il continuait à caresser mes cheveux sans me lâcher.

— Ce soir, je ne t'aiderai pas à te coucher.

— Ça vaut mieux. Je me tourne contre le mur et je ne te regarde pas partir.

Je sentis un vide dans mon corps, dans mon âme, quand il s'éloigna de moi et disparut dans le mur. C'était comme si la chambre s'était assombrie lentement.

Quand je racontai mes résolutions à Fayolle, il resta perplexe.

— Je ne comprends pas bien, Chuch. Tu as brusquement décidé de te faire opérer des amygdales ?

— J'en ai beaucoup parlé avec Maurice et il l'exige. Adam passe son temps à me casser la tête avec ça.

— Et que veux-tu que je fasse ?

— Tu vas venir avec moi chez le médecin sans que personne le sache à la maison et décider de l'opération.

Le frère Feliciano se gratta la tête comme il faisait toujours quand apparaissait une difficulté.

— Mais, Chuch, je ne peux pas faire ça.

— Tu peux. Maurice m'a assuré que tu pouvais.

— Oui, bien sûr. Mais ma responsabilité ?

— Personne n'en meurt. Une opération des amygdales, c'est simple. Et puis, ce sera une surprise quand ils reviendront.

— Je dois tout de même y réfléchir.

— Ne réfléchis pas trop longtemps. Il faut que ce soit bientôt. Toi aussi tu passes ton temps à m'en parler. À me parler de glaces et de tout le reste.

Il gagna du temps en sortant sa montre de sa poche, en prenant son mouchoir à carreaux pour essuyer son front en sueur.

— Nous allons faire une chose, Chuch. Je ferai tout ce que tu veux, mais quand tes parents rentreront de voyage.

— Comme ça, ce n'est pas drôle.

— Si, tu vas voir. À leur retour, tu resteras certainement encore trois jours interne ici. Jusqu'à ce qu'ils se soient réinstallés. Nous en profiterons pour aller voir le médecin et te faire opérer.

— Sans qu'ils le sachent.

— Secret absolu. Je te le promets. Et quand viens-tu habiter chez nous ?

— Ils s'embarquent dans deux jours. Dès qu'ils seront partis, je viens avec mes affaires. Tu as réussi avec le frère Luiz ?

— J'ai réussi, diablotin. Tu seras avec les grands. Le frère Ambrôsio n'était pas très d'accord.

— Le frère Ambrôsio est vieux jeu. Tu te rends compte, Fayolle, vivre au milieu de ces marmots ?

Il rit.

— Maintenant, vite en classe, Chuch. La cloche a sonné.

Et ce furent les deux mois les plus heureux de ma vie jusqu'à ce jour. Je jouais au ballon, je m'amusais, je courais, je me rassasiais de soleil. Et ma gorge, par miracle, méritait dix sur dix. Elle ne se manifesta pas une seule fois. Un après-midi, le frère Flavio, en me voyant avec une si bonne mine, si joyeux, dit au frère Manuel :

— Regardez le visage de ce gamin, rouge comme une pomme.

— C'est ce qu'il lui fallait. Jouer avec des enfants de son âge, sortir de sa cage.

Je pouvais tout faire. Personne ne me défendait rien. J'étais responsable de ce que je faisais.

À cette époque, ma famille augmenta un peu. Fayolle me donnait de l'argent pour aller au cinéma le dimanche. Je vis Joan Crawford dans un film intitulé *Notre vingtième siècle.* Comme Maurice était loin, je décidai qu'elle pourrait être ma sœur. Et qu'une sœur si belle, si différente de la vilaine sœur que j'avais, pourrait bien épouser Johnny Weissmuller, et nous partirions pour la forêt sans aucun risque.

Un autre film marquant : *La Femme peinte.* Avec un acteur que je n'avais jamais vu, Spencer Tracy.

Lui, il serait mon oncle. Ensuite, je trouvai deux frères : George Raft et Charles Boyer. C'étaient des frères beaucoup plus âgés que moi. Dès que le dimanche arrivait, Fayolle m'envoyait au cinéma. Il me laissait assister à tous les films dont j'avais envie. Il comprenait que rien de tout ça ne me ferait de mal. Vers quatre heures, comme par hasard, il faisait un tour jusqu'à la place André Albuquerque et allait m'attendre au bout de la place.

Je lui racontais tout ce que j'avais vu au cinéma et il se délectait. Quand je lui parlai de ma nouvelle famille, il éclata de rire :

— Mais, Chuch, est-ce que cela ne fait pas trop de monde ?

— Pourquoi ? J'ai toujours eu beaucoup de frères et sœurs, Fayolle.

Il comprenait à nouveau ma solitude en voyant combien me manquaient mes frères et sœurs qui étaient loin.

— Il y a une chose, Chuch, que je ne comprends pas. Ta nouvelle sœur est la fille de Maurice ?

— Je n'y ai pas encore réfléchi.

— Et elle est la sœur de tes deux nouveaux frères ?

— Ça n'a pas d'importance, Fayolle.

— Non ? Et cet oncle est le frère de Maurice ?

— Ça se pourrait, parce que lui aussi est quelqu'un de formidable. La bonté en personne.

Mais mes frères ne s'entendent pas. Charles et George sont comme Caïn et Abel. Ils se détestent. Quand je suis avec l'un, je ne peux pas être avec l'autre. Eux non plus ne sont pas les fils de Maurice ni les neveux de Spencer Tracy.

Fayolle s'asseyait un instant pour se reposer sur un banc de la place, et il riait.

— Si tu continues, je vais faire un mélange de tous les diables !

— C'est un peu compliqué, mais pas tant que ça.

— Dis-moi une chose, Chuch. Quand as-tu le temps de voir tout ce monde ?

— Quand j'en ai envie. Même au cours de mathématiques. Je prends le livre, un petit vent entre par la fenêtre, et tout se transforme. Je n'ai plus l'impression d'être en classe, au collège. C'est si bon.

Il soulevait son gros corps, caressait ma tête et commentait :

— De cette tête il sortira beaucoup de choses. Pour l'instant, rêve et sois heureux, mon enfant.

Il pressait le pas.

— Rentrons. J'ai du gâteau et du fromage au réfectoire. Je veux au moins qu'ils te retrouvent moins maigre.

Et je vivais, je jouais, je rêvais. Mais je ne voulais pas penser à Maurice, car il ne faisait pas mine de venir au collège. Ma véritable famille, je n'y pensais pas. Sauf quand Dadada venait chercher mon linge ou le rapportait, repassé. Elle me donnait des nouvelles. Mon père avait été opéré. Il allait bien. Il achèverait ses deux mois à Rio pour se rétablir. D'autres fois, c'était ma sœur qui téléphonait au collège.

Le temps volait. Mon père rentra. Je restai encore une semaine interne. Et, un beau matin, je partis pour l'hôpital. J'avais des sueurs froides comme une glace à la noix de coco.

Fayolle m'accompagna et resta dans le cabinet de consultation. Une opération des amygdales ne demandait pas de salle spéciale. J'acceptai tout, mais Adam m'encourageait en dedans et, à la porte, Maurice, avec une chemise bleu clair, souriait, m'encourageant lui aussi.

2

La douleur d'une injustice

À peine eut-on retiré ces petites boules de ma gorge que, pfft ! je me mis à m'allonger. Mes pantalons, déjà archiconnus comme ceux du plus fameux péquenaud du collège, firent de moi la risée de la ville. Et comme mes bras, de minces baguettes qu'ils étaient, se transformaient en de raisonnables bâtons, je ne cessais pas de les mettre en action.

— Péquenaud, froussard, poule mouillée !

Coups de pied, coups de poing et œil au beurre noir. Je ne rentrais plus penaud chez moi. Je commençais à adorer les cours d'éducation physique. Je faisais tous mes efforts pour grandir et devenir fort.

Même Maurice s'émerveillait :

— Je ne te l'avais pas dit, Monptit ?

Il avait renoncé à sa vieille plaisanterie. Il suffisait que je raconte une histoire commençant par : « Quand j'étais petit... », pour qu'il dise : « Tu étais encore plus petit, Monptit ? » Maintenant non. J'avais atteint la taille de Joao Rocha, l'élève le plus âgé de ma classe. Et au foot, imbattable.

Mais ma plus grande passion, c'était nager. Nager. Nager comme Johnny Weissmuller quand il était vraiment Tarzan. Pour tout avouer, je séchais certaines classes de l'après-midi avec la protection de Fayolle. Je prenais mes jambes à mon cou, contournant les rues principales, évitant celle du cabinet de mon père, pour gagner le centre nautique Potengi. J'avais la manie de porter un maillot si minuscule qu'il tenait dans le creux de ma main.

— Chuch, pour l'amour de Dieu, sois prudent !

Je revenais chaque jour plus victorieux.

— Chuch, tous les jours, non. Pas plus de tous les trois jours.

J'exultais de mes succès :

— Tu sais, Fayolle, aujourd'hui j'ai réussi à faire l'aller et retour du Centre nautique au Club Sport. Bientôt, je le ferai sans m'en apercevoir, sans effort.

Fayolle m'écoutait, ravi :

— Je ne sais pas si j'ai raison. Mais ça fait plaisir de voir que tu n'es plus cet enfant triste et malingre.

Chaque jour, à cause de toi, je dois faire un acte de contrition.

— Ça n'en vaut pas la peine ?

— Si, mais quand tu pars nager, je ne cesse de prier jusqu'à ton retour. J'ai le cœur battant tout ce temps.

— Il n'y a pas de danger, Fayolle. Bientôt, bientôt, je pourrai même aller jusqu'au quai Tavares de Lira.

— Tout ceci est parfait, mon enfant. Mais assieds-toi là, sur cette chaise, nous devons avoir une conversation sérieuse.

J'obéis. Que se passait-il ? Quelqu'un allait-il me dénoncer chez moi ?

— Je sais tout ce qui se passe au Centre.

Je ris.

— Voyons, Fayolle, tu n'es pas choqué parce qu'on se déshabille tous ensemble ?...

— Non, ça c'est sans importance, il n'y a pas de mal. Mais j'ai parlé avec des élèves plus âgés qui vont nager là-bas le dimanche. Je sais qu'il y a des garçons qui vont nager près des gros bateaux au mouillage. Ce n'est pas vrai ?

— Si. Mais seulement les grands nageurs comme Jonas Honorio et Ebenezer. Pour l'instant, c'est trop pour moi.

— Même quand tu nageras mieux, tu dois me promettre que jamais tu ne nageras près des bateaux.

— Pourquoi, Fayolle ?

— Parce qu'on dit que c'est infesté de requins. Qu'ils sont attirés par les déchets de nourriture qu'on jette des navires.

— Ça aussi, c'est vrai.

— Alors !

— Sauf que jusqu'à présent personne n'a été attaqué par un requin.

— Mais ça peut se produire un jour, non ? Tu vas faire ça pour moi, Chuch ?

— Plus tard, je pourrai te le promettre. Pour l'instant, je ne nage pas assez bien pour me risquer si loin.

Je me rappelai un détail :

— Fayolle, tu aimes les pastèques ?

Il écarquilla les yeux, étonné de ce coq-à-l'âne.

— Pas beaucoup. Je fais semblant. Mais quel rapport avec ce que nous disions ?

— Il y en a un. L'odeur des pastèques est très forte ?

— Terriblement forte.

— Eh bien, c'est un avertissement que tous les nageurs du Club connaissent. Les requins ont une odeur de pastèque. Et quand un garçon la sent, il crie « Pastèque ». Il n'y a plus personne. Tout le monde file vers la jetée. Et si quelqu'un est trop loin de la rive, vite il monte dans une barque jusqu'à ce que l'odeur soit passée.

Il posa la main sur sa poitrine. Il était presque violet d'effroi :

— Chuch, ne me dis pas ça. Je ne serai jamais plus en paix.

Je pris ma voix la plus tendre :

— N'aie pas peur, Fayolle, rien ne m'arrivera. Je te promets de ne pas nager loin. Et quand je m'entraîne, je vais toujours du côté des maisons.

Il poussa un immense soupir et sembla apaisé par ma promesse :

— C'est bon. Mais tu as promis.

C'était un bavardage sans fin. Je sautais d'un sujet à l'autre avec une extrême facilité.

— Tu te rends compte, Adam ? Tarzan luttant contre King Kong. Ce serait une chose formidable.

— Mais, à côté du gorille, Tarzan aurait l'air d'un poulet.

— Tu crois ça. Dans *Tarzan, le fils de la forêt,* il se bat contre un singe presque de la même taille. Et puis, il lui suffit de lancer son cri de guerre pour que tous les éléphants viennent à son secours. Une drôle de bataille.

Un bon petit vent entrait dans la salle à manger. La pile de livres était à côté de moi. Mais où trouver le courage ? Le vent voulait m'emmener très loin. C'était le vent que j'appelais Apache. Le vent qui se levait quand Winnetou galopait dans les savanes et faisait flotter ses cheveux longs et noirs. Maintenant la passion de Winnetou. Mon père avait acheté les trois livres et, après les avoir lus, il les avait abandonnés dans la bibliothèque et ils allèrent dans la cachette de la table. Il y avait toujours un des volumes à portée de ma main.

Je souriais des commentaires que ma mère faisait pour les voisines.

— Il a cette qualité. Il travaille sans problème. Il a d'excellentes notes. Un peu faible seulement en mathématiques.

Les mathématiques, c'était une horreur. Mes notes s'étaient un peu améliorées parce que Fayolle enseignait l'algèbre dans ma classe. Lui comme professeur et l'algèbre avec plus de lettres que de chiffres, ça me convenait.

— Tu as vu, Adam ? Tout le monde me respecte au collège. Personne ne me cherche plus d'histoire. Tu crois, toi aussi, que je deviens un petit homme ?

— Et comment ! D'ici peu, tu n'auras plus besoin de moi et je pourrai m'en aller.

— Tu recommences avec ces bêtises. C'est la troisième fois que tu m'en parles.

— Personne ne peut éviter l'inévitable.

— Oh ! là ! là ! Adam ! On est content, il y a le vent Apache, et tu viens faire le rabat-joie.

Nous nous boudions. Et ma pensée s'absorbait dans le mystère des choses. La vérité, c'est que j'avais déjà douze ans. Le temps passait. J'étais à la moitié de ma seconde année de collège. Et ma vie s'améliorait. On me laissait rester plus longtemps à la plage. Explorer le monde du jardin. Là, je connaissais tous les arbres. Il y avait une mine de choses cachées dans le sapotillier. Et quelle émotion, le soir, de m'échapper par la fenêtre. De marcher sur le mur sans effrayer les poules et de grimper dans les branches du manguier. Un grand grillage séparait les deux poulaillers. D'un côté les poules Leghorn dans leurs impeccables robes blanches. C'étaient toutes des Dames aux camélias (je mourais d'envie de lire le livre). De l'autre, c'étaient les poules Rhode-Island Red, toutes très élégantes dans leurs jupes rouge feu très amples, avec une petite toque de dentelle un peu jaunie sur la tête. Elles mettaient de la dignité dans tout ce qu'elles faisaient. Je passais des heures sur le mur à regarder leur vie. Elles se penchaient avec élégance pour manger. On aurait dit qu'elles mangeaient des brillants et non du maïs. Quand elles picoraient, elles faisaient une chanson qui n'était pas laide, mais leur langue était bizarre, sans doute de l'anglais.

De là je passais à autre chose. À la maison, on m'avait permis d'avoir un ami. Il habitait la maison en face. Et il était aussi surveillé que moi. Il avait la réputation d'être l'enfant le plus riche de la ville. Il ne se déplaçait qu'en voiture, et souvent j'allais avec lui au collège dans cette grosse auto avec un klaxon comme un meuglement de vache. Sa maison était immense et toute fermée. Il était élevé par des tantes qui n'ouvraient jamais les fenêtres de la façade par crainte du soleil. Le dimanche, il allait à la messe dans la grande auto, assis entre ses deux tantes qui, pour ne pas perdre de temps, priaient à peine sorties du garage. L'une était très grande et très maigre. L'autre, petite et toute ronde. Le col de leur robe montait jusqu'à leur menton, et elles portaient éternellement des souliers vernis noirs toujours étincelants.

Et une fois par mois, on le laissait venir jouer, armé de conseils et de recommandations.

— Il vient aujourd'hui ?

Adam devinait mes pensées.

— Il doit venir.

— Zézé, tu as peur d'elles ?

— Des tantes ? Non. Une fois, elles ont parlé avec moi, et quand elles ont su que je n'avais fait ma première communion qu'à dix ans, elles se sont signées : « *Credo,* petit ! Les enfants doivent recevoir le Petit Jésus à six ou sept ans. Quand ils ont l'âme très blanche. – Peut-être. Mais, là où j'habitais avant, personne ne s'en préoccupait. » La plus grande me regarda avec pitié et me demanda : « Pourquoi ? Tes parents étaient des hérétiques ? » À ce mot, la plus petite fit un signe de croix. Au collège, Fayolle m'expliqua qu'hérétique, c'était la même chose que protestant.

Adam m'interrompit et insista :

— Mais il vient bien aujourd'hui ?

— Je t'ai déjà dit qu'il doit venir. Ses tantes pensent sûrement que, lui aussi, il devient un petit homme.

Un petit homme. Ces mots étaient un délice pour moi. Pour Adam aussi, je crois. Et mon père trouvait que j'étais trop grand pour bavarder avec les domestiques, même avec Dadada. Je ne pouvais même plus l'appeler comme ça maintenant. « Isaura, compris ? Elle s'appelle Isaura. » Et suivait une remarque plus impérative : « Je ne veux pas te voir à la cuisine. La cuisine n'est pas un endroit pour les enfants. »

— Adam, pourquoi me demandes-tu tant s'il vient ou pas ?

— Parce que, aujourd'hui, c'est le jour de l'ambulance.

Je bondis :

— C'est vrai.

Mon cousin d'adoption s'était cassé la jambe. Il devait se faire radiographier au cabinet de mon père. Il fallait une ambulance. Et comme il n'y en avait une qu'à l'hôpital, elle avait été retenue pour ce soir. Elle viendrait à huit heures chercher mon père. Sans que je sache pourquoi, j'avais été convié à l'accompagner. La vérité, c'est que je me souciais peu de sa jambe.

Ce que je voulais, c'était monter en ambulance, évidemment. Depuis toujours, cette idée m'obsédait.

— On aura le temps. On pourra jouer un moment sur le trottoir. Le dîner va être servi plus tôt, parce qu'il n'aime pas travailler l'estomac plein. Tout est prévu.

Il s'appelait aussi Joaozinho. Joao Galvao de Medeiros. Il était toujours bien habillé. Pantalon de casimir bleu et chemise de soie sauvage. Nous avions dîné à l'heure prévue et nous étions assis sur un banc du jardin public, devant la maison, jouant à parier des allumettes brûlées sur les voitures. À chaque automobile qui montait la rue, on pariait si la plaque avait ou non un neuf. Et le jeu allait lentement, car il n'y avait pas beaucoup de voitures à Natal et le soir encore moins.

De temps en temps, du haut de leur hôtel particulier, les deux tantes mettaient la tête à la fenêtre en prenant soin de poser un châle sur leurs épaules pour ne pas prendre froid. Elles se relayaient. Et quand c'était l'heure, elles agitaient une petite clochette. Joaozinho arrangeait ses cheveux, sa chemise et son pantalon, me serrait la main et partait. L'horaire habituel ne dépassait pas huit heures et demie.

Au portail, Dadada (Dadada non, Isaura) regardait le monde en prenant le frais, un œil sur nos jeux.

Un miaulement très faible se fit entendre dans la plate-bande du jardin. Nous cessâmes de jouer et nous attendîmes.

Le miaulement reprit, plus fort.

— Allons voir.

Je sautai sur la pelouse, j'allongeai la main et ramenai un tout petit chat.

— Le pauvre, il est abandonné. S'il reste là, une voiture va l'écraser. Ou un chien le mettra en miettes.

Joaozinho caressait la petite bête dans ma main.

— C'est un chat ou une chatte ?

— On va voir. Là-bas, sous le lampadaire il fait plus clair.

J'observai le chat.

— C'est encore pire. C'est une petite chatte.

— Comment le sais-tu ?

Je regardai Joaozinho avec stupéfaction. Il est vrai que ses tantes lui cachaient tout.

— C'est une chatte, tu ne vois pas ?

— Je peux la prendre ?

— Tiens.

Il était très heureux avec la petite chatte dans les bras. Il la caressait à n'en plus finir.

— Tu n'as jamais eu d'animal ?

— Non. Et toi ?

— Ben, moi, j'ai ce chien, Tulu, qui n'est pas vraiment un chien, parce qu'il est tout tordu, tout raccommodé.

— Je n'ai même pas ça.

— Pas non plus d'élevage de poules ?

— Rien.

J'eus une idée :

— Pourquoi n'emportes-tu pas la petite chatte chez toi ? Comme elle est apparue subitement, on l'appellera Aparecida.

— Mes tantes ne le permettront jamais, tu peux en être sûr.

— Mais si elle reste ici, elle va mourir. Tu pourrais l'emporter en cachette. Tu en parles au jardinier, chez toi. Dans ce grand jardin, personne ne la découvrira.

— Si, on la découvrira. Chaque matin, avant la messe, elles vont prier dans le jardin. Elles la découvriront. Elles ne supportent même pas de crapauds ou d'escargots.

— Qu'elles sont méchantes !

— Ce n'est pas ça. Elles n'ont pas l'habitude. Je ne joue avec des animaux que lorsque je vais à la *fazenda.* Là oui.

Nous nous tûmes, cherchant comment résoudre le problème.

— Pourquoi ne la caches-tu pas chez toi ?

— Il n'y a que la chambre de la bonne. On va voir ?

Nous nous mîmes à courir vers Isaura.

— Petit, laisse cette sale bête dehors.

— Ce n'est pas une sale bête, Dadada. C'est une jolie petite chatte. On doit la cacher jusqu'à demain. Demain on trouvera une solution. Tu ne veux pas la cacher dans ta chambre ?

— Tu es fou ? Pour que ce soit plein de puces ?

J'implorai :

— La pauvre ! Elle va mourir. Accepte, Dadada. Jusqu'à demain, pas plus.

Isaura se décida :

— Peut-être à côté, dans la soupente. Il y a un tas de vieilles malles, on peut la mettre là. Mais ça dépend d'elle. Si elle s'avise de miauler, elle est perdue.

— Elle ne miaulera pas. Regarde comme elle est sage. Si elle n'a pas froid, elle va se tenir tranquille.

— Allons-y.

Nous avions oublié l'heure. Ce qui importait, c'était de sauver Aparecida. Isaura alla chercher une bougie à la cuisine et je la suivis, la chatte sur mon cœur.

Joaozinho attendit au sommet de l'escalier et je descendis derrière Isaura.

Elle ouvrit la porte.

— Quelle saleté du diable, ici ! Je me demande pourquoi on ne jette pas toutes ces vieilleries au feu.

Elle chercha une malle en meilleur état. La lumière vacillante de la bougie remplissait la pièce d'ombres et de fantômes.

— On va la mettre dans celle-là. Je n'ai pas l'intention de me remplir de poussière et de toiles d'araignée.

À cet instant se produisit la plus grande tragédie de ma vie. J'avais tout oublié. L'ambulance, l'heure et la radiographie. Mon père s'était préparé une demi-heure plus tôt et était descendu pour m'avertir. Il alla au portail et ne nous vit pas. Il traversa la maison et découvrit Joaozinho qui attendait.

Il se mit en colère et commença à imaginer je ne sais quoi :

— Où est-il ?

Joaozinho tremblait comme une feuille, cette voix le terrifiait.

Il montra la chambre et la lueur de la bougie.

Je sortis, le cœur battant.

— Viens ici, sale petit désobéissant !

Je montai l'escalier, mes genoux s'entrechoquaient. J'aurais été incapable de dire un mot.

Il m'empoigna et je marchai devant lui. Nous nous arrêtâmes dans le petit jardin et, à la lumière, ses yeux étaient aussi en colère que sa voix.

— Alors, petit voyou ! Que faisais-tu dans la chambre de la bonne ? Vilain désobéissant ! Monte immédiatement. Tu ne viendras pas voir la radiographie.

La sirène de l'ambulance retentit au sommet de la rue. J'avais l'impression qu'elle me transperçait.

Mon père me tourna le dos et j'étais sans réaction. Mort d'humiliation et de tristesse.

Je n'avais même pas vu Joaozinho s'échapper et rentrer chez lui en courant.

Je ne pouvais pas bouger. Un nœud douloureux dans ma gorge m'empêchait de pleurer. Une question me poursuivait : « Pourquoi tout ça, mon Dieu ? » Le vent qui traversait le jardin glaçait la sueur sur mon corps.

Isaura montait l'escalier indignée, et venait dans ma direction. Elle comprenait toute l'étendue de ma tragédie et, dans sa rude façon de penser, elle trouvait criminel de traiter de la sorte un enfant.

— Rentre, viens.

Elle me poussait doucement. Mes dents grinçaient comme si j'avais mâché une orange amère.

— Allons, rentre. Demain j'expliquerai tout à ta mère, et ce sera fini.

3

Un cœur d'enfant oublie mais ne pardonne pas

Quand Maurice arriva, je me jetai, presque défaillant, dans ses bras. Mes yeux étaient rouges, gonflés à force de pleurer.

— Que se passe-t-il, mon enfant ?

En ravalant mes larmes et en reniflant, je lui racontai petit à petit toute l'histoire.

Maurice me laissa pleurer encore un peu, puis il tenta de me calmer :

— Ça va passer, Monptit.

— Ça ne passera jamais, Maurice. C'est une douleur aussi grande que lorsque j'étais tout petit et qu'il était arrivé cette histoire de Noël avec mon père. Chaque fois que vient le moment de Noël je revois ses yeux pleins de larmes et sa figure barbue. Ça ne passera jamais.

— Avec le temps, tu oublieras tout. Maintenant que tu es plus calme, laisse-moi m'asseoir, car j'ai travaillé debout toute la journée.

Il s'assit dans le vieux fauteuil et m'installa sur ses genoux.

Au milieu de mes larmes, je me rappelai une chose :

— Je suis un idiot, n'est-ce pas, Maurice ?

— Pas du tout. Ce que tu es et seras toute ta vie, c'est un enfant. Ça oui.

— J'avais décidé avec Adam que, puisque je suis un petit homme, j'allais éviter...

— Tu crois que je ne l'ai pas remarqué ? Quand j'arrive, tu hésites parfois à m'embrasser, n'est-ce pas ?

Je hochai la tête en reniflant.

— Et tu crois que c'est ça, être un petit homme ?

Il rit en caressant mes cheveux.

— Ça, c'est idiot. Pourquoi un fils n'embrasserait-il pas son père ? Et sache que, puisque tu m'as choisi pour père, tu peux devenir vieux et barbu et continuer à m'embrasser.

Mes larmes voulaient se calmer, mais mes membres étaient secoués de tremblements convulsifs.

— Où est passé mon fils qui parlait tant du soleil ?

De réveiller le soleil ? C'est dans des moments comme celui-ci qu'il faut prouver ses théories.

— Ce sera difficile. Je crois que mon soleil est tout gelé.

— Je t'ai déjà dit que demain serait un autre jour. Tout changera.

— Qu'est-ce que c'est, la vie, Maurice ?

— Ah ! Ça, je n'en sais rien. Pourquoi cette question ?

— Je réfléchissais. Je réfléchissais que, lorsque je suis venu ici, je ne savais pas la géographie. Je pensais qu'ici, c'était l'Amérique du Nord. Et que, de ma fenêtre, tous les jours, je verrais mes amis cow-boys : Buck Jones, Tom Mix, et surtout Fred Thompson. C'étaient des illusions. Je ne serais pas venu si j'avais su.

Je reniflai longuement.

— Si, je serais venu, parce que les enfants ne décident pas. Ils doivent faire tout ce que les grandes personnes veulent. Et j'étais si petit.

— C'est tout ?

— C'est tout.

— Tu as oublié une chose. Moi, je ne viens pas te voir tous les soirs ?

— Toi, c'est différent.

— Je te l'accorde. Mais combien de fois Johnny Weissmuller ou Tarzan ne viennent-ils pas frapper à la porte de tes rêves ? Ce n'est pas vrai ?

— Si, c'est vrai.

— Alors tu as un don merveilleux. Et quand on possède ce don, on doit croire que le soleil peut se réveiller aussi souvent qu'il le faut. Je ne veux plus te voir malheureux. Comment veux-tu que je puisse jouer demain si je te laisse avec toute cette tristesse ?

Il se tut un moment et continua à caresser mes cheveux. Mes yeux commençaient à s'alourdir.

— Je vais rester jusqu'à ce que tu dormes.

Avec une facilité inattendue il se leva du fauteuil et déposa mon corps assoupi sur le lit.

— Tu n'as pas à te déshabiller, tu es déjà en pyjama.

Je me couchai, tremblant encore. Je sentis que sa main tenait la mienne. C'était ça, un père. Un père qui veillait mon sommeil jusqu'à ce qu'il sente que j'avais retrouvé le calme.

Il était très tard quand je me réveillai. La lumière était encore éclairée et, dans le fauteuil, Maurice somnolait. Il ouvrit les yeux en m'entendant bouger.

— Tu es encore là, Maurice ? Il est tard.

— J'ai attendu d'être sûr que tu allais mieux et que tu t'étais endormi.

Il se leva et se pencha sur le lit.

— Maintenant, je m'en vais, Monptit.

Il me borda.

— Ne te découvre pas, l'aube est très fraîche.

Il caressa encore une fois mes cheveux.

— Dors bien, mon enfant, car, malgré tout, la vie est très belle.

La douleur, c'était une chose horrible ! Pourquoi ne venait-il pas une grosse douleur d'un seul coup, qui ensuite passerait aussi vite qu'elle était venue ?

J'avais tout raconté rapidement à Fayolle, et j'étais entré en classe avec le nez comme une pomme de terre et les yeux gonflés.

Tarcisio m'avait demandé ce que j'avais. Mais je ne pouvais pas répondre ni rien raconter, parce que mes yeux recommençaient à se remplir de larmes. Le monde avait perdu tout sens. Tout me blessait avec une telle brutalité que je perdais la notion des choses. Plus que cette chose en moi, qui me consumait. Ma douleur reprit, plus violente, et je m'effondrai sur mon pupitre, voulant me cacher, mourir, disparaître.

« Voyou ! Désobéissant ! »

Toute la classe resta stupéfaite. Le frère Amadeu s'approcha et demanda ce qui se passait.

— On n'en sait rien. Il pleure tout le temps. Il ne fait que pleurer.

Le frère Amadeu sortit rapidement de la salle et revint avec le frère Feliciano et le frère Léon. Ils m'emmenèrent à l'infirmerie. Je n'avais pas la force de monter l'escalier. Ils me portèrent.

Ils m'allongèrent sur un lit et desserrèrent ma ceinture.

— Bois ça, ça te fera du bien.

Je bus un remède un peu amer et bientôt une sensation de vide s'empara de moi. Mes mains perdaient leur force et un soleil d'été semblait réchauffer mon corps. Fayolle seul resta. Il me regardait tendrement.

— Fayolle !

— Quoi donc, Chuch ? Je suis là. Allons. Le remède va te faire du bien.

Tout renaissait brutalement.

— Je ne faisais rien, Fayolle. Rien de mal.

Je ne parvenais pas à me dominer et mes larmes jaillissaient.

— Je ne faisais rien de mal. Je ne suis pas voyou ni désobéissant. Ni les autres choses qu'il a dites...

— Bien sûr que non, Chuch. Tout le monde le sait. Tu es un enfant plein d'imagination, un peu turbulent, mais c'est tout.

— Je ne veux plus rentrer chez moi. Je ne veux pas rentrer déjeuner. Je ne veux plus jamais le voir.

— Aujourd'hui, tu déjeuneras avec moi. Je vais téléphoner chez toi. Je dirai que c'est l'anniversaire d'un des frères. C'est bien, comme ça ?

— C'est bien. Mais je ne veux déjeuner avec personne. Je ne veux plus voir personne. Je veux mourir, disparaître.

Je rassemblai mes forces et tendis la main vers lui.

— Pourquoi ne me la donnes-tu pas, Fayolle ?

— Que veux-tu, mon enfant ?

— Pourquoi ne me la rends-tu pas ? Ne me rends-tu pas ma petite pierre bleue ? À quoi ça sert de vivre ? Vivre pour quoi ?

— Non, Chuch. Ne parle pas comme ça. Il n'y a plus de pierre. D'ailleurs, tu me l'as donnée. On ne reprend pas ce que l'on donne.

Mes sanglots redoublaient :

— J'aurais préféré qu'un requin m'attrape dans le fleuve plutôt que d'entendre tout ce qu'il m'a dit.

Fayolle ne savait plus me consoler. Ses yeux se remplirent de larmes. Il mit la main dans sa poche et sortit le mouchoir à carreaux. Et cette fois, ce n'était pas pour me le prêter.

Maintenant, j'étais seul avec le frère Ambrôsio. Je l'avais entendu dire en français à Fayolle de nous laisser. Et Fayolle avait disparu dans l'escalier.

Il s'assit sur le lit voisin et posa ses longues mains sur ses genoux. Il était si grave qu'il n'avait même plus ce tic nerveux qui lui faisait continuellement cligner des yeux.

— Assieds-toi comme moi.

C'était difficile, car ma lassitude était si grande que mon corps m'obéissait à peine. Mais je m'assis.

— Alors ?

Sa voix était dure et impérieuse.

— Nous allons bientôt en finir ?

Je regardai, stupéfait, son visage maigre aux pommettes saillantes.

— Vous savez ce qui s'est passé ?

— Je sais. Et alors ? Je suis là pour mettre un terme à tout ça. Je suis là pour te préparer à rentrer chez toi.

— Je ne retournerai plus là-bas. Je ne veux plus le voir. Je ne veux plus le regarder en face.

— De face ou de côté ; j'ai dit : tu dois rentrer chez toi.

— Après tout ce que j'ai entendu ?

— Exactement. Après tout ce que tu as entendu. Et qui en réalité n'était rien.

— Vous dites rien ? Rien ? Vous pensez que je suis quoi ?

Je me mordais les lèvres dans un accès de colère et mes larmes menaçaient de couler. Mon désespoir était tel que je haussais le ton, oublieux de tout.

— Vous nous apprenez à aller à la messe. À communier. À avoir Dieu, le Christ et je ne sais quoi dans notre cœur. Exactement comme il fait tous les jours. Et pourquoi ? À quoi ça sert ? De se frapper la poitrine et tout le reste et, à la première occasion, faire des injustices pareilles...

Dans mon énervement, je me mis à taper des pieds

sur le carrelage comme si je voulais tout casser. Que le monde s'écroule à l'instant.

Le frère Ambrôsio se leva, furieux. Il me cria :

— C'est ça. Casse le carrelage. Tu ne veux pas te taper la tête contre le mur ? C'est beaucoup plus pratique !

J'étais déjà en larmes et ma voix changea de ton :

— À quoi sert tout ça, frère Ambrôsio ? Où sont l'amour et la charité ? C'est pour cette raison que, souvent, je vais communier en colère. Uniquement parce que, si je ne le fais pas, je suis privé de plage et de cinéma.

Le frère Ambrôsio mit la main sur ma bouche.

— Tais-toi et tais-toi ! Tu vas entendre ce que personne n'a le courage de te dire.

Il me prit par les épaules pour me forcer à m'asseoir. Son visage était à la hauteur du mien.

— Petit ingrat. Qui es-tu pour juger les autres ? Tu as pensé à la préoccupation de cet homme qui avait un cas difficile à soigner ? Non. Pour toi, ce n'était rien. Simplement une aventure. Une promenade en ambulance. C'est tout. Mets-toi à sa place et réfléchis.

Il se calma un peu et continua :

— Un ingrat, voilà ce que tu es ! Cet homme t'a tiré de la misère, de l'usine, de la pauvreté, de la tuberculose même. Cet homme t'a donné un foyer. Des vêtements. Tout pour le mieux. Il t'a donné une instruction que tes frères n'ont pas eue. Il veut faire de toi un homme instruit et digne. Un homme qui puisse améliorer la vie de ses frères et de ses parents. Et toi ? Toi, à la première occasion, tu lui jettes la pierre. Tu as pensé combien de fois cet homme a pardonné les bêtises, les sottises que tu fais ? Et maintenant, tu viens pleurnicher et l'accuser. Écoute, petit...

Sa voix tremblait d'émotion.

— Même s'il a commis une injustice. Tu entends, une injustice ? As-tu pensé aux regrets qu'il a dû avoir dans sa conscience en sachant qu'il avait agi peut-être précipitamment ? Peut-être dans un moment de colère, peut-être dans un moment de grande préoccupation. Eh bien, Zéca, devant moi tu n'ouvriras plus la bouche pour accuser ton père. Dussé-je te coudre la bouche. Tu entends ?

Je baissai la tête tandis qu'il se mettait à marcher de long en large entre les lits de l'infirmerie.

Il revint à la charge :

— Je t'ai parlé ainsi parce que tu m'y as obligé. Ne crois pas que ça me fasse plaisir. Les choses dures, les vérités dures doivent être dites. Mais pour cela, toi, tu dois être un homme, compris ? Tu dois grandir, être responsable.

Le choc qu'il m'avait causé faisait son effet. Mais la voix qui vint n'était pas la mienne. Elle semblait sortir d'un immense réfrigérateur :

— C'est bien, frère Ambrôsio. Que voulez-vous que je fasse ?

Il me regarda, surpris, car il n'espérait pas si tôt cette attitude de ma part :

— C'est mieux comme ça.

Je répétai ma question :

— Que voulez-vous que je fasse ?

— Que tu rentres chez toi. Que tu en finisses avec tout ça. Que tu donnes une chance à ton père. Que tout soit terminé.

Mes yeux, maintenant secs, fixaient ses yeux perçants.

— C'est entendu, je le ferai.

— C'est bien, Zéca.

— Mais ce ne sera pas aussi facile que vous le pensez.

— Au début. Ensuite, tout passera. N'est-ce pas « Cœur d'or » que t'appelle le frère Feliciano ? Eh bien, ce cœur d'or saura pardonner.

— Le frère Feliciano n'est que bonté. Et moi, je ne suis pas bon. Pour lui, tout est bon. C'est bien, frère Ambrôsio, je vais oublier, essayer d'oublier. Parce que je ne crois pas au pardon.

— Et quelle différence entre oublier et pardonner ?

— C'est qu'en pardonnant on oublie tout. Mais en ne faisant qu'oublier, bien des fois on recommence à se rappeler.

Je sentis qu'il était perplexe devant mon explication. Il ne trouvait rien à répliquer.

Voyant que la tempête était passée, il me prit la main pour que je me lève.

— Tu sais, Zéca, tu n'es pas aussi mauvais que tu veux l'être.

— Je n'ai pas envie d'être bon ou mauvais.

— Ce qui ne va pas en toi, c'est que tu deviens un enfant très orgueilleux.

— Je ne veux pas être une planche à laver que tout le monde frappe.

Nous descendîmes côte à côte l'escalier de l'infirmerie. Je sentais que le frère Ambrôsio s'efforçait de dissiper la terrible tourmente des minutes précédentes.

— Va prendre ta sacoche dans la classe, je t'attends. Je vais t'accompagner jusqu'au jardin du Palais.

— Pourquoi ? J'ai promis de rentrer chez moi, je rentrerai.

— J'en suis certain. Mais je ne veux pas que tu partes fâché contre moi.

— Je ne suis pas fâché. Vous m'avez même aidé. Beaucoup aidé.

— Tant mieux. Mais je veux bavarder de quelque chose avec toi. D'une chose dont on ne peut parler qu'avec beaucoup de calme.

Je pris ma sacoche et nous partîmes ensemble.

L'ombre des grands ficus-benjamins était plus allongée sur le sable parce que le soleil commençait à disparaître.

Au milieu de la place, le frère Ambrôsio se remit à parler. Sa voix était basse et un peu douloureuse :

— Zéca, c'est vrai, ce que tu as dit ?

— À propos de quoi, frère Ambrôsio ?

— Que tu allais communier en colère ?

— Je ne voulais pas dire ça. C'est sorti à un moment où j'étais hors de moi.

— Mais si c'est sorti, c'est qu'il doit y avoir un fond de vérité...

Je levai les yeux vers lui avec tant de désespoir qu'il s'arrêta.

— Je peux vous dire la vérité, frère Ambrôsio ?

— Tu peux.

— Alors asseyons-nous sur ce banc, parce que je me sens très faible.

Je restai un certain temps sans pouvoir commencer. Il attendait que je me décide. Comme je ne rompais pas le silence, il décida de m'interroger :

— Quel âge as-tu maintenant, Zéca ?

— Presque treize ans.

— C'est vrai. L'élève le plus jeune de la classe. Et aussi mon meilleur élève de portugais et de littérature.

Je souris, partagé entre l'indifférence et le découragement.

— Alors ?

— Je vais vous dire, frère Ambrôsio. Je cherche la façon de commencer.

La chose sortit d'un jet :

— Vous savez ce qu'il y a ? J'ai l'impression qu'on nous apprend la religion tout de travers. Je suis un peu désorienté. Quand j'ai fait ma première communion, ma tante, chez moi, m'y préparait. Elle disait que ç'allait être le plus beau jour de ma vie. Que recevoir Jésus dans son cœur, c'était le plus grand bonheur du monde. Et je n'ai rien senti de tout ça. Ce que j'ai senti, c'est de la vanité. Parce que j'étais petit et que les insignes de mon uniforme montraient à tout le monde que j'étais en quatrième année de l'école primaire. Je pensais que tous les regards étaient dirigés vers moi. Quand j'ai communié, avec tous ces cantiques et ces prières, ce que je sentais, c'était la faim. J'étais déçu parce que l'hostie n'apportait pas cette différence en moi qu'on m'avait appris à attendre. Ç'a été une journée horrible. Une photographie de groupe. Le petit déjeuner, le chocolat, très tard. Je me sentais malade de faim, j'avais des vertiges. Ensuite, à nouveau des photographies. C'était la fête du 7 Septembre. Il y avait la parade. Et on a marché, morts de fatigue, tout l'après-midi. Je sentais qu'il manquait quelque chose dans mon âme.

Je lui jetai un regard et lui fixait gravement le sol.

— Après, le temps a passé et la communion est devenue quasiment une obligation. Une exigence de ma famille. Une chose très importante pour ne pas être privé de plage et de cinéma, comme les notes de mon bulletin. Et je devais le faire. J'étais presque obligé de le faire. Ce n'était pas rage que je voulais dire, c'était peut-être découragement.

— C'est horrible.

— C'est horrible, mais personne ne comprend. Bien des fois, je n'ai pas envie de me confesser et je dois y aller. D'autres fois, j'ai envie de réciter mon acte de contrition et de communier en état de péché mortel.

Le frère Ambrôsio eut un haut-le-corps :

— Tu as déjà fait ça, Zéca ?

— Non. Pas encore. Mais je sens que, plus tard, je serai capable de le faire.

— Non. Ne fais jamais ça. Il vaut mieux ne pas communier.

— Et je devrai mentir chez moi ? Je n'aime pas mentir. Parce qu'on ne trompe que soi-même.

Le frère Ambrôsio était embarrassé par mon problème :

— Peut-être que dans ce cas il vaudrait mieux que tu mentes.

Nous n'avions plus rien à dire.

— Je dois partir, frère Ambrôsio.

Je pris ma sacoche. Je lui serrai la main et me mis à marcher. Découragé. Triste. À demi mort. Regardant le sol, les épaules basses, et sentant, tandis que je m'éloignais, le regard immobile du frère Ambrôsio qui me suivait.

4

Le requin et la guerre des galettes

La nuit tiède laissait entrer un petit vent frais par la fenêtre entrouverte. Malgré ça, j'avais froid, si froid que je m'enroulai dans mes couvertures et les tirai jusqu'au menton. Je ne voulais pas éteindre la lumière dans l'espoir que Maurice, déjà passablement en retard, apparaîtrait.

— Ç'a été une journée horrible, n'est-ce pas, Adam ?

— À rentrer sous terre ! Tu as pourtant très bien réagi.

— Le pire, c'était le dîner. On se serait cru dans un cimetière. Un silence de glace. Je ne pouvais rien avaler, ça me restait en travers de la gorge. Le temps n'en finissait plus. J'ai passé tout le repas les yeux collés sur mon assiette et je n'avais jamais remarqué que le riz avait autant de grains. Et ce sera comme ça tous les jours dorénavant. Je ne lèverai plus jamais les yeux vers lui. À chaque instant, j'attendais qu'il ouvre la bouche et me traite à nouveau de voyou, de désobéissant et d'autres choses.

— Tu vas oublier.

— Ni oublier ni pardonner. Jamais. Même quand je serai un petit vieux avec une canne et un menton qui touche mes genoux, je n'oublierai pas. Tu ne me connais pas bien, Adam.

Nous parlions tout bas pour que personne ne vienne nous déranger.

— Tu n'oublieras pas et tu ne pardonneras pas. C'est bon. Mais une fois dans ta vie, tu as oublié et pardonné.

J'étais surpris.

— Tu inventes. De quoi parles-tu ?

— De ton Portugâ, quand tu avais fait la « chauve-souris » sur sa voiture et qu'il t'avait donné une fessée.

Je me perdis dans ma nostalgie et je mis longtemps à revenir à la réalité :

— C'était différent. Pourquoi en parles-tu ?

— Pour rien. Pour rien.

Adam voulait éprouver ma détermination.

— Oui, c'est différent. Je faisais une sottise. Hier,

c'était autre chose. Je ne faisais rien de mal et j'ai été traité pire qu'un chien.

— Mieux vaut te donner raison, car dans la vie, il y a des choses qu'on n'oublie pas.

— C'est une chance que nous soyons d'accord.

— Tu es injuste, Zézé. Je suis toujours d'accord avec toi, mais mon rôle est de t'aider et de te conseiller.

— Je sais. Merci, Adam.

À nouveau le silence. L'horloge de la salle sonnait dix heures. Et je savais que la maison était dans l'obscurité. Tout le monde était rentré dans sa chambre. Personne n'avait plus rien à raconter ou à commenter.

— Adam !

— Hum.

— Je suis mort de sommeil et je ne parviens pas à dormir.

— Tu penses à la lettre ?

— Oui. Je pense à Godoïa. Le pire, c'est que je ne sais pas comment faire pour écrire une lettre gentille, qui la réconforte.

— Demande au frère Feliciano de t'aider.

— C'est une bonne idée. Mais tu vois, tout arrive en même temps.

— C'est la vie. Tente d'oublier. Ferme les yeux. Pourquoi n'essaierais-tu pas de prier ?

— Pour quoi faire ? Aujourd'hui, je suis plutôt mal avec Dieu.

— À quoi bon ? Tu sortiras perdant.

C'était vrai. Adam avait raison. Personne ne pouvait lutter avec Dieu. Même Tarzan avec tous les éléphants d'Afrique. Dieu était une chose trop grande, il avait toujours le dessus. D'ailleurs, il avait fait la vie très belle. Avec les arbres, le ciel bleu, avec la mer qui n'en finissait plus et qui se balançait sur ses vagues comme dans un hamac.

Mes oreilles étaient si endormies que je n'entendis pas l'arrivée de Maurice. Une main sur mon épaule me fit me retourner dans mon lit. Le visage souriant de Maurice tout près du mien, et aussitôt un petit rayon de mon soleil renaissait plein d'espérance.

— Tu es terriblement en retard, Maurice.

— Nous avons dû reprendre des scènes et le travail a fini très tard.

Il s'assit comme d'habitude dans le vieux fauteuil. Il caressa le bras effrangé et tenta de dissiper cette atmosphère de tristesse :

— Tu ne m'as jamais dit comment s'appelle ce fauteuil.

— Jamais, c'est vrai ?

— Jamais.

— Personne ne l'aime. Aussi on l'a abandonné dans ma chambre. Il a un nom horrible : Orozimbo.

— C'est un nom sympathique pour un vieux gros monsieur.

— Mais il n'a pas de nom de famille. Puisque tu l'aimes, je crois que je vais lui donner le tien.

Il éclata de rire et commenta avec son accent français :

— Orozimbo Chevalier ! Ça ne sonne pas mal du tout.

Quand il vit qu'il avait éclairé mon soleil, il tira Orozimbo près de mon lit et me prit les mains.

— Alors, Monptit, comment vont les choses ?

Je lui racontai tout en tâchant d'éviter que mes yeux ne se remplissent de larmes.

— Ç'a été une journée terrible, mon enfant. Tu dois reprendre confiance dans les êtres, dans les grandes personnes, surtout.

— Mais ce n'est pas tout, Maurice. J'ai reçu une mauvaise nouvelle de mon autre maison. Tu sais, ma sœur Godoïa ? Eh bien, elle a eu un terrible accident d'auto. Et elle est toute défigurée. Elle a traversé le pare-brise et on lui a déjà fait quatre opérations pour lui réparer la figure. Il paraît qu'elle s'est cassé toutes les dents. C'est si triste ! Justement ma sœur qui m'aimait le plus.

Il ne répondit pas mais serra plus fort ma main.

— C'est elle qui m'a aidé à persévérer.

— À persévérer à quoi ?

— Ici. Je vais persévérer. Je vais aller jusqu'au bout.

— Tu sais que toute la journée j'ai pensé à toi. J'avais peur que tu ne prennes une mauvaise décision.

— Par moments, je me suis demandé si je pourrais. Mais oui. Je vais persévérer. Je pense à la vie que mènent mes frères. Je pense aux paroles du frère Ambrôsio. Ils sont là-bas. Ils se lèvent à l'aube pour aller travailler à la ville et ils rentrent le soir pour se coucher et tout recommencer le lendemain. On les met un à un à l'usine. Ils vont grandir sans pouvoir même se faire soigner les dents ou acheter de meilleurs vêtements ou de meilleures chaussures. Je sais tout ça. Et là-bas, sans protester, ils pensent à moi et ils sont contents. Parce que je suis délivré de tout ça et qu'un jour je pourrai être « docteur ».

— C'est bien, c'est bien, Monptit. C'est ainsi qu'il faut parler. C'est ainsi que se conduit un petit homme. Je suis fier de toi.

— Je ne fais que répéter les paroles qu'on me lance toujours à la figure. Et d'autres que le frère Ambrôsio a essayé de me dire, qu'il ne m'a pas dites, mais que j'ai comprises.

Maurice approcha sa montre de ses yeux.

— Hélas ! je dois partir, mon enfant.

— Je sais. Mais avant, réponds à une question.

— Je réponds toujours.

— Toi aussi, tu as eu une mauvaise journée ?

— Exécrable. Rien n'allait. Une journée déprimante.

— Tu étais fatigué ?

— Je le suis encore.

Je lui souris.

— Pourquoi, Monptit ?

— Pour rien. Pour rien. Tu as réussi à faire craquer l'allumette.

— Tu es sûr ?

— Oui, et tu as illuminé d'espoir mon soleil.

— Tant mieux. Je peux partir content.

Il caressa mes cheveux comme il aimait le faire.

— Alors demain sera un autre jour ?

— Sans doute.

Il arrangea ma couverture.

— Maintenant, ferme les yeux et tourne-toi contre le mur.

J'obéis.

— Bonne nuit, Monptit. Dors bien.

Il sortit doucement, et c'était comme un vent de tendresse qui traversait la chambre. Tout était sombre et calme.

— Adam !

— Hum.

— Tu as entendu ?

— Tout.

— Ça, c'est un père. Il a passé la journée à travailler dur. Il était très fatigué, mais il est venu tout de même me dire bonsoir. Ça, c'est un père.

— C'est mon avis, mais dormons, je tombe de sommeil.

Je sentais qu'Adam aussi était très satisfait de mes résolutions.

Quand j'ouvris la fenêtre de ma chambre, je vis que c'était un « autre » jour, mais qui ressemblait étrangement au jour précédent. Mon cœur était seulement plus ferme et décidé. Décidé surtout, car ce jour serait pareil à beaucoup d'autres qui allaient suivre. M'habiller. M'asseoir à table. Répondre par monosyllabes et ne jamais lever les yeux vers lui.

Et ainsi un jour s'ajouta à d'autres pour faire un mois. Et les mois suivants me trouvèrent dans les mêmes dispositions. Même Adam finissait par protester :

— Tu pourrais bien lui faire passer le pain ou le beurre quand il te le demande !

— Il ne me le demande plus. Il s'adresse à ma sœur ou à ma mère.

Au collège, il n'y avait personne de plus solitaire, de plus muet. Même Tarcisio, qui faisait le trajet avec moi ou venait me retrouver sur le banc du jardin, ne parvenait pas à rompre mon mutisme. Fayolle respectait mon comportement, attendant calmement que ça passe.

Personne chez moi ne se préoccupait de mes notes ni de savoir si j'avais ou non communié.

— Tu ne veux pas aller à la plage avec ton père ?

— J'ai mal à la tête et je dois travailler.

Je renonçais à la plage, car, quand je le voulais, j'échappais aux cours et je courais nager dans le rio Potengi.

Le dimanche après-midi, nous avions l'habitude de faire une promenade en voiture dans la ville. C'était la routine de toujours. Un saut jusqu'au Tirol, un tour à la plage jusqu'à Areia Preta. De temps à autre, un arrêt chez un ami de ma famille.

— Je ne veux pas sortir. Je reste ici.

Ils n'insistaient pas. Parfois je lisais, parfois j'escaladais le mur des voisins. Je m'asseyais dans les branches des sapotilliers ou du manguier. Les poules me regardaient et s'étonnaient que je ne leur apporte plus de grain ou d'eau.

La jambe de mon cousin s'aggrava et il alla à Recife pour un traitement. Mon père dut l'accompagner. À son retour, il m'apporta un cadeau : il me tendit sans un mot une ceinture de cuir noir. J'hésitais à la prendre.

— Tiens.

— Merci.

Je lui tournai le dos, la ceinture me brûlait les

doigts. Je la jetai dans le tiroir de mon armoire et ne la portai jamais.

Adam me fit à nouveau des reproches :

— Tout de même, Zézé, tu exagères.

— N'es-tu pas venu pour m'apprendre à avoir de la personnalité ? Avec moi, dorénavant, ce sera toujours comme ça.

Il était nécessaire qu'une chose se produise pour détendre cette situation que je considérais moi-même comme fâcheuse. Et elle vint quand je l'attendais le moins.

Le frère Amadeu sourit sans enthousiasme en me voyant approcher. Il devinait d'avance ma requête.

— Je peux, aujourd'hui, frère Amadeu ?

— Aujourd'hui, non.

— Pourquoi non ?

— Nous avions décidé que ce ne serait qu'une fois par semaine.

Il tourna la page du cahier qu'il corrigeait. Comme je restais, il hocha négativement la tête.

— Et moi qui pensais que vous étiez vraiment mon ami.

— C'est justement parce que je le suis que je ne te donne pas la permission.

— Qu'est-ce que ça change ? Je ne sais pas toujours mes leçons ? Je ne suis pas le premier de la classe ?

— Malgré ça, tu abuses de ma bonne volonté. Tu te rends compte de ma responsabilité ?

Le diable me tarabustait :

— C'est la même chose que les autres fois.

Il me regarda par-dessus scs lunettes de ses yeux très clairs, presque couleur de miel, et il avait l'air préoccupé. Il reconnaissait la force de mes arguments.

— Écoutez, frère Amadeu. Je nage de mieux en mieux. Il n'y a pas de danger. Je vais m'entraîner et je reviens.

Il baissa les yeux sur son travail et ne répondit pas. J'insistai :

— Je vous promets que c'est seulement aujourd'hui. Ensuite, je n'irai nager que deux fois par semaine.

Je savais que je mentais, que je ne reviendrais pas dans une heure. Il faudrait attendre la marée haute. À marée basse, il y avait plein d'étranges déchets qui venaient des égouts et que nous appelions des « noyés ». Et je n'aurais pas le temps de revenir au collège. Je rentrerais directement à la maison.

De guerre lasse, il céda :

— Vasconcelos, tu me promets que c'est seulement aujourd'hui ?

— Je le jure.

— Inutile de jurer.

— Vous avez parlé au frère Feliciano ?

— Je lui ai parlé, tout dépend de toi.

Au moment de l'appel, il excuserait mon absence.

Je le remerciai et partis au galop.

Les enfants étaient assis sur des balles de coton au bord du quai en attendant que la marée monte un peu plus. De là on nageait jusqu'au Club Sport. Ceux qui en avaient le courage plongeaient du mur. Moi, j'en rêvais, mais c'était encore trop tôt pour de telles prouesses. Il était d'une respectable hauteur.

— On va faire de la gymnastique avec le docteur Renato Vilman ?

— Allons-y.

Nous adorions le docteur Renato. C'était un athlète. Et il nous apprenait des tas de mouvements, nous corrigeant quand nous les faisions mal. Cet homme avait une force du diable. À lui seul, il soulevait une yole et la portait jusqu'au fleuve. Pour lui, c'était un jeu.

Et nous allions l'aider. Nous transportions les avirons.

— Quand je serai grand, je veux être comme vous.

Il riait et disait avec son accent du Sud :

— Alors, il faut manger beaucoup de soupe.

Et la discussion s'engageait entre les gamins :

— Il est plus fort que Johnny Weissmuller.

— Tu crois ça ! Tarzan est plus fort et plus grand.

— Au cinéma, c'est facile d'être fort.

— Vas-y donc, on verra !

Là-dessus apparut Ebenezer. C'était un autre de nos héros. Quand il prenait un skiff, Ebenezer avait l'air d'un roi. Tous ses mouvements étaient parfaits et l'embarcation paraissait obéir même à un mouvement qu'il faisait avec le cou. Et pour nager, c'était un chef. Il connaissait tous les styles.

Ebenezer s'approcha et sonda la marée.

— Tu vas nager, Ebenezer ?

— Je réfléchis.

— La marée est bonne, non ?

— Presque bonne.

Nous ne le quittions pas des yeux et lui regardait le fleuve au loin, ses rives vertes pleines d'arbustes verts.

Brusquement, il se retourna de notre côté :

— Je n'aime pas nager seul. Il y a un gars courageux qui m'accompagne ?

— Tu vas où ?

— Je vais nager jusqu'au quai du Port pendant que le courant est faible. Ensuite, je reviendrai tranquillement jusqu'au quai Tavares de Lira.

Personne ne bougeait.

— C'est très loin, pour nous.

— Vous ne voulez pas faire de progrès ?

J'étais fou d'envie de soutenir le défi. Même si, ensuite, je devais être exténué.

— On va avec lui, Lélé ?

— Il nage trop vite, on ne pourra pas le suivre.

Il rit :

— Ça va, je vous promets de nager lentement. Qui vient avec moi ?

Lélé et moi, nous nous levâmes.

Ebenezer fit un plongeon superbe et disparut dans l'eau du fleuve. Maintenant, il n'y avait plus moyen de reculer. On se serait fait huer. Nous l'imitâmes et nous le suivîmes. Comme il l'avait promis, il nageait lentement et nous attendait. Jamais je n'avais été si loin au milieu du fleuve. Là, l'eau était propre et transparente. Nous nagions toujours. Maintenant, pour nous stimuler, Ebenezer nous avait passablement distancés. Les bâtiments du Club Sport et du Centre nautique étaient devenus tout petits, petits. Il y avait quelques barques ancrées. Et, plus loin, le canot de la police maritime.

C'est Ebenezer qui donna l'alarme :

— Pastèque ! Pastèque !

Mon cœur faillit éclater dans ma poitrine. Pastèque. Il y avait un requin tout près. Et l'odeur se rapprochait. Ebenezer avait nagé vers un canot. Lélé avait fait demi-tour et cherchait la barque la plus proche pour y monter. Moi seul nageais comme un fou. J'entendais qu'Ebenezer me criait quelque chose, et je ne parvenais pas à distinguer ses paroles.

Je me suis mis à prier tout bas : « Notre-Dame de

Lourdes, protégez-moi. Je vous promets de ne plus désobéir. » Et l'odeur augmentait et se rapprochait. C'était comme si j'avais été assis devant une énorme tranche de pastèque. Je sentais mes membres trembler à chaque brasse et l'odeur me poursuivait. Je tentai de me calmer et je réussis à entendre la voix d'Ebenezer qui criait :

— Nage vite ! Nage vers le canot de la police. Nage !

Le canot ne m'avait jamais paru aussi grand. Je nageai dans sa direction. Mon cœur battait à me rompre la poitrine. J'approchais. Je regardais avec désespoir la hauteur de ses bordés. Même si je parvenais à l'atteindre, jamais je n'aurais la force de m'y hisser. Je ne sais si ce fut la prière à la Sainte Vierge ou la peur qui me tenaillait, je ne sais vraiment pas comment je fis. Mes mains s'agrippèrent au plat-bord et je montai, me jetai dans le bateau. Je restai à plat ventre en regardant l'eau avec une envie de pleurer et de vomir. L'odeur devenait de plus en plus forte. Et devant mes yeux épouvantés, je vis la queue tranchante du requin fendre l'eau en faisant de petites vagues. Ç'avait été l'affaire d'un instant. Cette queue grise et argentée s'éloigna et disparut.

Je me couchai au fond du canot et me mis à trembler. Pas de peur, mais d'horreur. Je tentais de respirer profondément, mais je me sentais glacé. Mes genoux s'entrechoquaient.

Maintenant se posait la question du retour. Comment en avoir le courage ?

Alors seulement Adam se manifesta :

— Psch ! Zézé, il s'en est fallu de peu...

J'étais en colère contre lui :

— Tu n'as pas pipé mot.

— J'étais mort de peur. Et ton cœur bougeait tant que j'ai failli vomir.

— Et maintenant, Adam ?

— Il faut revenir.

— Et s'il rôde encore par là, dès que je sauterai dans l'eau...

— Restons calmes et attendons. Regarde où sont les autres.

Lélé se trouvait dans la même position que moi. Sauf qu'il avait eu le temps de nager vers une barque plus proche du Club. Ebenezer, debout, regardait l'eau et humait l'air. Quand il lui sembla ne plus sentir l'odeur de pastèque, il me cria :

— On va pouvoir rentrer. Le danger est passé.

Il attendit bien dix minutes qui me parurent deux cent cinquante heures. Il plongea et nagea jusqu'à moi.

— Plonge, je vais nager avec toi, lentement.

Je hochai négativement la tête :

— Non.

— Allons, courage. On va aller jusqu'à la barque

de l'autre garçon. Viens. Nous nagerons tous les trois ensemble.

— Je ne veux pas. Je préfère mourir ici.

Si j'avais essayé de nager, je n'y serais pas parvenu.

— Si tu ne veux pas venir, je pars. Je ne peux pas passer toute ma vie à t'attendre.

Au bout de quelques secondes, voyant que je ne me décidais pas, il nagea dans la direction du Club en prenant Lélé au passage. Je les vis tous les deux qui disparaissaient, qui disparaissaient, qui arrivaient au Club, qui montaient la rampe et indiquaient le canot de la police.

Je m'assis à l'avant attendant un miracle. L'après-midi avançait et, à cette heure, j'aurais déjà dû être au collège ou chez moi.

Et ça ne tarda guère. Le vent du soir se leva et le soleil commença à décliner. J'avais froid et mon maillot mouillé augmentait mon désarroi.

— Et maintenant, Adam ?

Je pleurais presque.

— Je ne sortirai pas d'ici. La bête peut être tout près.

— Moi non plus.

Il commençait à faire sombre. Et ma peur augmentait.

— Ma Petite Notre-Dame de Lourdes, aidez-moi, je vous en prie !

Les lumières du quai s'éclairaient. La ville devait faire de même.

— Et si on ferme le Club ? On va mourir de froid cette nuit.

— Tout ça, c'est très joli, mais tu penses à ce qui t'attend chez toi, Zézé ?

— Je ne veux pas y penser. Ce que je veux, c'est sortir d'ici.

Nous nous tûmes, écoutant.

— Tu entends, Adam ?

— On dirait un petit bruit de rames.

J'écoutai mieux.

— Il vient par là.

Une yole apparut. C'était le docteur Renato Vilman :

— Qu'est-ce qui se passe, mon garçon ?

Il saisit le plat-bord du canot et arrêta la yole.

J'étais si ému que je ne disais rien.

— Le requin a failli t'attraper ? Mais c'est fini, maintenant. Je suis venu te chercher. Tu peux monter ?

— Je ne sais pas, mes jambes tremblent trop.

— Ça va aller. Sois calme.

Sa voix était d'une immense bonté.

— Allons.

Je laissai pendre mes jambes le long du canot et tentai de descendre à l'avant de la yole.

— Tu peux mettre tes jambes dans l'eau. Il n'y a plus de danger.

L'eau était tiède et ma peur se dissipait peu à peu. Bientôt les avirons actionnés par ses bras vigoureux nous conduisaient au Centre nautique Potengi.

À peine le dîner terminé, on se mettait en pyjama. Venait une récréation d'une demi-heure et, ensuite, nous nous dirigions vers la grande salle de l'étude. Je profitai de ce moment pour me diriger vers la salle de Fayolle. Je savais qu'il m'attendait avec impatience.

Il était là. Il ne lisait pas, ne corrigeait pas de cahier, ses mains ne jouaient pas avec la règle. Il m'attendait. Et quand j'entrai, il eut ce sourire qui faisait disparaître ses yeux dans son visage gros et rouge.

— *Mon cher frère Félicien Fayolle*[1] *!*

Il me menaça du doigt.

— Chuch, Chuch, un jour tu me donneras une crise cardiaque.

J'éclatai de rire en pensant au requin.

— Si je ne suis pas mort avant.

Il m'indiqua la chaise à côté de lui.

— Maintenant, assieds-toi et raconte-moi tout. Je veux tout savoir.

1. En français dans le texte. *(N.d.T.)*

Je ne lui épargnai pas les détails dramatiques de l'histoire. Quand j'eus terminé, il avait des sueurs froides.

— Tu te rends compte, si le requin t'avait attrapé ?

— Je ne veux pas y penser. Quand je ferme les yeux, je vois encore cette grande queue fendre l'eau.

Il tenta de froncer les sourcils, de prendre l'air sévère. Sans doute le frère directeur avait-il exigé qu'il me fasse un fameux sermon.

— Tu m'avais promis que tu ne t'éloignerais pas des maisons. Que tu ne risquerais pas ta vie, n'est-ce pas ?

— C'est vrai.

— Et ta parole ?

— Écoute, Fayolle, c'est la première fois. Ebenezer nous traitait de mauviettes.

— Et si tu étais mort mangé par le requin ? Tu y penses ?

— Je ne suis pas mort, n'est-ce pas ? Si j'étais mort, on aurait fait comme pour Chico Dantas, ce garçon qui est mort au lac de Bonfim. Tout le monde pleurait. On a récité l'Office des défunts pour lui. À la fin, j'avais envie de mourir noyé moi aussi, pour qu'on pense à moi.

— Ne dis pas de bêtises.

C'était fini, l'air sévère. Il commençait à sourire de mon imagination.

— Ça t'a causé des ennuis, Fayolle ?

— Je préfère ne pas en parler, mais ça n'a pas été facile. Toute la faute est retombée sur ma tête et sur celle du pauvre frère Amadeu. Ça n'a pas d'importance, c'est passé.

— Comment l'a-t-on su ?

— Et comment aurait-on pu l'ignorer ? À la nuit, tu n'étais pas rentré chez toi. On téléphone à droite et à gauche. Dans une petite ville, les langues vont vite. Tout se sait immédiatement. « Vous savez que Vasconcelos a failli être dévoré par un requin ? »

— Ce n'était pas un requin, c'était un petit squale.

— Quelle différence y a-t-il, Chuch ?

— Les requins, c'est un peu plus gros et ça mange plus vite.

Fayolle éclata de rire.

— Et chez toi ?

— Tu ne peux pas savoir. Ç'a été abominable. Je ne sais pas comment j'ai eu le courage de rentrer. S'il n'y avait pas eu Adam... J'en ai tant entendu que j'ai perdu le compte. On m'a autorisé à coucher chez moi seulement la nuit d'hier. Et on a tout de suite préparé ma valise pour que je vienne le plus vite possible à l'internat. C'est mieux comme ça, n'est-ce pas, Fayolle ? Là-bas, la situation devenait impossible. Au moins, si je suis interne jusqu'à la fin de l'année, quand je rentrerai nous aurons tout oublié...

— Tu aimes être interne ?

— Je vais te dire un secret, Fayolle. À la maison, on pense que c'est la pire des punitions. Mais, pour moi, c'est le paradis sur terre. Surtout de la façon dont allaient les choses.

— Tu sais ce qu'on a exigé de moi, Chuch ?

— Non.

— Beaucoup de choses, mon enfant. On a exigé que, sous aucun prétexte, je ne te laisse t'échapper pour aller nager. Et tu sais ce que j'ai fait ?

— Je devine.

— J'ai promis que je ne te le permettrais pas. Tu comprends ce que cela veut dire ?

Je le regardai dans les yeux, un peu ému.

— Je ne m'enfuirai pas. Je ne veux pas que tu aies des complications à cause de moi.

Il rit.

— Je savais que tu me le promettrais. Et je sais aussi que tu ne désobéiras pas.

Nous nous observâmes un instant.

— Mais il y a encore autre chose, Chuch. Tu ne pourras pas sortir le dimanche. Même pour aller chez toi.

— Ça, c'est bien. Mais je n'aurai pas droit à un petit cinéma le dimanche ?

— C'est une affaire à étudier. D'ailleurs, il n'est pas mauvais que tu modères un peu ces histoires de cinéma.

Il plaisantait, je le savais.

— Ta famille est trop nombreuse.

— Pour ça, tu peux être rassuré. Je devais me partager entre trop de monde. Il n'y a plus que Maurice, Tarzan et Joan Crawford.

Tout s'était apaisé. Fayolle était le même que toujours. Ça s'était bien terminé et, pour lui, dans sa sérénité, mieux valait oublier ce fâcheux moment.

La cloche sonna.

— C'est l'heure de l'étude. Tu dois partir.

Je me levai.

Fayolle me demanda :

— Tourne-toi. Je veux te regarder.

Je me retournai et il souriait.

— *Que cet animal a grandi !*

Cette fois, c'est moi qui riais.

— Tu as compris ?

— Oui. *Como esse animal cresceu !*

Je sortis si calme et si léger que je n'avais pas l'air d'être ce même enfant qu'un requin avait failli dévorer la veille.

Même Adam finissait par s'étonner de ma conduite. Pour moi, pourtant, il n'y avait aucune différence. Depuis que j'étais tout petit, on disait que j'étais le fils du diable. Qu'à Noël jamais le Petit Jésus ne naîtrait pour moi, mais le diable en personne. Et maintenant, il ne me quittait plus. Il était devenu mon ami intime et moi son « disciple ».

Quand je manquais d'idées, le diable m'en donnait. J'étais incapable de rester sans bouger, les mains immobiles. Si bien que tous les frères, tous les professeurs, s'attendaient toujours à ce que je fasse une sottise.

Tout le monde avait une règle de caoutchouc noire. La mienne me brûlait les doigts. À force de la tourner et de la retourner, je découvris qu'en la frottant contre le bois du banc jusqu'à ce qu'elle soit bien chaude, ça produisait une odeur horrible. Et voilà que le frère Estevao dut remplacer le professeur de religion qui était tombé malade. Et je pensai que... bon... Le frère Estevao avait un grand nez rouge, toujours enrhumé. L'idéal pour cette plaisanterie. Aussitôt dit, aussitôt fait. Il ne fallut pas longtemps. C'était à qui sortirait son mouchoir. Le cours dégénéra. Tout le monde se mit à tousser et prit la fuite, abandonnant le frère Estevao qui avait les yeux larmoyants derrière ses lunettes.

Il vint droit à moi dans le corridor. Il ne dit rien. Mais il me saisit par la manche de mon uniforme et me mit en pénitence près du tableau noir. Il me laissa là et sortit de la classe en fermant toutes les fenêtres pour que je sente bien quel était le prix d'un cours de religion inachevé.

J'étais devenu si insupportable que j'étais maintenant seul à un bureau, au dernier rang. J'ouvrais ma trousse à dessin, inspectant le contenu. Mes yeux tombaient sur une vieille lame de rasoir. Elle me faisait pitié. Quelle vie idiote que d'être une lame de rasoir usée ! Ça ne servait qu'à tailler des crayons ou à se couper les doigts. Je pris la pauvre petite et soulevai le couvercle de mon pupitre. Je coinçai la lame dans la fente et refermai le couvercle. C'était parfait. Je lui donnai une chiquenaude du bout des doigts et il en sortit un son très joli. Une fois, deux fois, trois fois. Les autres commencèrent à se retourner pour voir ce que c'était. J'avais l'air le plus innocent du monde, le regard fixé sur le tableau noir. La classe se calmait et zm, zm, zm. Déjà il y avait un début de fou rire. Je cessais un instant, et quand la classe reprenait son rythme, le zm, zm revenait. Là, ça se gâta. Le frère s'approcha, s'approcha, et s'arrêta près de moi. Il me regarda sévèrement, et moi, sainte nitouche, la main sur la lame.

— Senhor Vasconcelos, vous aimez la harpe ?

— Ni la harpe ni le piano, frère.

Il tendit la main.

— Allons !

À quoi bon nier ? Je pris la lame et la lui remis.

— Écoutez, frère Joao, ce n'est qu'une petite lame de rasoir.

— C'est bon. Mais tu vas terminer la classe à côté du tableau noir, les pieds joints et les bras croisés.

On ne comptait plus le temps que je passais près du tableau noir, en punition. Ce coin semblait être devenu ma propriété. Et le diable me persuadait d'être de plus en plus son ami. C'est pour cette raison sans doute que le frère Luiz, qui avait la responsabilité de l'étude et du dortoir des grands, m'avertit qu'il voulait me parler après le goûter. Le goûter n'était qu'un gobelet de maté et trois galettes dures comme du bois.

— À la récréation ou à l'étude, frère Luiz ?

— À l'entrée en étude.

J'étais devant lui.

— Me voici, frère, vous voulez me parler ?

Il me regardait en souriant. Car jamais il ne se fâchait et trouvait tout dans la vie très amusant. Il ne manquait pas d'énergie, mais, si quelque chose était drôle, il riait.

— Tu sais pourquoi je t'ai fait venir, Zéca ?

— Je n'en ai pas la moindre idée.

— Je parie que si.

Là, je pris mon habituel air innocent.

— J'irai droit au fait. Qui a inventé la guerre des galettes ?

— Pourquoi serait-ce moi, frère ? On m'accuse de toutes les bêtises qui arrivent.

— Je vais t'expliquer. Ça a commencé il y a deux jours. Juste une semaine après que tu es venu comme interne.

Je pris l'air surpris.

— Avant, ça n'existait pas ?

— Absolument pas. J'en suis sûr, Zéca. Et tu vas me faire un plaisir.

Il tendit la main, réclamant mon « trésor ».

Je pensai en moi-même : « Quel dommage ! » C'était formidable, cette guerre. Cette guerre sans alliés. Tout le monde était l'ennemi. À l'heure du goûter, chaque élève recevait trois galettes dures comme de la pierre. On les emportait au dortoir dans la poche de son pyjama. Le frère Luiz éteignait toutes les lumières et se promenait de long en large jusqu'à ce qu'il ait constaté que tout était en paix. Il se dirigeait sans bruit, comme une ombre, vers sa petite alcôve au fond du dortoir. Alors éclatait la guerre. Tout le monde s'y mettait. Les fameuses galettes volaient de tous côtés. On grimpait sur les lits pour lancer nos munitions avec plus de force. Leur sifflement était accompagné de rires étouffés. Le premier soir, quand le frère rouvrit la lumière, tout le monde était déjà dans son lit. Le second soir, les choses reprenaient au même rythme quand une galette atteignit un garçon de la campagne surnommé Chico Tête-de-Veau. Ce fut un hurlement. Quand la lumière se fit, le nez de Chico saignait comme un robinet. On dut le conduire à l'infirmerie.

Le frère Luiz passa, impassible. Il regarda les

galettes éparpillées sur le sol du dortoir. Il ramena Chico, éteignit la lumière et ne dit rien.

Maintenant, il était là et il m'observait. Il faisait les choses à fond comme à son habitude.

Sa main se tendait avec insistance.

— Tu me donnes, oui ou non, ce que tu as dans ta poche ?

J'enfonçai la main dans ma poche et lui remis cinq galettes.

— Cinq, Vasconcelos ? Tu imites la multiplication des pains.

— J'en ai reçu trois. Les autres, je les ai troquées parce qu'il y a des garçons qui n'aiment pas se battre.

Il aligna les galettes sur la table.

— Elles sont dures comme des pierres, vous ne trouvez pas ?

— C'est exact. Mais que veux-tu que fasse le collège ? Qu'il donne de la brioche à tous ces garnements ?

— Vous avez raison.

— Tu peux aller à ta place.

Je reçus un choc.

— Vous n'allez rien faire contre moi ?

Il rit avec bonté.

— Non. Pourquoi, Zéca ?

— Je ne sais pas. Si c'était un autre frère, il me « scalperait » ou me ferait cuire à petit feu.

— Moi pas. C'est une idée assez drôle. Tu peux aller. Nous allons avoir un petit entretien général.

Quand je fus assis, il frappa dans ses mains et demanda qu'on l'écoute :

— Messieurs, je voudrais vous parler d'une chose terrible qui se passe... Non, pas de la guerre des galettes. De quelque chose de plus grave et de plus impressionnant.

Il désigna un élève et il se leva.

— Senhor Clovis, vous êtes du sertão, n'est-ce pas ?

Clovis acquiesça.

Il s'adressa à un autre :

— Senhor José Arnobio, d'où êtes-vous ?

— Du sertão de Acari.

Il regarda autour de lui, observant l'étonnement que suscitaient ces questions.

— Que ceux qui sont du sertão lèvent la main.

Presque tous en venaient et ils levèrent la main.

— Quelques-uns d'entre vous ont déjà entendu parler de la sécheresse ?

Lequel, venant de ces régions, pouvait l'ignorer ? Moi-même, j'avais vu, il y a peu de mois, les *flagelados* envahir Vila Barreto et dévorer n'importe quoi. Même les fruits verts des manguiers. Boire l'eau croupie du petit lac comme si elle eût été une pure eau de pluie. Tous immondes, loqueteux, pouilleux et puants. Tous avec les os trouant la peau, avec des griffes sales au lieu de doigts.

Alors le frère Luiz fut pris d'une émotion si grande que ses yeux restèrent humides tout le temps qu'il parla.

Il parla de la sécheresse, de cette terrible sécheresse qui ravageait les sertãos du Nord-Est. Il parla de choses que personne n'ignorait. Il parla de la faim que nous ne connaissions pas et de la soif. De choses dont nous n'avions jamais souffert de notre vie.

Il termina en serrant les galettes dans ses mains :

— Ce qui vous sert à vous divertir pourrait apaiser la faim de beaucoup de *retirantes.* De beaucoup d'affamés que ces messieurs du sertão connaissent bien.

Il reposa les galettes.

— Le collège ne peut pas vous fournir de choses plus raffinées. Et si vous ne voulez pas manger ces galettes, c'est qu'évidemment vous n'avez pas faim. Je ne prendrai aucune mesure, ne donnerai aucune punition. Je vous demande seulement une chose. Il y a au réfectoire un sac que j'ai fait placer à côté de la cloche. Avant de monter au dortoir, je vous donnerai cinq minutes pour que tous ceux qui le veulent aillent déposer leurs galettes dans ce sac. Ce sera ainsi tous les soirs. Les galettes seront destinées aux *flagelados.*

Il y eut un silence très ému. Pour un peu, mes larmes coulaient.

Sa voix reprit, si bonne et si calme qu'elle nous impressionnait encore plus :

— Je n'ajouterai qu'une chose. Une seule. Ceux qui veulent continuer la guerre le peuvent. Il n'y aura aucune sanction.

Il conclut :

— Pour aujourd'hui, c'est tout.

Il sortit de la classe en traversant les rangées de pupitres les yeux baissés. Et c'est les yeux baissés qu'il gagna le corridor et disparut dans l'obscurité du collège.

5

Tarzan, le fils des toitures

Je n'avais presque plus de temps pour bavarder avec Adam, ni même pour attendre la visite de Maurice, mais ma vie au collège était très bonne. Si je me pliais aux horaires, pareils pour tous, il n'y avait aucun problème.

Et je m'étais mis à adorer l'étude du soir. Dommage qu'elle ne dure que deux heures. Et tout était venu d'un accès de franchise et de beaucoup d'audace.

Le frère Luiz qui surveillait notre dortoir, bien qu'il n'eût pas le type du Ceará[1], se flattait d'en être originaire. Parler du Ceará était son grand sujet. À la

1. Un État du Nord du Brésil.

récréation, avant d'aller en étude, je m'approchai de lui comme par hasard. Sa main, dans la poche de sa soutane, égrenait son chapelet.

— Qu'y a-t-il, Zéca ?

— Rien, frère.

— Quelque chose de neuf ?

— Aujourd'hui, non. Mais j'ai envie de bavarder avec vous. Pour éclaircir une chose. Éclaircir, non. Élucider, comme dit le frère Ambrôsio quand il a envie de dire des mots compliqués.

Le frère Luiz riait déjà. Il se doutait aussi que je mijotais quelque chose.

La question vint à brûle-pourpoint :

— Si vous deviez naître à nouveau, vous préféreriez être du Paraiba[1] ou vraiment du Ceará ?

— Voyons, quelle question ! Du Ceará, bien sûr. Pourquoi ?

— Parce que moi, si je pouvais renaître, je ne voudrais pas être carioque[2], mais aussi du Ceará. Uniquement pour une question de littérature.

Le frère Luiz était très intéressé :

— Pour une raison de littérature ?

— Exactement. Dans la grammaire littéraire, il y a des passages merveilleux de José de Alencar. J'en suis fou.

— Il faut lire ses romans.

1. Un État du Brésil voisin du Ceará.
2. Habitant de Rio de Janeiro.

— Vous préférez lequel ? *Lo Guarani, Les Mines d'argent,* ou *Iracema* ?

— *Iracema* est un poème, mais je préfère *Lo Guarani.*

— Seul quelqu'un du Ceará pouvait écrire un livre pareil, vous ne trouvez pas ? Les carioques ont Machado de Assis et d'autres que j'ai oubliés.

— Voyons, Zéca. Machado de Assis aussi est excellent. Ce sont deux styles différents.

— Je sais. Mais Alencar écrit sur la forêt comme personne. Dommage que...

— Dommage que quoi ?

— J'aimerais bien avoir l'occasion de lire Alencar.

— C'est facile. Dès que l'occasion se présentera, profites-en.

— On ne me laisse pas avoir l'occasion.

— Mais c'est un crime ! Si tu as cette curiosité, chose si rare chez les enfants d'aujourd'hui, on devrait applaudir.

— Malheureusement...

— Chez toi ?

— Chez moi, c'est formellement interdit. Tant pis...

— Écoutez, Zéca, pourquoi me racontes-tu tout ça ?

— Peut-être pour une raison. Frère Luiz, vous ne trouvez pas que je suis un bon élève ? Je suis toujours premier. Il n'y a qu'en mathématiques que je suis un peu faible. Mais ce n'est pas faute de travail. Ou plutôt, ça ne sert à rien de travailler, parce que je n'aime pas cette matière. Du reste, vous pouvez voir mon bulletin.

— Et alors ?

— Alors j'aimerais vous rendre un hommage, à vous et au Ceará.

Il n'avait pas encore découvert mon but, mais il était ahuri.

— Qu'est-ce que c'est que cette histoire d'hommage, Zéca ?

— Cette occasion que personne ne me donne, vous pourriez me la procurer. Figurez-vous que j'ai justement ces trois livres. Et je voudrais vous demander la permission de profiter de l'étude pour les lire.

Je l'avais pris par surprise. Il réfléchit un peu et passa la main sur sa bouche d'un geste de perplexité.

— Je ne sais pas, non.

— Écoutez, frère Luiz, je veux me cultiver et vous faites comme les autres.

J'étais intoxiqué par le portugais précieux que le frère Ambrôsio nous enseignait.

Il ne se décidait pas encore.

— Et ton travail ?

— Vous pourrez vérifier mes notes. Si vous trouvez qu'elles sont moins bonnes, vous pourrez supprimer cette « occasion ».

— Jusque-là, très bien. Et si les autres élèves veulent suivre ton exemple ?

— Ils ne le découvriront pas. Les livres sont couverts avec le même papier que mes livres de classe.

— Tu as pensé à tout, non ?

Il éclata de rire. Et, s'il riait, c'était presque une victoire.

— Et aussi, je me mettrai au dernier rang, loin des autres.

— Je vais te donner une réponse qui est presque un oui. Pourtant, je dois en parler au frère Feliciano.

— Ce n'est pas nécessaire. Il le sait déjà. Je lui ai demandé les livres et il me les a trouvés.

Après Alencar, je dévorai d'autres choses. Tout ce qui me tombait sous la main, je l'avalais, le mastiquais, le ruminais. Alors que tout le monde, ou presque, se dirigeait vers l'étude de mauvais gré, bâillant et protestant contre ce temps qui n'en finissait plus, moi j'étais aux anges.

Dans la journée, c'était une autre histoire. Je ne sais pas ce qui m'arrivait. Mais je ne pouvais pas vivre sur terre comme les autres élèves. Je passais mon temps à grimper à tout ce qui s'offrait. Je m'accrochais aux poutres, je sautais d'un madrier à un autre. Je connaissais toutes les charpentes et tous les toits. Je n'utilisais pas l'escalier du dortoir. Je faisais le tour par le fond du patio, je montais sur un gros mur. Je sautais dans un réduit où les élèves gardaient leurs valises et je rejoignais les autres.

Bien souvent, je me faisais semoncer :

— Descends d'ici, Vasconcelos.

J'obéissais, mais je découvrais un peu plus loin un endroit où je pouvais à nouveau monter.

— Il est fou, cet enfant ! Tu vas tomber et te casser un bras.

Ma manie était telle que, ajoutée à l'autre, celle de nager, elle m'avait valu un surnom : Tarzan.

Mais ce qui était vraiment bien, c'était d'échapper à tout regard vigilant et de disparaître dans le clocher. Je traversais l'église et j'y étais. L'escalier était tout pourri. Il manquait par endroits huit ou neuf marches, mais quelle importance pour Tarzan des Singes ? Tarzan le fils de la Forêt ? J'arrivais près de la cloche. Je m'asseyais, les jambes dans le vide, et je regardais le monde. Les cloches s'étaient habituées à se taire depuis longtemps. Moi, j'avais déjà combiné qu'à la première occasion j'y attacherais une grosse ficelle et la lancerais en bas. Et la nuit, un des grands viendrait faire un carillon à minuit. Le diable, c'est que je n'avais pas trouvé jusque-là de corde assez résistante. Parce que, à part ça, la cloche était facile à ébranler. J'avais déjà essayé, doucement, et elle obéissait. Quelle merveille : tout le monde endormi et la cloche qui se mettait à sonner seule. On allait jurer que c'était une âme d'outre-tombe. Le lendemain, les bigotes viendraient porter des cierges à saint Antoine. Et la Bonbonne de Biusa passerait la journée dans l'église pour calmer sa peur.

La vieille voyait rouge quand on l'appelait comme ça. C'était arrivé une fois dans l'église. Un scandale. Elle en avait oublié le lieu où elle se trouvait et s'était mise à jurer...

Je regardais à nouveau le paysage et pensais à la cloche. Et jamais je ne pourrais faire ce que j'avais combiné. Car celui qui aurait tiré la cloche s'enfuirait ensuite à toutes jambes en laissant la corde en plan. On découvrirait qui l'avait attachée au battant. Et je serais fichu. Fichu comme le jour où, quand j'étais tout petit, j'avais fabriqué un serpent avec un bas pour faire peur aux gens de la rue. J'avais été battu comme plâtre. Et mes fesses étaient dans un tel état que je ne pouvais pas m'asseoir sans gémir.

C'était beau de tout regarder de cette hauteur. De se sentir comme un oiseau en liberté. D'être presque aussi haut que le grand clocher de la cathédrale qui se trouvait place André Albuquerque. Tarcisio était ami avec l'homme qui faisait des signaux aux navires avec des drapeaux, du haut de cette tour. Il m'avait promis qu'un jour nous y monterions. Pourtant, mon clocher à moi était mieux. Parce que personne n'osait monter ses marches de peur que tout ne s'écroule. Ainsi le clocher était à moi et à mes rêves. J'avais même échafaudé un plan que j'avais confié à Tarcisio. Quand je voudrais partir pour la Légion étrangère et devenir l'ami de Beau Geste et de ses camarades, il me faudrait commettre un crime. Il n'y avait pas de meilleur endroit. Je volais de l'éther dans la pharmacie du collège. J'en mettais sur un mouchoir et j'étouffais le frère directeur. Je le traînais en haut de l'escalier en tirant son gros corps avec une corde. Et, de là-haut, je le faisais basculer. Il allait s'écraser sur le sol. Ce serait une chance formidable pour tous les élèves, car ils auraient trois jours de vacances. Et moi, mon crime accompli, je pourrais m'embarquer pour l'Afrique. Où était-ce déjà ? Au Maroc ou au Sénégal ? Il fallait que je demande à Fayolle pour en avoir le cœur net.

Au loin, les barques avançaient sur les eaux du Potengi. De lourds chalands actionnés par de longues gaffes se traînaient dans les endroits moins profonds. Et les saliniers accostaient au quai Tavares de Lira. Les navires, emportant des gens qui faisaient des voyages de rêve, attendaient la marée haute pour gagner la barre et disparaître à l'horizon.

À plusieurs reprises, j'avais été conduit dans le bureau du directeur et vertement tancé, menacé d'être puni. On allait fermer à clef la porte du clocher, et moi, je riais sous cape. La serrure était si vieille qu'elle ne marchait plus. J'étais privé de ma tentation et je les maudissais tout bas :

— Diables de méchants vieux ! Quel mal y a-t-il à monter là-haut et regarder tant de choses si belles ? Si ces crétins ont peur d'un malheureux clocher, comment veulent-ils arriver au ciel qui est si haut ?

Quand ils n'y pensaient plus, je recommençais. Sauf qu'avec le temps la prudence me conseillait de ne pas laisser apparaître mes jambes. Et Moïse lui-même s'étonnait quand je restais longtemps sans lui rendre visite ; Moïse, c'était le nom du gros bourdon toujours muet. Mais, qui mourait de peur, c'était Adam. Lui qui était si décidé pour certaines choses devenait un froussard de première dans certains cas.

Parfois, je sentais une grande envie de nager. L'eau tiède manquait diablement à mon corps. Quand j'étais seul au dortoir, je proposais à Adam :

— Allons nager.

Et j'agitais les bras comme si j'avais nagé dans le rio Potengi lui-même. J'allais et venais dans le dortoir en faisant des brasses appliquées. Une fois, je ne savais pas que le frère Luiz se trouvait dans sa chambre, et j'avais fait un plongeon délicieux. Je m'apprêtais à faire deux cents mètres en crawl quand la porte s'ouvrit et qu'il me prit sur le fait. Son éclat de rire m'immobilisa.

— Que fais-tu, Tarzan ?

— Rien. Je nageais un peu.

Il s'approcha de moi et vit toute mon envie d'aventures sur mon visage. Il comprit ce qui se passait.

— Tu ne vas plus à la plage le dimanche, Zéca ?
— On ne me permet pas. Je suis puni.
— Mais tu aimerais bien, non ?
Je hochai la tête, résigné.
— Qui n'aimerait pas ?
— On va arranger ça. En fin de compte, tu es un bon garçon, un peu turbulent, mais un bon cœur.

Je commençais à être agacé par les bigotes. À quelque heure du jour que je jette un coup d'œil dans l'église, elles étaient là. Elles paraissaient faire partie du décor, comme les cierges, les murs et l'harmonium du frère Amadeu. Les diablesses ne devaient avoir rien d'autre à faire dans la vie que prier. Elles avaient leur coin à elles, à gauche, tout au fond. Et à la messe, elles retardaient tout, parce que, avant qu'elles soient arrivées à la table de communion, il fallait deux cents millions de minutes. Seul le padre Monte avait cette patience de saint.

Or, les enfants qui s'étaient fait mal au pied au football ne pouvaient pas se chausser. Et, étant déchaussés, ne fût-ce que d'un seul pied, on ne les laissait pas entrer dans la nef, parce que c'était inesthétique, comme disait le frère Ambrôsio. Mais pour qu'ils ne manquent pas la messe quotidienne, ceux qui avaient mal au pied assistaient à la messe dans la galerie. Et lorsque j'eus, à mon tour, le pied abîmé, je découvris une chose : le vieux plancher de la galerie avait des trous par-ci par-là. Par les trous, on voyait les têtes des bigotes couvertes d'une mantille, d'un voile ou d'un fichu. Entre voir et agir, il n'y avait qu'un pas.

Quand, par hasard, j'étais le seul cloche-pied dans la galerie, je m'en donnais à cœur joie. Sans faire de bruit, je récoltais tout ce que je trouvais. De petits morceaux de bois, des éclats du vieux mur que je faisais sauter avec les ongles. Des pattes de scarabée, des ailes de blatte, des toiles d'araignée dont je faisais des boulettes, des bouts d'allumettes brûlées, etc.

Et quand arrivait l'offertoire et qu'elles étaient le plus recueillies, je m'agenouillais près d'un des trous et faisais choir mon butin sur leurs têtes. C'était un marmonnement sans fin. Tout le monde se retournait du côté du « bigotier » sans comprendre pourquoi les vieilles s'époussetaient, secouaient leurs voiles et leurs mantilles. Moi, j'étais déjà dans mon coin bien loin de la tentation. Je fis ça trois jours. Pas plus. En voyant mon gros orteil entortillé dans un énorme pansement, le frère Luiz se mit à rire.

— Je peux aller dans la galerie, frère ?

— Désormais non, Zéca.

— Ça veut dire que je suis dispensé de la messe ?

— En aucune façon. Tu vas monter à l'infirmerie, ouvrir la fenêtre qui donne dans l'église, et tu assisteras de là à la messe jusqu'à ce que ton pied soit guéri.

J'obéis, résigné. Mais je jurai qu'un jour je me vengerais de ces bigotes. Il devait bien y avoir un moyen. La vie se chargeait toujours de faire apparaître un moyen pour que les choses arrivent.

Et comme tout ce qu'on souhaite finit par arriver, un jour ça arriva. Ce n'était pas à proprement parler un jour, mais une fin d'après-midi, à l'heure où elles étaient le plus ferventes.

Après la classe, on allait jouer au foot sur le nouveau terrain qu'avaient acheté les frères. Ils voulaient y construire le nouveau collège des Maristes. Il y avait deux équipes de foot, celle des grands et celle des petits. Moi, le foot, c'était écrit, n'était pas mon domaine. Mon univers, c'était plutôt tous ces arbres énormes. Ces arbres à cajou majestueux, ces grands pitombeiros, cette forêt de mes rêves. Tout à fait au goût de mon côté Tarzan. Je trouvais le moyen de passer de branche en branche avec une adresse rare. Toucher le sol était interdit. Des élèves qui ne jouaient pas non plus au foot essayèrent de me suivre. Ils y renoncèrent vite car suivre Tarzan des Singes, ce n'était pas une plaisanterie.

À cinq heures, le frère Luiz donnait le signal en sifflant comme lui seul savait faire. On rentrait au collège, tout le monde sale, décoiffé, transpirant. Quand nous arrivions, nous allions droit au dortoir et nous mettions notre pantalon de pyjama. Nous descendions aux douches. Comme il n'y en avait que six et que chaque douche prenait cinq minutes, on continuait à jouer.

On découvrit, et cette fois ce ne fut pas moi, la guerre des serviettes. Ce n'était pas moi, mais l'idée me plut énormément.

On tordait la serviette de toilette et on tapait sur le dos d'un garçon distrait. C'était le commencement d'une folle bagarre. En réalité, ça ne provoquait pas de véritable bataille. Mais il y avait ceux qui n'aimaient pas ça. Parmi eux, Arnobio. Un gaillard costaud, avec des muscles gros comme ça, endurci par son enfance dans les grands élevages du sertão. En un mot, un rude adversaire. Personne n'avait le courage de donner des coups de serviette à Arnobio.

— Qui y va ?

— Ne fais pas l'imbécile.

— Mais regarde comme c'est facile. Il est de dos. Sans chemise, il est encore plus gros. Tu entortilles la serviette, et pfft !

C'était vraiment une tentation terrible. Adam aussi me conseillait prudemment :

— N'y va pas, Zéca. Il va te tuer.

— J'en doute. Il est si certain que personne n'osera qu'il restera paralysé de stupeur. Quand il réagira, j'aurai disparu. Je suis sûr que je cours plus vite que lui.

— Malgré tout, je ne m'y risquerais pas.

— Ça va être drôle.

Je m'approchai en douce, tordis fort la serviette, et pfft ! je frappai Arnobio.

Le monstre fit un bond et devint immense. Il avait cinq mètres. Ses joues se gonflèrent, sa poitrine se gonfla. Il jeta sa serviette par terre et bondit vers moi.

— Attention, Adam !

Je pris mes jambes à mon cou vers la cour de récréation, et le gros zébu soufflait derrière moi. Je fis un dribble de côté, et il faillit s'écraser contre le mur. Ce fut un éclat de rire général. Ça acheva de mettre Arnobio en fureur. Nous retraversâmes au galop la cour, et il ne renonçait pas. Je courus du côté de l'infirmerie. J'accélérai, j'entrai dans la classe de quatrième, je sautai par la fenêtre, je gagnai le corridor, et lui faisait tout ce que je faisais. S'il m'attrapait, il me mettrait en bouillie, il me pilerait. Je retournai dans la cour de récréation, repris la même tactique, fis un autre dribble, et je remarquai qu'il se fatiguait, mais ne se décourageait pas. Je montai quatre à quatre l'escalier du dortoir et il prenait un peu de retard. Je courus vers le réduit des valises, me glissai entre les barreaux, m'accrochai au toit et sautai sur le mur. Il s'arrêta. Ça, il ne pouvait pas le faire.

— Je vais t'attraper, tu vas voir !

Il fit demi-tour pour prendre l'escalier. Je sautai sur le sol, décidé à gagner plus d'avance. À nouveau, il arrivait, soufflant sur mes talons. Il n'y avait qu'une solution et j'allais la tenter. Dans mon désespoir, je pensai aux bigotes, elles allaient mourir de saisissement. Il n'y avait pas le choix. J'entrai dans le grand corridor qui donnait dans l'église. Je n'avais pas atteint la porte qu'Arnobio était déjà dans le corridor. Ç'allait être un scandale. Mais j'étais décidé à vendre cher ma vie. Que m'importait de n'être vêtu que d'un pantalon de pyjama ! Je pris mon courage à deux mains et pénétrai en courant dans l'église. Je pensais que, comme il était plus âgé, il n'oserait pas. Mais rien du tout.

Je traversai les rangées de bancs sans me préoccuper de quoi que ce soit. J'entendis le hurlement des vieilles :

— *Credo !*

— Quelle immoralité !

— Deux hommes nus dans l'église !

— C'est un sacrilège !

S'il était sacrilège de pénétrer en cette tenue dans l'église, ce fut pire dans la rue. Tout le monde s'arrêtait, estomaqué, pour regarder ces deux garçons demi-nus qui couraient dans la rue poussiéreuse.

J'attendis qu'il s'approche de moi, contrôlant le plus que je pouvais ma respiration. J'entendais son pas résonner. Non, il ne m'aurait pas. Je courus vers une ruelle qui donnait sur le bistrot de *seu* Artur, où les plus grands avaient l'habitude de boire une goutte d'eau-de-vie, en cachette, les jours de sortie. J'entrai comme un tourbillon, et ce fut la stupéfaction. Je traversai la salle d'un bond et sortis par l'autre porte. Arnobio entrait à son tour dans le bistrot quand je disparaissais par la porte du fond. Sauve qui peut ! il perd du terrain. Je repris la ruelle en sens inverse et il me suivait de moins près. À nouveau les gens de la rue s'arrêtaient pour voir ce qui se passait. Je ne mesurais même pas les conséquences de cette équipée. Il était urgent que je rentre au collège. Et l'unique voie d'accès était l'église. Arnobio se rapprochait. D'un bond, j'étais dans le lieu sacré. Les cris qui s'étaient calmés reprirent :

— Quelle indécence, mon Dieu !

— Encore les hommes nus !

Je risquai un œil autour de moi et vis ce que je voulais. Je criai :

— Grosse Bonbonne de Biusa !

La vieille écumait. Elle saisit son ombrelle et barra le passage à Arnobio. L'ombrelle s'abattit sur lui qui n'y comprenait rien.

Qu'il se débrouille. Moi, je n'avais plus qu'à me cacher. Retourner dans la cour de récréation, c'était la mort certaine. Je courus plus régulièrement en reprenant mon souffle. Je commençais aussi à me fatiguer. J'entendis un bruit dans le corridor. C'était lui, mon Dieu ! Je n'avais qu'une planche de salut, aller dans la salle de Fayolle. Je suivis mon instinct. Mais, désastre, la salle était vide, vide.

Je retournai dans le corridor et vis l'escalier des petits. À cette heure-là, ils devaient tous être en train de dîner. Il fallait tenter ma chance. Je montai l'escalier et m'adossai au mur du dortoir. Mon cœur hoquetait.

— Assez ! Zézé, tu vas me vomir.

— C'est presque fini. Il va renoncer et aller se coucher.

Mais si, par hasard, un des frères qui couchait aussi dans ce dortoir abandonnait la prière du soir et venait chercher quelque chose qu'il avait oublié ? Je ne voulais pas y penser. Arnobio avait certainement perdu ma piste. Il ne m'avait pas vu m'élancer dans l'escalier. Dans moins de cinq minutes, je regagnerais le corridor et, de là, la cour des grands. Mon cœur fit un bond. Le misérable ne m'avait pas oublié. Il avait suivi mes pas et, maintenant, tout doucement, tout doucement, il montait l'escalier. Que faire ? Je n'avais pas d'autre solution que de l'assommer à toute force pour m'enfuir. Je tordis la serviette que j'avais toujours avec moi, épongeai la sueur de mon visage et de mon corps, et j'eus peur. Peur en toutes lettres. Dans une seconde, il serait dans le dortoir. Je préparai la serviette pour frapper. Dès que sa tête apparaîtrait, j'abattrais la serviette. Je me collai au mur et, quand il passa la tête, je tapai sans pitié. Ce fut un hurlement qui ébranla la maison. Une grosse voix tonitruante. Il avait sans doute eu plus de peur que de mal. Devant moi, aux dernières lueurs de l'après-midi, se trouvait le frère Estevao. Ses yeux lançaient des éclairs. Ce n'était plus le frère Estevao au nez goutteux qui commençait tous les cours de religion par : « En ce temps-là, Jésus dit à ses disciples... » Mais un frère Estevao énorme, avec des mains grandes comme celles du Christ du Corcovado, qui, s'il vous donnait une gifle, vous disloquait la nuque. C'était le frère Estevao qu'on appelait Frankenstein. Il ne dit rien, il me saisit par le cou et me souleva en l'air comme un moustique. À cet instant, je découvrais que pour être Tarzan des Singes et lutter contre le gorille Kerchack, il s'en fallait de beaucoup. J'étais tremblant, glacé, avec des sueurs froides, immobilisé en l'air, sans pouvoir même bouger mes jambes qui étaient coincées contre son énorme poitrine. Il me laissa glisser comme si j'avais été un lézard sur un cocotier de la plage. Sans me lâcher, il me demanda :

— Qu'est-ce que cela signifie, petit imbécile ?

Je n'avais pas de voix pour répondre.

Une de ses mains se libéra et il me menaça d'une gifle. Il me tira jusqu'au sommet de l'escalier et me montra le bas :

— Je devrais t'envoyer là en bas.

Il se calma un peu, mais ne me lâcha pas.

— Allons ! qu'est-ce que cela signifie ?

Avec la voix d'un coq qui ne sait plus chanter, bégayant, je lui expliquai rapidement l'histoire. Qu'Arnobio me poursuivait. Que je m'étais caché là pour lui échapper. Que j'avais confondu sa tête avec celle d'Arnobio.

— Parfait. Et maintenant ?

J'étais à demi mort.

— Maintenant je crois que vous devriez me tuer.

— Te tuer ! Tu crois ça, petit ? Ce serait peu de chose à côté de ce qui t'attend.

— Et si je vous demandais un grand pardon bien repenti ?

— Dans ton cas, ça ne sert à rien. Tu vas payer ta fichue habitude d'être le compère du diable.

Il me regarda d'un air féroce. Ses yeux clairs ressemblaient à deux fonds de bouteilles cassées.

— Imagine, pour commencer, ce que dira le frère directeur. Un grand dans le dortoir des petits ! Hum !

Je perdis à nouveau la voix. Et quelque chose de plus inquiétant tourmentait ma conscience. Ça, ce n'était rien. Mais que dire quand les dévotes raconteraient la poursuite, tout nus en pleine église, devant la Sainte Vierge, saint Joseph et mon protecteur, saint Antoine ?

Je priai en moi-même : « Notre-Dame de Lourdes, protégez-moi ! Je vous promets que... » Que faire, mon Dieu ? Quelle situation du diable ! À quoi bon faire des promesses à la Sainte Vierge. Elle ne croyait vraisemblablement plus ce que je jurais, car toujours, à la première occasion, je créais des complications. Dans mon désespoir, je pensai à invoquer un saint nouveau qui ne sache rien de mon passé. Et le seul qui me vint à l'esprit fut saint Gérard. Je le suppliai, le plus humblement du monde, qu'il m'aide.

— Alors, tu ne dis rien ?

— Tout ce que je pourrais dire ne servirait à rien. Parce que je n'ai pas du tout raison. Tout est ma faute.

— Au moins tu es franc. Allons !

Nous descendîmes ensemble l'escalier. Ensuite je marchai devant lui. Le silence faisait résonner le crissement de nos pieds. Une petite voix surgit de très loin :

— Zézé, tu es encore en vie ?

— Et toi ?

— Je ressuscite.

— Tant mieux. Prépare-toi, ça va barder.

Le frère Luiz nous avait emmenés tous les deux. Il ferma à clef la porte du dortoir pour que nous ne soyons pas un point de mire. Il fit asseoir Arnobio sur un lit et moi sur un autre. Il marcha d'un air préoccupé avant de prendre la parole. Heureusement, ce fut rapide.

— Finalement, c'est la faute à qui ? La tienne, Arnobio ?

La voix d'Arnobio était si tremblante qu'on aurait cru un enfant de cinq ans et non ce grand gaillard :

— J'étais tranquille dans mon coin, j'attendais mon tour aux douches.

— C'est vrai, Zéca ?

— Oui, frère Luiz. Il n'est pas coupable. C'est moi qui ai tout provoqué.

Puisque j'étais perdu, mieux valait être franc. S'il n'était pas puni, il renoncerait au moins à me battre ensuite.

— Ainsi, tu assumes toute la faute ? Toute la responsabilité ?

— Je l'assume.

— C'est bien, Arnobio, tu peux partir. Mais je ne veux pas d'ennemis dans mon dortoir. Serrez-vous la main.

Nous nous serrâmes la main et je le regardai droit dans les yeux pour voir s'il avait l'intention de régler ses comptes avec moi. Et ce que je vis m'émut. Il avait une expression si douce que j'en fus gêné.

— Arnobio, ferme la porte en sortant. Je ne veux être dérangé par personne.

Maintenant, le frère Luiz marchait de long en large en m'observant. Il finit par s'arrêter.

— Zéca, que se passe-t-il dans ta tête pour que tu inventes tant de choses stupides ?

J'étais touché. Je n'allais pas pleurer, mais j'en étais bien près.

— Je ne sais pas, frère. Les choses arrivent sans que je m'y attende, et quand je m'en aperçois, c'est déjà fait ou c'est en train de se faire. Et je suis incapable de m'arrêter.

— En effet.

Je regardai le frère Luiz d'un air suppliant :

— Le frère Estevao ne va pas me pardonner, n'est-ce pas ?

Il se servit de notre expression habituelle :

— « Frankenstein » est furieux. Il veut voir couler ton sang. Ce qu'ils feront de toi, il est trop tôt pour le savoir. Ils sont en réunion dans la salle du directeur. Maintenant, raconte-moi tout comme ça s'est passé. Sans omettre aucun détail.

Il s'était assis sur un lit en face de moi et je vidai mon sac. Au fur et à mesure que je parlais, il ne pouvait pas s'empêcher de rire. Quand j'arrivai à l'épisode des dévotes, il riait tant qu'il secouait le lit. Et moi aussi, je me mis à rire. Parce que, si le frère Luiz trouvait ça drôle, les autres réagiraient peut-être de la même façon. Mon nouveau protecteur, saint Gérard, devait certainement me prêter main-forte.

Quand j'eus terminé, il pleurait de rire.

— Écoute, Zéca, ce que tu as fait est tellement

fou, si absurde, si invraisemblable, que, si c'était moi, je crois que je te pardonnerais. C'est-à-dire, je diminuerais ta peine de moitié.

— Et maintenant, frère Luiz ?

Il sortit sa montre et énonça le début de ma sentence :

— Maintenant, allons là-bas.

— Je ne peux même pas prendre une douche ? Je suis si sale, frère Luiz.

— Pas question. Aujourd'hui, tu vas te coucher comme tu es. Si tu as de la chance. Parce qu'à mon avis, tu vas passer la nuit en punition, les bras croisés contre un pilier.

Avant de quitter le dortoir, je lui demandai :

— Vous croyez que je vais être renvoyé ?

— Je ne crois pas qu'il y ait des raisons suffisantes. Mais que tu sois passé près, ça oui.

Et, pour la deuxième fois de ma vie, j'affrontai cette sinistre salle et toutes ces tables disposées en demi-cercle.

— Bras croisés !

Vite, les bras croisés.

— Quand je te poserai une question, regarde-moi. Quand tu auras répondu, regarde le tableau noir.

Vite, mon regard était collé au plus grand tableau noir du collège. Je regardais les traînées de craie où apparaissaient des lettres mal effacées.

Je dus répéter tout ce que j'avais déjà raconté au

frère Luiz. Sauf que personne, cette fois, ne trouvait ça drôle.

Résultat final : je ne serais pas expulsé du collège ni renvoyé temporairement, mais...

— Tu devras rester en étude durant toutes les récréations.

— Tu resteras les bras croisés pendant toutes les études du soir.

— Après l'étude, tu resteras encore deux heures dans la même position : debout, les bras croisés.

— Et pour terminer, tu devras écrire mille lignes.

Je frémis. Mille lignes ! Mieux vaudrait écrire un livre. Un roman. Que sais-je ? une bêtise quelconque. Mais mille lignes répétant une à une la même phrase, c'était pire que le purgatoire. Et encore, je devais rendre grâces au ciel de ne pas avoir été expulsé. Comment aurais-je osé affronter ma famille ?

Cependant, le « massacre » n'était pas encore terminé. Il fallait maintenant choisir la malheureuse phrase. Et il fut décidé que je la choisirais moi-même. Je réfléchis rapidement. Mais la règle voulait qu'on prenne quelque chose que l'on n'aimait pas pour rendre plus lourd le châtiment.

— Allons, senhor Vasconcelos, la phrase !

Alors, je pensai à une chose que j'aimais beaucoup depuis que j'étais petit. Je dirais que je la détestais et, au moins, j'écrirais quelque chose que j'aimais.

— LA PHRASE !

— « D'Ipiranga écoutez les sublimes échos... »

Ce fut une stupeur générale. Le frère directeur leva ses sourcils en faisant un arc noir. Un arc-en-ciel de tristesse et de déception.

— Cet enfant est complètement fou. Détester son hymne national !

Mes doigts, sous mes bras croisés, « faisaient une figue[1] » pour demander pardon à mon hymne chéri.

— Très bien. Tu as choisi, mais nous n'en resterons pas là. Frère Joaquim, s'il vous plaît, écrivez au tableau noir.

Le frère Joaquim prit la craie.

— Écrivez, s'il vous plaît, frère : « D'Ipiranga écoutez les sublimes échos, bien que je sois un élève méchant et irresponsable. »

Là, je gémis, et Adam aussi. Ils m'avaient eu. Si j'avais choisi une autre phrase, ça n'aurait pas entraîné ces conséquences. Quand en aurais-je fini avec cette phrase interminable. Ô Mon-Petit-Jésus-avec-l'agneau-sur-vos-épaules ! Je pensai aux piles et aux piles de feuilles de cahier et à mes doigts calleux à force d'écrire. Enfin, ça finirait par passer. Dix jours, vingt jours ?

— Courage, Zézé. Ça vaut mieux que d'être expulsé.

— Je sais. Et je ne vais pas flancher maintenant. Tarzan des Singes sortira vainqueur. Quand tu senti-

1. Signe porte-bonheur que l'on fait avec les doigts.

ras que je faiblis, pense à me rappeler : « Réveillons le soleil. »

Pourtant, un grand abattement m'accablait. Je devrais réveiller beaucoup de soleils le jour et beaucoup de lunes la nuit.

La séance terminée, le frère Luiz me conduisit sans un mot au réfectoire. Il parut deviner mes pensées.

— Pas de douche, Zéca. Il ne te reste plus qu'à manger beaucoup de H.Q.(haricots quotidiens), comme vous dites, pour supporter ton bagne. Cette fois, les choses vont mal. Pis encore après les doléances de tes bien-aimées dévotes qui ont fait un vrai scandale.

Il tint compagnie à ma tristesse tandis que j'avalais mon repas. Tout dans le plus grand silence. Je bus un immense verre d'eau et demandai à aller aux toilettes.

— Tu peux y aller. Prends tes précautions, parce que, après ça, c'est fini jusqu'à minuit.

Il me donna une tape sur l'épaule, pour m'encourager.

— Pauvre Zéca. Cette fois, il n'y a pas de saint qui te sauve. Même le frère Feliciano ne pourra pas intercéder ou faire un de ses miracles habituels.

Je restai deux heures en pénitence dans la même position. Ensuite les lumières s'éteignirent, sauf deux lampes près de moi. Le silence endormait le collège et moi qui restais là. Mes yeux voulaient se fermer.

Mon corps vacillait et revenait dans sa position première. La nuit avançait et je pensais au mutisme de Moïse. Il aurait bien pu sonner un carillon compatissant pour réveiller tout le monde. Ils auraient vu, ces gens sans cœur, comme c'était agréable de ne pas dormir.

Mes jambes tremblaient et les heures ne passaient pas.

Mes yeux étaient troubles quand j'aperçus près du tableau noir Maurice qui me regardait avec un sourire de sympathie.

— Tu vois, Maurice. Je ne peux même pas ouvrir les bras pour t'embrasser.

— Ça ne fait rien. Mais qu'est-ce qu'on t'a fait, Monptit ?

— Des choses de grandes personnes sans cœur. Moi, je fais une toute petite bêtise de rien, et j'attrape une montagne de punitions.

— Courage. Ça passera. Le premier soir, c'est toujours plus dur. Après, tu t'habitueras peu à peu.

— Tu as beaucoup travaillé ?

— Passablement.

— Tu sais, si ça dure encore, je vais tomber de fatigue.

— Supporte les conséquences. Il ne faut jamais se plaindre de ce qu'on a provoqué. Courage !

Il regarda sa montre si belle.

— Réveille ton soleil. C'est bien ce que tu dis ? Eh

bien, réveille ton soleil, il ne manque plus que deux minutes.

Le frère Feliciano vint me chercher. Il n'était pas encore couché, trop triste pour dormir. Il attendait la fin de ma punition.

— Viens, Chuch.

Je décroisai les bras et j'eus l'impression qu'ils étaient tordus, qu'ils allaient reprendre la même position.

Je souris au tableau noir et dis tout bas à Maurice : « Bonne nuit. »

— Tiens, Chuch.

— C'est quoi, Fayolle ?

— Un verre de guarana bien frais que je t'ai apporté. Tu dois avoir soif.

Je voyais à peine le verre dans ses mains. Je bus presque tout d'un trait.

— Viens, Chuch, tu rêves déjà. Tu rêvais debout.

— Tu sais, Fayolle...

— Quoi, mon enfant ?

— Dans une autre vie, je veux naître un bouton. N'importe lequel. Même si c'est un bouton de culotte. Ça vaut mieux que d'être une personne et de souffrir comme un malheureux.

Troisième Partie

Mon crapaud-cururu

1

La nouvelle maison, le garage et dona Severuba

— Elle est passée, ta rancune, Zézé ?

— Je ne sais pas, Adam.

— Ne me mens pas. Je découvrirai la vérité, Zézé.

— Elle est presque passée. J'aurai bientôt oublié.

Je sentis qu'Adam respirait, soulagé.

— Psch ! tu es impossible. Parce que vivre dans une maison pareille, ça fait pardonner bien des choses...

En réalité, je délirais de joie. Les vacances venaient de commencer et j'étais allé directement du collège à la nouvelle maison. Une grande maison. Ça oui, c'était une maison. Je n'avais pas vu le déménagement. On ne m'avait pas laissé dire adieu aux poules blanches et rouges qui étaient restées là-bas. Je ne sais pas si elles avaient été vendues ou données. Ce qui est sûr, c'est qu'elles n'étaient pas dignes de la nouvelle maison.

Sur la façade, une terrasse qui n'en finissait plus et qui se prolongeait sur le côté gauche. Des vitres partout. Devant, l'esplanade de Petropolis. Tout en bas, une mer si grande qu'elle pouvait contenir tous les océans du monde réunis.

Et, par-dessus le marché, il y avait un grand jardin, un rêve pour y courir la vie entière. J'avais aussi une nouvelle chambre. Un lit immense. Une armoire qui brillait et qui sentait le bois frais. Il manquait une seule chose : mon vieux fauteuil Orozimbo. À sa place, il y en avait un autre, à ramages rouges et blancs, très décoratifs. Il me fallait essayer tout ça. Vite, je me laissai rebondir sur le lit, je sautai dans le fauteuil. Tout était confortable et moelleux.

J'avouai à Adam :

— C'est vraiment bien de ne pas être retourné dans l'autre maison.

— Qui sait si ton père n'a pas pensé la même chose ?

J'étais surpris.

— Je ne crois pas, non. Je suis bien trop sans importance. Je suis un grand bon à rien. Personne ne se soucie de moi.

— Qui sait ? Le cœur humain est plein de surprises.

— C'est impossible, Adam. De toute façon, habiter ici, c'est une merveille.

Et je partais à la découverte pour tout voir, m'habituer à tout.

Ce qui m'enchantait le plus, c'était le côté droit de la maison. Un manguier superbe, plein de branches tarzaniques et engageantes. Des branches si grandes qu'elles recouvraient le mur qui nous séparait des voisins. Il était urgent de découvrir comment étaient les voisins. C'était très important. Entre la maison et le manguier qui avait un air à s'appeler dona Gustava, il y avait une immense remise. Je regardais son plafond avec ravissement. Là, je pourrais installer au moins deux trapèzes.

Tout était une fête. Une fête plus grande encore pour mon petit chien Tulu qui, avec le temps, avait consolidé sa colonne vertébrale et pouvait courir comme n'importe quel chien qui n'avait pas été écrasé. Tulu restait collé à mes talons comme s'il voulait rattraper le temps perdu pendant mon internat. Il couchait devant la porte de ma chambre et, à peine le jour était-il levé, qu'il grattait à ma porte avec beaucoup de discrétion.

S'il n'était pas avec moi, il me suffisait de siffler pour qu'il arrive en agitant la queue.

— On va voir le garage, Tulu.

Nous y courions ; lui s'empêtrait dans mes jambes.

— Quel morceau, hein ? On pourrait y faire entrer au moins dix voitures. Il devait être drôlement riche, l'ancien propriétaire... Et cette grande fenêtre !

Je l'ouvris et sautai. Je m'assis, les jambes ballantes, observant le reste du jardin tout bordé de murs. Quelle quantité d'arbres ! Que d'arbres à cajou ! Il y avait encore plus de palmiers dans ce coin. Je ne savais pas par quoi commencer. Je devais tout organiser. Car ce n'était que le début des vacances, et j'avais au moins trois mois pour m'en donner à cœur joie. Le sable du jardin était blanc et doux comme le sable de la plage. Ce serait mon Sahara. Mais y avait-il des arbres à cajou dans le désert ? Il me semblait que non. Alors le mien serait différent. Il en aurait.

J'inspectai l'intérieur du garage, de grandes étagères pleines de vieilles choses qui pouvaient encore servir. De même que nous avions laissé les poules, de même les anciens occupants avaient certainement abandonné tout ce monde de choses. Et ce qui me fascinait le plus, c'était un amoncellement de chambres à air. Et, dans un coin, une grosse machine pour gonfler les pneus. Est-ce qu'elle marchait ? Je soufflai sur l'épaisse poussière qui la recouvrait et la mis debout entre mes genoux. Je soulevai sa tête et elle fonctionna. C'était une tête ou des bras ? Plutôt des bras. Elle était bien huilée. J'appuyai, elle obéit, elle fit un bruit et souffla sur la poussière du sol. Je triomphais :

— Elle marche, Tulu. Maintenant, nous allons prendre un pneu et voir s'il se gonfle.

J'ajustai la chambre à air et actionnai les bras de la machine à gonfler. Le pneu grossissait, grossissait, et j'avais de plus en plus de peine à pomper.

— Un fameux exercice !

Je m'assis par terre pour me reposer et regardai avec satisfaction la pompe appuyée au mur.

— À partir d'aujourd'hui, je vais gonfler tous les jours tous ces vieux pneus. Je ne veux plus sortir le dimanche. Je vais gonfler et gonfler sans arrêt. Je vais me faire des muscles à rendre Tarzan jaloux.

Adam me demanda :

— Tu as pensé à un nom pour le garage et pour la pompe ?

— Il faut réfléchir. Ce sont des gens trop importants pour qu'on leur donne n'importe quel nom.

— Pour le garage, je ne sais pas, Zézé. Mais si tu veux, je baptise la pompe.

J'étais interloqué. Jamais Adam ne m'avait demandé ce genre de choses.

— D'accord, vas-y.

Adam dit, un peu troublé :

— Dona Celeste.

— Psch ! Adam. Quelle merveille ! À part elle, plus personne ne s'appelle comme ça.

Tulu s'était couché à mes pieds et écoutait tranquillement ma conversation avec mon crapaud. Je regardai longuement le garage. Je savais que je devais lui trouver un beau nom. Pas n'importe quoi. Ma cervelle fit tilt ! Et ça y était :

— Il ressemble à un gros jardinier sympathique.

— C'est vrai, Zézé.

— Et il a l'air d'avoir un grand tablier à carreaux. Alors il va s'appeler don Isidro.

— Superbe !

Nous nous félicitions mutuellement.

— Tu sais, Adam. Je crois que nous sommes les deux plus grands inventeurs de noms du monde.

Les premiers repas furent embarrassés. Je ne parlais toujours pas à mon père, mais on commençait à se regarder. Adam, fébrile, m'exhortait intérieurement : « Ça suffit, Zézé, ça suffit. »

Alors il regarda le plat de riz et il me regarda. Moi, je regardai le plat de riz et je le regardai. Alors je pris le plat de riz et le lui tendis. Alors il tendit la main et prit le plat de riz.

Adam triomphait : « C'est bien, Zézé, c'est bien. »

Je savais qu'au début ce serait un peu difficile. Qu'il y avait encore beaucoup de « alors » et beaucoup de plats de riz entre nous, mais que ça finirait par passer.

Et ça passa si bien que le dimanche suivant il frappa à la porte de ma chambre et fit la lumière.

— Tu veux venir à la messe du matin ?

— Je veux bien.

— Alors fais vite, nous avons un quart d'heure pour être à la cathédrale.

Je me pressai. Je descendis et ouvris la porte de don Isidro pour sortir la Market qui était la voiture la plus belle de Natal. La ville était dans l'obscurité. Les lumières étaient encore éteintes.

Il me dit :

— Tu n'es pas obligé de communier si tu ne veux pas.

Je lui jetai un coup d'œil en coulisse et il regardait droit devant lui comme s'il ne remarquait rien.

— Je ne peux pas. Je ne me suis pas confessé.

— Très bien.

Il continua à conduire en silence. Adam m'avoua :

— Tu sais, Zézé. Je commence vraiment à l'aimer. Au fond...

— Je sais. Au fond, nous sommes deux idiots.

Au début, il semblait qu'il n'y parviendrait jamais. Mais il devait apprendre.

— Regarde, Tulu. N'aie pas peur.

Le petit chien, sur le mur, voulait essayer, mais il était tout tremblant. Je m'efforçai de le calmer :

— N'aie pas peur, Tulu, tu ne tomberas pas. C'est plutôt l'affaire des chats mais, si tu t'appliques, tu parviendras à avancer toi aussi.

Tulu laissait pendre sa petite langue rouge et ses yeux me regardaient craintivement.

— Ne sois pas bête. Tu ne vois pas qu'en bas c'est du sable fin ? Tu ne te feras pas mal si tu tombes. Viens.

Je m'assis sur le mur à un mètre de lui.

— Viens, petit. Viens.

J'écartai les bras pour le retenir. Il gémit tout bas et resta sur ses pattes.

— Viens lentement. Inutile de te presser, comme ça tu n'apprendras rien. Une, deux. Une, deux.

Il obéit en tremblant tellement, que j'étais prêt à le rattraper si ses pattes manquaient le mur. Il avança, avança, et je le caressai.

— Bravo ! Tulu. Tu es le chien le plus courageux du monde. Nous devons recommencer encore une fois. Viens.

Je reculai encore de deux mètres, et Tulu observait tout.

— Vas-y. Comme la première fois. Doucement, sois calme.

Le premier essai avait été le plus difficile pour lui. Mais dès qu'il était debout sur ses petites pattes, il avait hâte de se rapprocher de moi.

— On va s'écarter un peu plus.

Je m'éloignai de trois mètres.

— Une, deux. Une, deux.

Cette fois, c'était mieux. En moins de deux heures, le petit chien me suivait. Je marchais debout devant lui, lentement. Je me retournais et Tulu était sur mes talons.

Dadada était arrivée sans bruit et observait ma leçon.

— On n'a jamais vu une chose pareille, un chien qui marche sur un mur !

J'éclatai de rire. Je sautai sur le sol et pris Tulu dans mes bras.

— Maintenant, repose-toi un peu, ensuite on recommencera à s'entraîner.

Soulagé, il trotta dans le jardin et alla arroser un plant de maracuja qui s'enroulait autour d'un arbre à cajou.

— Bientôt, bientôt, il va trotter sur le mur. Au commencement, j'ai failli perdre courage parce qu'il tremblait trop. Comme il s'est déjà cassé la colonne vertébrale, je pensais qu'il ne se tiendrait jamais en équilibre.

Dadada me regardait en souriant.

— Tu es vraiment maboul. C'est bien une idée à toi de faire grimper un chien sur un mur, comme un chat.

Je m'assis sur une pile de tuiles.

— Dadada, qui sont les voisins de gauche ?

— Il n'y a qu'un couple seul. On dit qu'ils ont une fille qui étudie à Rio, et qu'elle viendra aux prochaines vacances.

— Et cette femme qui habite de l'autre côté ?

— Ah ! Celle-ci, c'est une Anglaise, gracieuse comme une porte de prison. Elle s'appelle dona Severuba.

— Comment ?

— C'est un nom très compliqué. Sa bonne ne sait pas le prononcer, alors elle dit Severuba.

Je me mis à rire.

— Ce n'est pas un nom de personne. Mais c'est drôle.

Dadada m'avertit :

— Ne va pas trop de ce côté. Elle ne laisse personne toucher à un fruit de son jardin, même pas ses domestiques. Elle est avare en diable.

Je souris et demandai à brûle-pourpoint :

— Tu aimes les goyaves, Dadada ? Les goyaves rouge sang ?

— C'est celles que j'aime le plus.

— Alors attends.

Je soulevai quelques tuiles et lui montrai une demi-douzaine de goyaves.

— Goûte, elles sont exquises.

— Où les as-tu trouvées ? Il n'y a pas de goyavier dans le jardin.

— Chez dona Severuba.

— Elle te les a données ?

Elle ouvrait des yeux stupéfaits.

— Elle ne m'a rien donné du tout. Regarde, elles ont toutes un petit trou.

Dadada en examina deux avec dégoût :

— C'est des trous de bêtes ?

— Non. C'est des trous de clou.

Elle comprenait de moins en moins. J'expliquai :

— J'ai pris une grande perche près du puits. J'ai enfoncé un clou au bout. Je monte sur le mur et, quand il n'y a personne, avec la perche je fais tomber les goyaves. Ensuite je les pique avec le clou et je les ramène sans difficulté. Je n'en rate pas une.

La bouche pleine, Isaura commentait :

— Je disais bien que tu étais maboul !

— Quand tu veux des goyaves, tu n'as qu'à me le demander. Ou bien tu viens en chercher dans ma cachette. Mais tu sais : secret !

C'était une recommandation inutile. Dadada s'éloigna en se pourléchant et j'appelai Tulu pour continuer la leçon :

— Apprends vite, nigaud. Tu vas devenir un chien savant. Comme dans les cirques.

Cirques. Cirques. Cirques. Les cirques me fascinaient. J'avais déjà installé deux trapèzes dans la remise. Je faisais des prouesses. Tulu ne me quittait pas des yeux. Depuis qu'il était devenu équilibriste, je crois que, dans sa petite cervelle, l'idée lui était venue d'être aussi trapéziste.

Je montais sur une table et m'élançais dans les airs. Je gardais la tête en bas. Je me suspendais par le bout des pieds. Je me retenais par les genoux, je lâchais tout et je me rattrapais par les pieds. La première fois que j'avais fait ça, j'étais terrifié. Je regardais le carrelage brillant, par terre, et je tremblais. Si je ratais mon coup, je me cassais la tête. Mais je devais essayer. Puisque au cirque tous les trapézistes le faisaient, pourquoi pas moi ? Ensuite, ça devint enfantin. Je me faisais seulement un peu mal aux pieds contre les cordes. J'étais plein de zébrures.

Je rêvais de trapèze. Je montais sur la table, vêtu d'un maillot collant, et je saluais le public. J'entendais le dompteur, en bas, qui parlait dans un porte-voix. Il annonçait mon numéro :

— Maintenant, mesdames et messieurs, Caldeu, l'homme le plus fort du monde, va exécuter son périlleux numéro.

Je m'élançais dans l'espace et je voyais le toit du cirque se rapprocher, d'un côté puis de l'autre, suivant le balancement du trapèze. Les applaudissements retentissaient. Je descendais de mon perchoir et je retrouvais Tulu, sagement assis, qui observait tout.

Il léchait ma sueur sur mon visage et je le caressais.

— Dommage que tu ne puisses pas en faire autant, Tulu ! Mais c'est déjà très difficile pour moi, alors, pour un petit chien qui a eu le dos écrasé par une auto, tu te rends compte ?... Mais quand tu seras plus entraîné, tu pourras faite tout le tour du jardin sur le mur. Marcher par terre, c'est bon pour les gens qui ne sont pas des artistes.

Mais quand j'en avais terminé, j'entendais les protestations d'Adam :

— J'ai l'estomac tout retourné.

— Tu exagères, Adam.

— On voit bien que ce n'est pas toi qui es dans ton cœur. Quand tu fais ces acrobaties, j'étouffe. Un de ces jours, tu vas me tuer sans t'en apercevoir.

— Psch ! Adam. Toi qui disais que tu voulais que je sois courageux ! Maintenant, c'est toi le froussard.

— Bien sûr. Mais tout de même, il ne faut pas exagérer, non ?

Ça me rendait terriblement triste et j'ouvrais grand ma chemise pour laisser pénétrer l'air et qu'Adam se sente mieux.

Si un jour je renonçais à partir dans la forêt, à gagner tous les championnats du monde de natation comme Johnny Weissmuller, à devenir Caldeu, le plus grand trapéziste du monde, je pourrais embrasser une autre profession : l'espionnage. J'adorais ça.

Pour l'instant, ma constante victime était dona Severuba. Je connaissais ses moindres pas. Tous ses horaires. De l'heure où elle parcourait le jardin, arrosait les fleurs, jusqu'à celle où elle venait compter les fruits qui mûrissaient.

Je montais sur une branche touffue de dona Gustava et je ne bougeais plus. Dona Severuba fronçait les sourcils et, de ses yeux très bleus dans son visage ridé comme une carte des fleuves, elle observait une certaine papaye qui grossissait fantastiquement. Elle devait compter sur ses doigts les jours qui manquaient avant qu'elle soit mûre. Et moi aussi. Elle partait très contente, toujours suivie d'un chien policier, dans un frou-frou de robes vaporeuses et jaunies, en retenant de temps en temps un maigre chignon blond-roux sur le sommet de sa tête. On disait que le chien était très féroce et, à en juger par les aboiements qu'il poussait la nuit, ce devait être vrai. Mais moi, je l'aimais. S'il m'avait appartenu, je l'aurais appelé Rin-Tin-Tin et non pas Lion. Bien des fois il m'avait découvert, juché sur le mur, et je l'appelais, lui donnais des morceaux de pain ou de gâteau. On avait fait amitié.

Trois jours s'étaient passés ainsi : moi dans les branches de dona Gustava, Lion sur les talons de dona Severuba et dona Severuba les yeux sur la papaye dont le gros dos vert commençait à jaunir.

« C'est aujourd'hui qu'elle la cueille. »

Mais il n'en fut rien. J'attendis le lendemain avec impatience.

« La journée ne se passera pas sans qu'elle la prenne. »

Elle ne la prit pas.

« Si elle attend demain, elle va s'en repentir. »

Dona Severuba regarda le fruit. Hésita. Réfléchit et décida qu'elle attendrait encore un jour. Elle ne savait pas, la pauvre, que deux yeux pirates observaient tous ses mouvements.

Après le dîner, je refusai d'aller faire un tour sur l'esplanade, une promenade que ma famille décidait rarement. Je dis que je voulais lire un peu et, ensuite, me coucher.

Je m'enfermai dans ma chambre, l'oreille à l'écoute. Ils tardaient à rentrer. Et quand ils furent rentrés, ils mirent un temps fou à se coucher. Je comptais les portes qui s'ouvraient et se fermaient. Ensuite les lumières s'éteignaient dans les chambres. Il restait à entendre le grincement de la porte de Dadada, près du garage. Elle était bien longue ! Elle devait certainement bavarder avec la bonne de dona Severuba. Ciel ! mon excursion dans la forêt allait se faire vers les onze heures. Je me laissai tomber sur mon lit, si excité que je ne craignais pas de m'endormir. Pas aujourd'hui. Il fallait agir parce que, de toute façon, c'était la dernière nuit de la papaye sur l'arbre.

Enfin, tout le monde était endormi.

Je cherchai mon pagne au fond du tiroir. Je pris ma ceinture et attachai le beau pagne, très blanc et minuscule. Le morceau d'étoffe cachait juste le devant de mon corps, la partie postérieure était exposée à l'air.

Je faisais tout ça sans éclairer. Mes yeux s'étaient habitués à l'obscurité.

— Et le couteau ?

Je fouillai dans la table de nuit, il était tout au fond. Je le glissai à ma ceinture et vérifiai qu'il était solidement placé.

— Maintenant, Zézé, retiens ta respiration, ouvre la fenêtre sans faire de bruit.

Je partais déjà pour mon expédition quand je pensai à une chose. Je revins jusqu'à la porte de ma chambre, l'entrouvris et caressai Tulu qui dormait sur un petit tapis :

— Surtout ne fais pas de bruit. Je vais sortir.

Je le caressai encore une fois, et lui, à moitié endormi, agita la queue. Dans la journée, il était prêt à tout, mais la nuit...

Cette précaution prise, je retournai à la fenêtre. Les gonds bien huilés tournèrent sans un grincement.

Je me laissai glisser dans la cour. La nuit sans vent, agréable et douce, ne présentait aucun danger. Je regardai le ciel si noir qui se transformait en un immense manguier dont toutes les branches retenaient des étoiles brillantes.

Je rampai jusqu'au hangar. Les trapèzes dormaient d'un profond sommeil. Je retenais ma respiration et recommandais à Adam de ne pas avoir peur.

Je grimpai et cherchai la branche de dona Gustava qui surplombait le mur. Je prêtai l'oreille et constatai que tout était en paix. Lion pouvait m'avoir flairé et s'approcher. Mais non. Seulement le silence de la nuit endormie. Je descendis sur le mur. Je m'assis et me laissai glisser dans le jardin voisin. De là à la papaye, j'en avais pour une seconde. Comme c'était désagréable de monter dans un papayer. Pire que dans un palmier. Il fallait faire très attention parce qu'il renfermait un suc qui brûlait à la moindre égratignure. Ça y était. Je tordis la papaye avec soin. Elle était plus grosse que je ne croyais. Je devais la tordre et la retenir. Si elle tombait sur le sol, elle ferait un bruit de tous les diables. Je la détachai et descendis péniblement en me cramponnant fort avec les pieds, car je n'avais plus qu'une main de libre.

Une fois sur la terre ferme mon cœur se mit à battre. Pas de peur, mais de joie. Je n'avais plus qu'à poser la papaye en équilibre sur le mur, à me hisser et sauter chez moi. Parfait. Je serrai la papaye contre ma poitrine et suivis le mur jusqu'au garage. J'arrivai au mur du grand jardin et cherchai l'endroit le plus touffu. Je jetai la papaye sur le sable fin, je m'accrochai à une branche et sautai.

Le vieux poulailler, plein de caisses inutilisables et

d'autres choses dont on ne se servait plus, allait abriter mon trésor. C'était la caverne de Main-de-Fer. La plus éloignée et la moins dangereuse. La caverne de Winnetou, c'était dans les vieilles tuiles. Là, j'aurais risqué d'être découvert. Mieux valait traverser toute cette forêt et ce désert et être en sécurité.

Je m'assis sur une grande caisse et pris mon couteau à ma ceinture. Je souris. Ce couteau avait été subtilisé dans le pavillon où mon père avait installé sa bibliothèque médicale. C'était un couteau formidable qui était fier d'avoir abandonné le métier de coupeur de livres. Quand mon père s'était aperçu de sa disparition on avait retourné toute la maison.

— Il a dû se perdre dans le déménagement.

Il y renonça et, maintenant, il m'appartenait. Il n'était pas très aiguisé, mais, pour couper une papaye, c'était plus que suffisant.

Quand j'eus terminé, je cachai la papaye dans une caisse en la recouvrant de vieilles feuilles de palmier. Il y en avait tout un tas. Avant de m'en aller je la rassurai :

— N'aie pas peur. À la chaleur du jour tu vas terminer de mûrir, et chaque jour je viendrai manger un petit morceau. Maintenant, au revoir.

Je refis le trajet qui me parut moins long. J'avais le sentiment d'avoir accompli ma mission avec un remarquable succès. Je regagnai ma chambre et la sécurité de mon lit. Tulu gratta doucement à la porte pour dire qu'il savait que j'étais rentré. Je restai nu un moment pour me rafraîchir. J'aurais eu bien besoin d'aller à la salle de bain et de me laver les pieds, mais tant pis. Je ne voulais laisser aucune trace, n'éveiller aucun soupçon.

Le lendemain, à l'heure de mon espionnage, j'étais tapi dans ma cachette. Mon-Petit-Jésus-avec l'agneau-sur-vos-épaules ! Dona Severuba ressemblait à un tableau de Jupiter tonnant. Une furie. Elle poussa des hurlements, appela ses domestiques, et elle montrait l'arbre vide. J'avais une terrible envie de rire. C'était bien fait, elle avait trop attendu. Comme disait le frère Ambrôsio : « De la cuillère à la bouche se perd la soupe. » Elle était à moi, sa papaye. Ce soir, ce serait une merveille.

Le soir, en tenue de Tarzan, je commençai à dévorer la papaye. Douce comme du miel. J'en gardai une grosse moitié pour les nuits suivantes. J'allais jeter l'écorce quand une voix bizarre me conseilla :

— Si j'étais toi, je la garderais.

— Pourquoi ?

— Garde-la, tu verras.

Une drôle d'idée. J'allais la garder quand Adam intervint :

— Jette-la, Zézé, elle ne peut servir à rien.

— Peut-être que si.

Je ramassai les écorces et les cachai également dans la caisse.

Les deux jours suivants, dona Severuba continua à tourner autour de l'arbre comme pour trouver une piste, découvrir un indice. Elle était certainement convaincue que la papaye avait été emportée par des mains criminelles.

Les deux nuits suivantes, j'allai me régaler de la papaye.

— Tu es la papaye la plus exquise que j'aie jamais mangée.

Les ultimes écorces hésitaient dans ma main.

— Et maintenant, Voix, que dois-je en faire ?

Adam prévint la réponse :

— Jette-les, Zézé.

Mais je n'obéis pas. La Voix insistait :

— Mets-les avec les autres.

J'obéis.

— Et maintenant ?

— Maintenant, tu veux mourir de joie ? Alors prends les écorces et porte-les là-bas. Pose-les soigneusement au pied du papayer. Demain, tu vas voir ce raffut.

Quelle idée sublime ! Adam avait beau protester, pour rien au monde il ne m'aurait fait changer d'avis.

Je montai dans dona Gustava en tenant la pile d'écorces dans ma main. Cette fois, il y avait un petit vent dans la nuit. Je sautai le mur et descendis dans le jardin de la voisine. Je m'agenouillai et bâtis une pyramide d'écorces joliment disposées.

Alors j'eus une telle peur que mes cheveux se dressèrent sur ma tête. Lion m'avait flairé dans le vent et s'approchait, le poil hérissé.

— Mon saint François d'Assise, au secours ! Notre-Dame de Lourdes, protégez-moi ! Je vous promets de réciter trois rosaires s'il n'aboie pas. Mes chères âmes du purgatoire, je prierai pour vous si vous voulez, mais faites qu'il me reconnaisse.

Lion était immobile comme s'il s'apprêtait à bondir. J'étais perdu. Adam me l'avait bien dit. Pourquoi ces complications ? J'avais volé la papaye. Je l'avais mangée. Bon. Cette Voix était la tentation du diable.

Mon cœur battait si fort que, cette fois, j'excuserais Adam s'il avait des nausées.

Mon corps était baigné d'une sueur froide.

— Notre-Dame de Lourdes, je vous en prie ! Protégez-moi, mon saint François d'Assise !

Je tentais de me redresser, mais mes jambes ne voulaient pas obéir. Mes genoux s'entrechoquaient.

Je parvins à m'adosser au mur. Mes yeux étaient fixés sur l'énorme chien policier dont le poil commençait à se lisser.

— Lion ! Mon petit Lion ! Tutututu !...

Ma voix était aussi anémique que celle d'un vieux grillon à la retraite.

— C'est moi, Lion. Moi, tu sais ? Demain, je t'apporterai du gâteau. Viens là, mon petit Lion... Viens... Viens...

Alors il agita la queue, me reconnaissant. Il s'approcha et me lécha les mains. Je le caressai prudemment. Parce que, s'il changeait d'idée et me sautait dessus, ce serait un scandale. Le fils du médecin, quasiment nu, qui volait des papayes.

Je finis par me calmer. Mes saints protecteurs m'avaient aidé. Je jurais de ne plus voler. Le chien devait avoir compris l'histoire du gâteau.

Je rassemblai mon courage et caressai tout son dos. Il était content et il agita la queue. Sans en avoir l'air, je me dirigeai vers le mur. Et le chien était toujours sur mes talons.

— Maintenant, Lion, je vais monter. Dès que je peux, je t'apporte ce que je t'ai promis.

J'escaladai rapidement le mur. Lion fit un bond pour m'attraper. Mais je sentis qu'il ne voulait pas me faire de mal. Seulement jouer.

Je m'assis sur la table de la remise, l'âme en morceaux. J'avais du mal à me remettre. Adam ne disait rien. Il avait dû avoir plus peur que moi. Cette maudite diablesse de dona Severuba avait certainement lâché le chien exprès.

— Toute la papaye que j'ai mangée, je la paie en chapelets et en rosaires. Tant pis. Samedi, j'irai me confesser au padre Monte et lui demanderai de réduire ma pénitence. Et s'il l'augmente au contraire ? J'en doute. Le padre Monte est si bon.

Un peu plus calme, je retournai à ma fenêtre et

sautai dans ma chambre. Je refermai la fenêtre et je sursautai. Un corps était couché dans mon lit. Ce ne pouvait être que mon père. Mais la lampe s'alluma et je découvris Maurice couché dans mon lit.

Il se mit à rire de mon costume. Et moi, je tremblais de la tête aux pieds, mon couteau à ma ceinture.

— Quelle tenue, Monptit !

Les larmes se mirent à couler à torrents. Transpirant et sale, je me jetai dans ses bras. C'était trop pour un seul Tarzan, deux frayeurs de cette taille.

— Raconte-moi tout.

Mais il changea d'idée :

— D'abord, va à la salle de bain te laver et bois un verre d'eau sucrée.

J'obéis sans faire de bruit pour ne pas réveiller les humains. Ensuite, vite, je racontai tout.

Maurice était secoué de rire.

— Attention ! Maurice, tu vas réveiller quelqu'un.

— Il n'y a pas de danger. Mais quelle aventure, hein, Monptit ?

Il riait sans pouvoir s'arrêter. Moi, je ne trouvais pas ça drôle du tout. Quand il reprit son sérieux, il me regarda pour deviner ma réaction :

— Et demain, tu vas espionner le résultat ?

— Dieu m'en garde !

Maurice caressa mes cheveux.

— Quelle drôle de petite cervelle !...

Ma mère déclara pendant le déjeuner :

— Cette voisine est folle.

— Laquelle ? Celle de gauche ou celle de droite ?

— Celle de droite. L'autre a l'air d'un coucou. De temps en temps, elle passe la tête par la fenêtre. Je parle de la vieille étrangère. Nous commencions à nous regarder avec une certaine sympathie. Et aujourd'hui, quand elle m'a vue, tu sais ce qu'elle a fait ?

Elle regarda tout le monde avant de terminer :

— Elle a pincé les lèvres comme si elle était fâchée et elle m'a tourné le dos...

2

Le bois de Manuel Machado

Je sifflai et Tulu accourut, devinant quelque chose.

— On va faire une promenade. C'est une merveille, à cette heure, d'aller jusqu'au bout de l'esplanade, du côté de l'hôpital Juvino Barretto.

Et aussitôt, il trotta m'attendre au portail.

Nous traversâmes la voie du tramway et nous nous mîmes à marcher sans nous presser, car l'après-midi déclinait, très doux, apportant tous les vents de la mer. Et le vent frappait mon visage, ébouriffait mes cheveux clairs.

On pouvait voir sur la plage du milieu l'arrivée des jangadas. Les voiles que l'on roulait et que l'on jetait sur le sable blanc. Les gens qui s'approchaient pour acheter du poisson frais.

Sur les récifs noirs, des pêcheurs profitaient de la marée basse pour pêcher à la ligne. Et là-bas, au loin, le fort des Rois mages où il y avait les geôles des héros nationaux. Les pauvres étaient quasiment enterrés là-dedans, et quand la marée montait, elle leur arrivait jusqu'au cou. C'est ce qu'on racontait, et ce devait être vrai, car l'histoire ne ment jamais.

Je m'assis sur le parapet et Tulu se dressa sur ses petites pattes. Cela me fit sourire.

— Tu es obsédé. Tu ne peux pas voir un mur sans vouloir y monter. Je ne t'avais pas dit que tu deviendrais le plus grand « muriste » du monde ?

Je me baissai et le posai sur le mur.

Derrière l'hôpital, c'était l'endroit le plus beau. Au bout des dunes désertes apparaissait le quartier des Roches. Là se trouvait le coin du Mangue où, à cette heure, se faisait aussi le retour de la pêche. Les grandes barques avec leurs voiles qui devenaient encore plus grandes quand on les descendait sans hâte pour qu'elles aussi dorment la nuit.

Mes yeux regardèrent en face de moi. Là commençait à descendre la voie du tramway jaune de Petropolis. Mais ce qui m'intéressait pour l'instant, ce n'était pas le tram, mais le grand bois vert. Le bois touffu de Manuel Machado. Un bois bien au goût de Tarzan des Singes.

La Voix me suggéra :
— Tu pourrais bien y faire un petit tour.
— Il est tard.
— Mais il est encore loin de faire nuit.
Adam, préoccupé, détourna mon attention :
— Tu as vu, Zézé, comme tu deviens important ?
— En quel sens ?
— Tout le monde se préoccupe de toi.
Adam faisait allusion à ma visite au frère Feliciano qui était arrivé de Recife et de ses vacances à la plage. Il était plus rouge et son visage pelait.
Après nos embrassades, des rides de préoccupation apparaissaient déjà sur son front.
— Chuch ! Chuch !
Il tendait vers moi un doigt faussement menaçant.
— Tu sais de quoi je veux parler ?
— Je devine.
Fayolle connaissait mon dernier enthousiasme. Le cirque. Je n'aimais même plus aller au cinéma. Mes rêves ne se détachaient pas des tentes et des mâts de tous les cirques. Dommage que chaque séance ne dure que deux heures ! Dino, l'acrobate à motocyclette, me faisait frissonner. Les trois frères trapézistes que je soupçonnais de n'être pas frères. Leur corps vêtu de maillots brillants. La danse dans l'espace. L'homme dominant la férocité du lion fatigué, habitué à feindre l'irritation. La jeune fille qui traversait la piste avec une ombrelle, exécutant des

pas nerveux d'une danse oscillante. Qui allait et venait sur la corde. Et je rêvais de coucher, moi aussi, dans ces roulottes, de voyager lentement sur les routes du monde. Le cirque Stevanovitch. Le cirque Olimecha. Tant d'autres, et moi oisif, badant, badant. Je pourrais prouver que moi aussi j'étais capable d'être trapéziste. Je montrerais mes petits talents. Et si, dans l'espace exigu de mon hangar, je faisais des prouesses, que serait-ce, alors, dans un endroit immense où je pourrais grandir, apprendre, faire des progrès ?

Fayolle me ramenait à la réalité :

— Ça prouve que tu es quelque chose pour « lui ». Sinon, il ne serait pas venu me demander que je te parle.

— C'est sûr. Mais je ne peux rien être dans la vie de ce que j'aime.

— Pourquoi dis-tu cela, Chuch ?

— Parce qu'une fois je lui ai parlé de ma passion pour l'astronomie, pour tout ce que nous enseignait le padre Monte. Je lui ai exprimé mon désir d'étudier ça, et tu sais ce que j'ai entendu ? « Renonce. L'astronomie est une carrière pour gens riches. Tu dois te préparer à quelque chose de plus pratique pour vite commencer à aider ta famille. » Maintenant le cirque...

— Mais tu aimerais vraiment devenir trapéziste ?

— Quelle question ! Regarde mes mains.

Je lui montrai mes paumes calleuses à force d'exercices au trapèze.

— Elles sont passablement meurtries, abîmées.

Il leur donna une petite tape et sourit.

— C'est un enthousiasme qui passerait vite, Chuch. Il n'y a pas d'avenir pour toi dans cette voie. Parle avec ces gens, et tu verras que tous souhaiteraient abandonner leur profession pour avoir une maison et une vie plus calme. Qu'en dit Maurice ?

— Que je suis fou. Qu'il ne me parle plus si je pense à une sottise pareille.

— Et Adam ?

— Lui, c'est encore pire. Car, s'il est malade quand je me balance dans le manguier, tu l'imagines si je faisais le saut de la mort, si je m'élançais d'un trapèze à l'autre, frôlant la tente ! Lui aussi, l'idiot, il a menacé de s'en aller pour de bon.

— Alors, Chuch, tous tes meilleurs amis, et moi avec eux, n'aiment pas cette idée. Tu as compris que je ne l'approuve pas, non ?

— Comment le saurais-je, c'est la première fois que nous en parlons. Tu es allé à Recife et je n'ai pas eu l'occasion de te raconter ma découverte.

— Tu vas y renoncer ?

— Que faire ? Comment pourrais-je partir avec eux ?

— Je suis heureux de te l'entendre dire.

D'ailleurs, je ne crois pas que tu aimerais rester sans nager.

— Qu'est-ce que ç'a à voir ?

— Beaucoup de choses. Au cirque, tu n'aurais le temps de rien faire d'autre. Dans la journée, ils s'entraînent douze heures d'affilée. Ils ne s'arrêtent l'après-midi que s'il y a séance. Le soir, le spectacle. Bien souvent, dans les grandes villes, il y en a deux par soirée. Ils vivent dans ces roulottes immondes. Pour prendre une douche, ils n'ont qu'un arrosoir.

Je regardai Fayolle avec stupeur.

— Comment sais-tu tout ça ?

— J'ai parlé avec beaucoup de gens de cirque dans ma vie.

— Si réellement je ne peux plus nager, je renonce définitivement.

Fayolle respirait :

— Tu as raison d'y renoncer de ton plein gré. Ce serait vraiment impossible pour toi de t'enfuir avec un cirque. Outre que tu n'as pas l'âge...

— Quoi d'autre ?

— Ton père a pris les précautions voulues. Et tu en ferais autant si tu étais à sa place...

— Quelles précautions ?

— Tu ne connais pas le docteur Francisco Veras, le chef de la police ?

— Si.

— Ton père et lui sont grands amis. Donc...

Le vent se remit à agiter mes cheveux, et à nouveau je voyais l'esplanade et j'entendais le tramway qui passait en m'assourdissant.

La Voix insista :

— Tu as le temps.

— Il va faire sombre.

— Sombre pour sombre, tu ne te promènes pas la nuit, pour tes expéditions ?

— C'est autre chose.

— C'est que tu n'as pas vu comme il est merveilleux, ce bois. Digne de la forêt d'Amazonie, d'une forêt vierge d'Afrique. D'ailleurs, c'est une mauvaise excuse. Tu as une bonne demi-heure avant que les lumières ne s'éclairent.

— On y va, Tulu ?

Je refusais d'écouter les sages conseils d'Adam. Je tentai de le calmer en lui promettant qu'à cette heure-ci, après ma douche, je n'allais pas risquer de me salir en grimpant aux arbres.

Le bois de Manuel Machado m'attirait comme un aimant. Je traversai la dune et passai près de quelques cahutes. Beaucoup de femmes qui vivaient là étaient laveuses, et elles laissaient sécher le linge au vent toute la nuit. Un soir, déjà, j'avais vu le linge se balancer sur leurs fils comme une bande de fantômes qui auraient joué à la procession. J'avais même eu envie de couper la corde, comme une fois quand j'étais petit, ce qui m'avait valu une correction terrible de mes sœurs. Maintenant, non. Je n'avais qu'envie. C'était le gagne-pain de ces gens d'une extrême pauvreté, et je n'avais pas envie d'être méchant.

Le parfum de la nuit se répandait, il venait du cœur des arbres.

Tulu avait hésité quand je m'étais baissé et avais franchi la clôture de fil de fer barbelé.

— Viens, nigaud, il n'y a pas de danger.

Il obéit quand il vit que je poursuivais. Je cherchai un sentier. Les feuilles craquaient sous mes pieds. Dedans, il faisait presque sombre. D'abord je passai une ligne de bois-de-fer aux jambes fines. Ensuite vinrent des arbres dont je ne savais pas le nom, avec de grandes branches et un feuillage épais. J'imaginai comme ce serait délicieux de grimper dans toutes ces branches. De voir toutes ces feuilles de près.

La Voix partageait mon enthousiasme :

— Ça, mon garçon, c'est ce qui s'appelle une grande aventure !

Je suivais les sentiers sur le sol. De larges sentiers. Beaucoup de gens avaient la permission de venir, dans la journée, ramasser du bois et des branches mortes.

La Voix racontait :

— Ici, la nuit, les âmes en peine errent, les sacis et les farfadets. Il y a même le géant Mapinguari et l'urutau.

— Tu exagères. Tout le monde sait qu'on ne les

trouve qu'en Amazonie ou dans les autres grandes forêts du Brésil.

Elle était vexée.

— Bon. Je ne dis pas qu'il y en ait des quantités. Mais une fois ou l'autre, ils apparaissent. Quand ils arrivent, ils sont entourés de vers luisants qui illuminent l'obscurité.

J'étais enchanté de cette merveilleuse description.

— Et encore, tu n'as rien vu. Quand tu te décideras à bien connaître le bois la nuit, au moment où les étoiles se piquent dans le hamac de la nuit et où la lune caresse les cheveux des arbres, là oui, tu découvriras des choses très belles.

— Merci. Je vais y penser. Maintenant, je dois rentrer. On doit déjà mettre le couvert à la maison.

Je sortis du bois en courant, suivi de Tulu. Mais mon cœur débordait de joie et de beauté.

Quelle peur ! Il fallut que Tarzan me force à avancer les premières fois. Nous avions juré, fait un pacte de sang, que jamais, jamais, personne ne saurait rien de notre expédition. Ou de nos expéditions, car il y en eut plusieurs.

Auparavant je m'étais risqué à explorer les abords des maisons des blanchisseuses et d'autres coins. Mais pénétrer dans le bois, la nuit, c'était un exploit extraordinaire. Chaque soir, je prenais rendez-vous avec Tarzan à la lisière du bois. Ça, au début. Parce que, quand il se fut assuré que j'étais suffisamment entraîné, il cessa de m'accompagner. Son monde africain de gorilles, de lions et de panthères avait plus besoin que moi de son aide.

Il suffisait d'attendre que le dîner soit terminé et que chaque membre de la famille ait exécuté l'immuable rituel : l'Heure du Brésil à la radio, un tour sur l'esplanade, quelques menus propos, et au lit. Ensuite, extinction des feux. Un temps mort dans l'attente du silence total. Mon pagne, qui n'était autre que ma chemise de gymnastique. Mon couteau à ma ceinture, et l'aventure de la nuit. Je ne pensais même pas au risque que mon père vienne dans ma chambre pour me parler et trouve mon lit vide. Je ne voulais même pas y penser, parce que, quoi que j'invente, il n'y aurait pas de mensonge capable d'expliquer mon absence.

— C'est aujourd'hui, Zézé ?

La voix d'Adam tremblait de peur.

— Oui, aujourd'hui. C'est décidé.

— Mais tu crois que ça va marcher ?

— Je suis fin prêt. Tu crois que Tarzan m'aurait laissé seul sans ça ? Sois calme, il n'arrivera rien.

— Tu disais la même chose pour la papaye de dona Severuba.

— Dans le bois, c'est différent. Il n'y a personne. Les gens ont peur d'y entrer. La nuit, personne ne va faire de fagots.

— Si j'étais toi, je renoncerais à mon idée.

— Et comme tu n'es pas moi, je n'y renonce pas. J'irai aussi souvent qu'il faudra pour que je m'y reconnaisse comme en plein jour.

Adam poussa un gémissement d'un kilomètre et grommela :

— Heureusement que le moment est proche !

— Le moment de quoi ?

— De m'en aller, de vivre ma vie. Parce que tu n'as plus peur de rien.

Je ris de bon cœur.

— Tu es formidable. Tu es venu m'apprendre à ne plus avoir peur, et maintenant, tu trembles comme une feuille !

J'eus aussitôt pitié de lui, parce qu'un ami pareil, c'était rare.

— Sois calme, tout ira bien.

Je passai la journée très décontracté. Pas même une vague appréhension. J'allai me baigner à la mer. L'après-midi je fis de la gymnastique avec dona Céleste. Fortifiant mes muscles afin que Maurice ne se moque plus de moi. Plus tard, avec Tulu, j'allai reconnaître tous les murs que nous devions utiliser cette nuit. Tout était parfait. Je passerais sur les murs de différents jardins, à commencer par celui de la voisine qui ne parlait à personne. Au troisième jardin, je descendrais et prendrais la dune, parce qu'il y avait un chien de très mauvais caractère. Je chercherais toujours les endroits sombres, tout comme le faisait Tarzan. Je me cacherais au moindre bruit suspect. Je me tapirais dans une touffe de hautes herbes pour voir si personne ne venait. Je courrais comme une flèche jusqu'au bouquet de ricins. De là, tous mes sens en éveil, j'examinerais les deux côtés de la rue. Il n'y avait pas de danger de tramway car le dernier passait à dix heures. Je traverserais la rue, rapide comme l'éclair, et je me jetterais sous les autres ricins. Atteindre le bois était un jeu.

— Tu vois comme ça a bien marché, Adam ?

— Pour l'instant, oui.

— Et ça va continuer. Maintenant, nous devons nous baisser pour passer sous le fil de fer. Le bois est à nous et nous connaissons tous ses chemins.

— Tu as réfléchi, Zézé ?

— À quoi ?

— À deux choses. D'abord que tu es au moins à deux kilomètres de chez toi.

— Et alors ?

— Si on te rencontre dans cette tenue ! Que pensera-t-on de toi, le postérieur à l'air et un couteau à la ceinture ?

— Qui veux-tu qui me rencontre ? Il n'y a pas âme qui vive. Personne ne passera dans le bois.

— Tu as dit « âme qui vive », n'est-ce pas ?

— Oui. Les âmes en peine n'existent pas. Et si elles existent, il n'y a pas de quoi avoir peur, nigaud. Ce sont les gens vivants qui sont dangereux. Allons, profitons de la nuit. Tu sens le parfum de la forêt ? Il sort de partout. C'est un délice. De la terre, des écorces, des feuilles. On va grimper à ce grand arbre.

— Zézé, tu me promets de ne pas attendre minuit ?

— Je te promets. On va rester assis là-haut un quart d'heure. Si on a de la chance, on va voir les lutins de la nuit, les sacis, le Mapinguari... les cortèges de vers luisants. Viens.

Je cherchai un arbre qui me plaise et je grimpai sans faire aucun bruit. Si, de jour, monter aux arbres était merveilleux, la nuit ça devenait encore mieux. Mes yeux s'habituaient à l'obscurité et mes oreilles étaient attentives au moindre bruit. Un crapaud chantait au loin.

— Tu connais ces crapauds, Adam ?

— Non. Ma race est particulière, elle ne chante pas.

Adam parlait si bas que je distinguais à peine ses paroles. Les grillons crissaient de toutes parts. Il devait y en avoir un bataillon. Les mulots couraient sous les feuilles sèches amoncelées.

Là, au sommet, je me laissai aller contre le tronc et allongeai mes jambes sur une branche solide. Je me retenais de la main droite à une branche fourchue. Même s'il n'apparaissait rien, c'était une sensation très agréable. Aussi agréable que de nager dans la mer. La liberté, ce devait être ça ou quelque chose d'approchant.

Adam pleurnicha.

— Zézé !

— Oui.

— Il n'est pas près de minuit ?

— D'après mes calculs, on en est loin.

— Tu n'as pas pensé à une chose ?

— À quoi ?

— Quel jour sommes-nous ?

— Qu'est-ce que j'en sais ? Le cinq ou le six.

— Non. Quel jour de la semaine ?

— Vendredi.

Je souris.

— Je vois. Tu penses que le vendredi est le jour des âmes en peine. Sornettes. Rassure-toi, ça n'existe pas.

— Ça n'existe pas parce que tu l'as décidé.

Je me retins des deux mains à la grande fourche.

— Tu as entendu, Adam ?

— J'ai entendu, et je suis tout tremblant.

— Tu ne reconnais pas ma Voix ?

J'étais soulagé. J'avais vraiment eu peur. C'était la Voix :

— Je suis venue t'apporter une inspiration. Tu n'en veux pas ?

— Ça dépend.

La Voix me parla à l'oreille, me soufflant une nouvelle invention :

— Pourquoi ne fais-tu pas l'âme en peine ?

Adam fit un bond de deux mètres.

— Bouche-toi les oreilles, Zézé. Ne l'écoute pas !

C'était pourtant fort intéressant.

— Comment faire ?

— Voyons, Zézé. Toi, toujours si malin !

— Oui, mais j'ai vu au cinéma que les gens qui deviennent loup-garou ont beaucoup de mal à ne plus l'être. Il faut attendre la fin de la pleine lune.

— Mais tu n'as pas besoin de devenir quoi que ce soit. Il suffit de faire semblant.

Je commençais à comprendre et à aimer cette idée.

— Aujourd'hui, n'est-ce pas vendredi ? Les gens ont une peur terrible de ce jour-là.

— Tout le monde, je crois.

— Eh bien, tu pousses un cri, tu pousses des gémissements à fendre l'âme, et tout le monde sera persuadé qu'il y a des âmes en peine.

— C'est une merveille !

— Alors, qu'attends-tu ?

— C'est que je n'ai jamais imité...

— Essaie.

Là, Adam s'était résigné. Il ne me donnait plus de conseils. Je me mis debout sur la branche, pris appui de la main droite et fis un cornet de la gauche autour de ma bouche. Je poussai un cri entrecoupé qui retentit dans le bois et alla se perdre au loin.

— C'était bien ?

— Pour la première fois, correct. Mais tu dois y mettre plus de conviction. Ce doit être douloureux. Comme si on te coupait en deux.

— Comme si j'étais coupé en deux par un requin ?

— Plus ou moins.

— Alors je sais.

J'émis le gémissement le plus douloureux du monde. Un gémissement mêlé de sanglots. Je m'arrêtai un instant et je recommençai.

— Excellent ! Tu le répètes encore deux fois. Les âmes de l'autre monde ne gémissent pas toute la nuit.

J'obéis. J'étais un peu fatigué et je me rassis sur la branche.

— Maintenant, écoute.

Je tendis l'oreille. Un chien s'était mis à aboyer, en réveillant d'autres.

— Tu vois comme ça fait effet ?

Les aboiements durèrent une dizaine de minutes et peu à peu se calmèrent.

— Encore une dernière fois et ce sera assez pour aujourd'hui.

Je fendis la solitude de la nuit du gémissement le plus torturé du monde. La meute aboya à nouveau, plus fort cette fois.

— Quand ils s'arrêteront, tu dois t'en aller. Les gens ont entendu.

— Quand dois-je recommencer ?

— Tous les trois jours, et ensuite seulement le vendredi. Ça fera plus vrai.

La Voix bâilla.

— J'ai sommeil. Je vais me coucher. Bonne nuit !

Je regardai autour de moi. La nuit avait repris son calme. Là-haut, des millions d'étoiles faisaient leur expédition nocturne.

— On va rentrer, Adam. Tu as vu, c'était formidable. C'est la plus merveilleuse farce que j'aie jamais faite. Je vais dormir comme un ange.

Il ne fallut pas quinze jours pour que ça fasse effet. On en parlait partout.

— Il y a des âmes la nuit, dans le bois de Manuel Machado.

— Je les ai entendues. J'en avais la chair de poule. J'ai récité trois Ave Maria pour les âmes des pendus. Amen.

Ces commentaires augmentaient mon orgueil et

mon envie de retourner dans le bois pour accomplir ma mission.

Le zum-zum était si fort qu'il vint jusqu'à notre table, à l'heure du petit déjeuner.

— Isaura m'a raconté. Les laveuses meurent de peur. Il y a des âmes en peine dans le bois de Manuel Machado. Elles gémissent à fendre l'âme.

— C'est une invention de ces braves gens. Le peuple a la manie de ces choses.

Isaura, qui servait le café en silence, sortit de son mutisme :

— C'est vrai, docteur. Laurinda, qui vit par là, dit que la nuit elle ne peut pas fermer l'œil. Elles ne se calment qu'après minuit, quand quelqu'un allume une bougie.

Mon père cessa de lire *A Republica* et prit part à la conversation :

— C'est l'occasion de faire dire une messe pour les âmes du purgatoire.

Il remit ses lunettes et reprit son journal.

Cette conversation me ravissait. J'étais si artiste, comme âme en peine, que tout le monde commençait à en parler. Mais je faisais l'innocent, comme si, moi aussi, j'avais peur.

Un après-midi, Fayolle vint me chercher en récréation. Il me donna une friandise quelconque et m'attaqua de front :

— Chuch, tu as entendu parler des âmes en peine du bois de Manuel Machado ?

J'avalai avant de répondre avec le plus grand calme :

— La bonne en a parlé à la maison.

— Tu y crois, toi, que des âmes viennent du purgatoire pour faire peur aux pauvres gens ?

— Bien sûr, j'y crois. Je vais même prier pour elles.

— Moi non.

Je détournai la conversation :

— Mais le catéchisme nous apprend qu'on a un corps et une âme ?

— Ça, c'est autre chose.

Il me regarda dans les yeux et je fis un effort terrible pour ne pas me trahir.

— J'ai l'impression que tu en sais plus que tu ne dis. Je ne sais pas. Ces apparitions ont commencé il y a quelque temps. Peu après que vous avez déménagé dans ce quartier.

— Tu penses que j'ai quelque chose à voir avec ça, Fayolle ?

— Qui sait ? C'est bien dans ton style. Qui sait si tu ne t'es pas associé avec une bande de garnements...

Avec le plus grand calme, feignant la plus grande innocence, je répondis :

— Moi ? Qui meurs de peur de ces fichues âmes en peine ? Je préfère ne pas y penser.

Convaincu ou pas, ce qui est certain c'est qu'il me rendit ma liberté et je retournai, un peu troublé, en récréation. Diable de Fayolle, il allait droit au but ! Je n'aimais pas lui mentir, mais je ne pouvais pas non plus rompre mon pacte de sang avec Tarzan.

Ce à quoi je ne m'attendais pas, c'est les dimensions que prirent les choses. La nouvelle s'était répandue dans le quartier des Roches et on la commentait aux étalages du marché des Romarins. Je commençai à m'inquiéter.

On en reparla à table :

— Ils pensent même faire venir Mgr Ladim, un vendredi, pour bénir le bois...

— Ils veulent faire une procession, avec des bougies, la nuit d'un vendredi.

— On dit que c'est l'âme d'un pendu. Un vieil aveugle qui s'est pendu dans un arbre.

Je sortis sans rien dire. Si on l'apprenait chez moi, peut-être me mettrait-on à l'asile dont mon père était directeur.

Adam me semonçait :

— Tu te rends compte, Zézé, de ce que tu as inventé ?

— En tout cas, c'est bien pour les âmes. Tout le monde prie pour elles.

— Tu vas cesser ?

— J'irai encore aujourd'hui et je m'arrêterai quelque temps. Jusqu'à ce qu'ils aient oublié.

— Mais pourquoi, Zézé ?

— Je ne sais pas. Mais de tout ce que j'ai fait jusqu'à présent, c'est la chose qui me plaît le plus. J'ai l'impression d'être le maître du monde. J'y vais.

— Pour l'amour de Dieu, Zézé, renonces-y !

— Plus qu'aujourd'hui, Adam. Ensuite je m'arrêterai quelque temps.

— Tu dois faire terriblement attention. Il peut y avoir des gens embusqués avec un pistolet ou une carabine.

— Penses-tu ! Les gens d'ici n'ont que des couteaux.

Nous répétâmes tout et, comme tout ce qui se fait pour la dernière fois, ce fut parfait. Je gémis et je sanglotai à fendre l'âme. Lentement comme elle me l'avait conseillé. Diablesse de Voix.

La nuit noire cachait mon ombre qui se glissait sur les murs. J'allais atteindre le jardin de notre maison. Je sautai et je retombai près de la caverne de Main-de-Fer.

Ce que je vis fit battre mon cœur et une sueur froide me glaça.

Une silhouette accroupie, drapée dans une couverture, se dressa devant moi. Je m'appuyai au mur pour ne pas tomber.

— Petit garnement ! Qu'est-ce que tu fais là ?

C'était Dadada. Mon cœur se calma, mais je pouvais à peine parler :

— Psch ! Dadada. J'ai cru que tu étais une âme de l'autre monde.

Elle était très en colère.

— Alors c'était toi, petite peste ! Je m'en doutais bien. C'était toi l'âme qui gémissait dans le bois de Manuel Machado.

Je me mis à trembler comme une feuille. J'étais au bord des larmes.

— Je t'en prie, Dadada, ne le dis à personne.

— Je devrais te traîner par les oreilles et réveiller toute la maison. Quel scandale !

— Ne fais pas ça, Dadada. Je te promets que je ne le ferai plus. Si tu fais ça, on va me mettre à l'asile ou en prison.

— Tu mériterais au moins ça.

— Si tu gardes le secret, je te jure que je ne le ferai plus jamais.

— Je ne devrais pas. Mais écoute, si ça recommence une seule fois, si on entend encore parler des âmes du bois de Manuel Machado, je dis tout.

— Je n'irai jamais plus.

— Tu le jures ?

— Sur ce que tu veux.

Elle réfléchit un instant et sentit que ça ne servirait à rien de me faire jurer sur mon père ou sur quelqu'un de la maison.

— Jure sur le frère Feliciano que tu ne recommenceras pas.

— Je le jure sur le frère Feliciano.

Elle se calma. Et ce fut alors cette peur dans son âme :

— Tu te rends compte, si quelqu'un t'avait tiré dessus ? Si les hommes avaient fait une ronde et t'avaient donné un coup de couteau ?

Alors elle se mit à rire. Elle riait comme une folle en découvrant ma tenue, mon postérieur à l'air. Elle riait tant qu'elle ébranlait le mur.

— Assez, Dadada. On va t'entendre.

Riant encore, elle me menaça du doigt.

— Va dormir, tête sans cervelle. Jeune dingo. Mais n'oublie pas une chose : si tu y retournes, gare !

Je regagnai ma chambre en courant. Mon corps était encore trempé de sueur. Je devais me coucher et faire une grande prière. Recommencer un nouveau rosaire pour les pauvres âmes du purgatoire. Et si, par hasard, cette Voix m'apparaissait encore, je lui casserais la figure.

Et, à dater de cette nuit-là, on n'entendit plus parler des âmes du bois de Manuel Machado.

3

Mon cœur s'appelait Adam

Ce soir-là quelque chose de très étrange, de très lourd et de très triste m'oppressait. Après le dîner je restai devant la radio à écouter l'Heure du Brésil, une manie à la maison.

J'errai sur la terrasse. Je regardai les étoiles dans le ciel très noir. Je n'avais pas envie de faire un tour jusqu'au bout de l'esplanade. Ni même de regarder un navire tout illuminé, au large, qui attendait la marée haute pour entrer dans le rio Potengi. Je bâillai longuement et m'étirai. Tout indiquait qu'en pareil cas le meilleur refuge serait mon lit.

En cinq minutes je m'étais lavé les dents et avais mis mon pyjama. Il faisait chaud. Je laissai la fenêtre entrouverte pour profiter d'un petit vent coulis qui venait de la mer.

Je me sentais si ensommeillé que je renonçai à faire ma prière. Mieux valait éteindre la lumière avant que je m'écroule.

Mes pensées s'endormaient lentement. De petites choses. Des bribes de souvenirs.

Loin, bien loin, de menus regrets de Maurice. Dernièrement, il avait un peu disparu. Il avait certainement découvert que le temps passait et que je prenais confiance en moi. Et aussi parce que le pauvre avait accepté contrat sur contrat. Film sur film. Il lui restait si peu de temps pour sa vie privée que je ne pouvais pas prévoir quand il reviendrait. Ah ! Maurice était quelqu'un de merveilleux ! Les cours de littérature du frère Ambrôsio aussi étaient merveilleux. Il nous apprenait et nous incitait à faire des rédactions. Ce tic qui lui faisait plisser les yeux quand il aimait un de nos devoirs...

Je bâillai plus fort. Le sommeil ne me laissait aucun espoir d'être Tarzan cette nuit-ci. Les murs dormiraient en paix, et les arbres à cajou ; le monde sur lequel je régnais se perdait dans le vague, au seuil de l'infini.

Je n'aurais pas su dire si j'avais dormi longtemps, mais mes yeux furent réveillés par la lumière dans ma chambre. Je les frottai en grognant :

— Que diable ! Je suis absolument sûr d'avoir éteint avant de me coucher...

Une petite voix sortit de sous le lit :

— Et moi, je suis absolument sûr que je viens d'éclairer.

Je regardai au pied de mon lit et cherchai d'où venait cette voix. Elle rappelait un peu celle d'Adam. Mais, au cours des années, il avait pris une voix plus grave, plus calme, et surtout voilée.

Je lui demandai :

— Adam, tu entends cette voix ?

Et ma poitrine restait muette. Personne qui réponde dans mon cœur. Je m'inquiétai :

— Adam ! Adam ! Tu m'entends ? Tu es là ?

— Là, non. Je suis très exactement sous ton lit.

Je me réveillai complètement. Une étrange inquiétude me prit :

— Pourquoi n'es-tu pas dans mon cœur ? Que fais-tu sous le lit ?

— Regarde et découvre-le par toi-même.

Je me penchai et passai la tête sous le lit. Mon crapaud-cururu tirait à grand-peine une petite valise.

— Tu veux que je t'aide ?

— Pas besoin. Je me débrouille.

Il y avait longtemps que je ne m'étais pas senti aussi stupéfait. Je décidai de l'observer un moment avant de lui poser de nouvelles questions.

Adam souffla la poussière de la petite valise et

actionna la serrure un peu rouillée jusqu'à ce que, avec un petit déclic, elle parvienne à fonctionner.

Dedans, tout était en ordre. À l'inverse des tiroirs de mon armoire où les caleçons étaient pêle-mêle avec les chaussettes et des tas d'autres choses.

Adam prit un petit chapeau noir à bords étroits et le posa sur sa tête. Il me regarda en souriant :

— Ça me va bien ?

— Extraordinairement bien.

Il haussa les épaules avec une certaine indifférence :

— Je ne suis pas Maurice Chevalier, mais j'ai aussi le droit de porter un chapeau.

Mon étonnement allait croissant. Est-ce qu'Adam, après tant de temps, serait jaloux de Maurice ? Ce n'était pas possible. Il avait toujours manifesté une grande sympathie pour lui. Il l'admirait, il faisait son éloge. Alors, pourquoi cette remarque un peu sarcastique ?

Il ôta son chapeau et le posa à côté de la valise :

— Je n'aime pas porter un chapeau dans la maison. Ça porte malheur.

Puis il déroula un cache-col et, soigneusement, le mit autour de son cou.

— Il peut faire froid là-bas. Je ne veux pas m'irriter la gorge.

— Mais où, « là-bas », Adam ?

— Bientôt, je t'expliquerai.

— Tant mieux. Il y a beaucoup de choses que tu devrais m'expliquer. Par exemple, ce que tu fais hors de mon cœur.

— Je n'ai pas le droit d'en sortir ?

— Bien sûr que si. Tu peux si tu veux. Sinon tu ne serais pas là. Qu'est-ce que tu prépares, Adam ?

— Peu de chose. C'est-à-dire une chose de peu d'importance.

— De peu d'importance ? Mais tu ne m'as pas demandé la permission pour sortir de mon cœur ?

— Qu'est-ce que ça fait ?

— Ça fait quelque chose. Quand tu es venu habiter avec moi, tu m'as cajolé pour y entrer.

— Il y a longtemps de ça. Tout a changé.

— Je ne sais pas en quoi. Pour moi, rien n'a changé.

— Peut-être n'est-ce vrai que pour moi.

— Même si cela était, tu ne devrais pas me parler de cette façon. Si dure, si âpre. En fin de compte, nous avons toujours été bons amis.

— Et nous le sommes encore.

J'adoptai une attitude autoritaire. Je le tirai près du lit et, le saisissant délicatement, je l'assis dessus.

— Maintenant, tu vas me dire ce qui se passe réellement.

Il baissa ses yeux très bleus pour ne pas rencontrer les miens. Il ravala son émotion avec un effort terrible. Comme s'il préférait mourir que parler.

— Allons, dis.

De toutes petites larmes coulèrent sur ses joues.

Et cette sensibilité d'idiot, qui faisait que je ne pouvais pas voir quelqu'un pleurer sans être ému, commença à s'agiter en moi. J'adoucis ma voix :

— Voyons, qu'est-ce qu'il y a, Adam ? Il ne doit pas y avoir de malentendu entre nous deux. Raconte-moi ce qui te rend triste. Finalement, je suis ton ami numéro un.

Il leva ses yeux humides.

— Zézé, je pars.

— Tu es fou ! Comment peux-tu t'en aller comme ça, sans crier gare ?

— Bien des fois je t'ai averti qu'un jour je devrais m'en aller.

Un petit désespoir s'empara de moi.

— Mais pourquoi ne m'as-tu pas averti que tu allais sortir de mon cœur ?

— Ç'aurait été difficile. Tu penses qu'il ne m'en a pas coûté ? C'est pour ça que je t'ai fait dormir profondément.

— Et tu avais l'intention de partir sans me dire au revoir ?

— Presque. Du moins que tu me voies prêt à partir.

Je fus pris d'une tendresse immense :

— Mais pourquoi ? Pourquoi tout ça, Adam ?

— C'est le temps. Ou nous-mêmes. Parce que le

temps n'existe pas, c'est nous qui passons. Et pendant que nous passions, que nous changions, est venue l'heure de partir. Ma mission est accomplie.

— Est-ce que j'ai été désagréable ? Je peux te demander pardon...

Il sourit tristement.

— Écoute, Zézé ! Pourquoi tout ça ? L'heure est venue. Je dois partir. Tu n'as plus besoin de moi. Tu es devenu un enfant décidé et sans peur. Tu as appris à te défendre. Tout exactement comme je le désirais tant.

— Ne serait-ce pas à cause des frayeurs que je t'ai causées ces derniers temps ?

— En partie, mais une partie sans importance, oui. Regarde-moi bien ! Approche-toi plus près de moi. Regarde comme mes rides se sont creusées autour de mes yeux. Tu as vu comme mes sourcils ont blanchi ? Mes yeux aussi sont fatigués. Je vais peut-être avoir besoin de lunettes dorénavant. Dans la nouvelle vie que je vais mener.

Le remords m'atteignait durement. Pauvre Adam. La peur que je lui avais faite avec l'histoire du requin, avec mes excursions dans le bois de Manuel Machado. Je le lui dis.

Il rit sans vouloir m'accuser.

— J'avoue que j'avais parfois très peur. Mais, dans le fond, j'étais fier. Parce que tu devenais un enfant décidé et courageux.

Il soupira longuement.

— Ce fut une très belle époque de ma vie. Heureux ceux qui peuvent être utiles à quelqu'un et construire quelque chose. Si tu sens que j'ai fait quelque chose pour ton avenir, ça me comble de satisfaction.

— Tu as été presque tout dans ma vie, Adam. S'il n'y avait pas eu Fayolle, toi et Maurice...

— Et Tarzan.

— Oui, et Tarzan. Qu'aurait été ma vie ?

Il garda le silence.

— Tu sais, Adam, c'est très étrange ce qu'il m'arrive. Même Maurice s'éloigne peu à peu de moi. Ses visites commencent à se raréfier. Un jour, il l'a dit, un jour il s'éloignera de moi. Et pourquoi faut-il qu'il en soit ainsi ?

— C'est simple, Zézé. Tu grandis et tu pénètres peu à peu la réalité des choses.

Nous nous tûmes, mais je n'acceptais pas. Comment sentir mon cœur vide d'Adam ? Comment ne plus bavarder avec lui ? Comment devoir me parler seul à moi-même alors que je m'étais habitué, dans la vie, à ses conseils, à ses reproches, à ses applaudissements ?

— Tu pars vraiment, Adam ?

— Il n'y a pas d'autre alternative. Quand un crapaud-cururu a pour destin de pénétrer dans une poitrine amie, il ne fait ça qu'une fois. Même si je décidais de retourner dans ton cœur, je n'aurais plus le pouvoir de le faire. Ce n'est pas mon désir qui se réalise mais des ordres qui viennent de loin et qui nous séparent.

Il eut une petite toux de crapaud ému et poursuivit :

— J'ai beaucoup réfléchi, Zézé. Où que je sois, près ou loin, je ne t'oublierai jamais dans mes regrets.

Je lâchai un « Moi non plus » très faible. Je m'appuyai au mur, pris d'un petit vertige. Qui sait s'il ne pouvait pas y avoir un autre miracle et qu'Adam se réconcilie avec moi et rentre dans ma poitrine ?

— Et nos rêves ?

— Ils seront séparés, désormais. Tes rêves seront les tiens. Et les miens, je commencerai à les rêver seul.

Adam avança plus près et me prit la main. Le contact de sa paume était froid comme le suaire d'un mort. Je sentais que ce moment était aussi douloureux pour lui que pour moi.

— Zézé ami, Zézé chéri. S'il te plaît, écoute ce que je vais te dire.

Il implorait presque.

— Je ne regrette aucun des moments que j'ai vécus à l'abri de ton cœur. Aussi bien les bons moments que les mauvais qui, en vérité, furent bien peu et faciles à oublier. Tu entends ? Bon, maintenant l'heure est venue de vivre comme crapaud-crapaud.

Avant que mon corps ne devienne plus lourd et plus gros et que mes yeux ne deviennent moins clairs et plus opaques, je veux voir la beauté de la vie. Vivre au bord d'un fleuve. Entendre les histoires des eaux courantes. Avoir un petit coin dans les feuillages de la berge pour dormir, faire la sieste, chasser mes petits moustiques et mes insectes. Fuir le bruit des villes et entendre le chant de la paix de Dieu. Rafraîchir mon corps aux douces gouttes de pluie et réchauffer au soleil mes petites douleurs et mes rhumatismes. Voir la lumière du soleil pénétrer dans l'eau et dorer les galets et les roches sombres. La nuit, entendre le chant de la brise, écouter le cri-cri des grillons rongeant les feuilles sauvages. Les nuits de pleine lune m'asseoir dans son disque d'argent au milieu du fleuve et chanter mes modestes chansons de crapaud. Et quand le ciel sera très noir, tourner mes vieux yeux vers le collier brillant des étoiles. Tout est si pur et si calme. Tu ne trouves pas, Zézé ?

— Je comprends, Adam. Un monde beaucoup plus beau que l'intérieur d'un cœur d'enfant.

— Non, Zézé. Il ne s'agit pas de ça. Nous devons accepter le destin des choses et des êtres. Tu vas me manquer beaucoup. Un manque que je devrai remplacer par la beauté de la vie. Car la beauté va tenter de combler une lacune : une chose simple qui s'appelle la tendresse. La tendresse de ton cœur d'enfant. Ça, personne ne le trouve ni dans la beauté des étoiles ni dans l'éclat de la lune. Toute cette beauté va m'apaiser peu à peu et calmer dans la tristesse de mon âme le manque que je sentirai de ta tendresse.

Je poussai un soupir presque infini et murmurai :

— Tu viens de prouver une chose. Les gens-animaux sont bien meilleurs et plus généreux que les gens-hommes.

Adam secoua l'accablement qui m'envahissait.

— Et puis, Zézé, durant toutes ces années, tu ne t'es jamais montré un enfant égoïste. Une de tes caractéristiques a toujours été la générosité. Et, en réfléchissant bien, c'est plutôt moi qui ai abusé de ta bonté. J'ai habité en toi sans jamais payer le loyer de quoi que ce soit. Tu m'as toujours transporté sans te plaindre de mon poids, sans protester que tu étais fatigué, n'est-ce pas ?

— Tu ne pèses presque rien, Adam. Ce me serait égal que tu pèses trente kilos pourvu que tu reviennes près de moi.

— Maintenant, c'est impossible. C'est pourquoi j'ai souvent hésité à partir sans que tu me voies. Peut-être aurais-tu préféré ?

— Non. Jamais. J'aurais pensé que tu étais ingrat ou que tu me détestais assez pour partir sans me dire adieu.

— Merci, Zézé. Mais ne fais pas cette moue et ne pleure pas. Je dois accomplir la vérité de ma vie de crapaud. Tout a été si beau tant que j'ai pu être avec toi. Tous les crapauds n'ont pas cette chance de mûrir un cœur d'enfant. De vivre parmi les rêves de l'enfance.

— Sois tranquille. Je ne pleurerai pas. En partant, tu vas laisser un grand trou dans mon cœur. Là, je vais souhaiter pour toi tout ce qu'il y a de plus beau dans la vie.

— C'est ça, Zézé. Je savais que je pouvais compter sur toi.

Il rit et sauta à nouveau sur le sol. Mon cœur fit un toc-toc de peur et de froid. Adam avait mis ses lunettes, son cache-col et son joli petit chapeau.

Mais il ne se décidait pas encore. Il essayait de me parler et de me sourire :

— Je deviens un bien vieux crapaud, non ?

— Jamais, Adam. Tu es le plus beau crapaud aux yeux bleus qui soit au monde. Il n'y en aura jamais d'autre comme toi.

— Merci. Mais ne te fais pas d'illusions. Je suis vieux. Je ne pense plus à chercher une crapaude-cururu à longues tresses blondes, avec une petite toque sur la tête. Ce temps-là est passé. Quand tu sauras que j'ai trouvé mon fleuve et que je vis tranquille... je sais que tu te réjouiras, Zézé.

— Pourquoi ne vas-tu pas vers le lac de Bonfim ?

Là, il y a une immensité d'eau et c'est si profond que le bleu est presque mauve. Si j'étais crapaud, j'irais là.

— Je dois aller dans un endroit que tu ne connais pas. Un endroit où jamais tu ne pourras me retrouver. Tu sais, Zézé, j'ai beaucoup réfléchi. J'ai même pensé au lac de Bonfim. Mais c'est plein de promeneurs et de pique-niques. J'ai peur que des enfants me voient et me fassent du mal. Qu'ils me jettent des pierres ou me battent avec des bâtons.

— Pourquoi feraient-ils ça ? Je ne t'ai jamais maltraité, moi.

— Toi, tu es toi. Et si ton cœur n'avait pas été bon, on ne m'aurait jamais envoyé vers toi. Maintenant, je pars. Si tu veux, ferme les yeux, je comprendrai.

Je n'obéis pas à son souhait. Je préférais voir tout jusqu'à la fin.

Adam s'approcha de la petite valise. Il ajusta ses lunettes, son cache-col et son joli petit chapeau. Il se baissa en faisant un effort pour fermer la valise. La serrure était passablement rouillée et grinça.

Il se mit en marche à petits sauts. Il ne faisait de bruit que dans ma tristesse, dans mon cœur qui maintenant souffrait d'un vide inutile.

Il s'arrêta à la porte et se retourna.

— Je laisse la porte entrouverte ?

Je fis oui de la tête, parce que ma voix avait disparu.

— J'éteins la lumière ?

— Tu peux la laisser allumée.

Il leva sa main gantée et sa petite montre brilla à la lumière.

— Adieu, Zézé chéri.

Et il disparut dans l'obscurité du corridor.

C'est alors que je me réveillai. J'avais le corps mouillé de sueur. Et un malaise m'enveloppait tout entier. Tout n'avait été qu'un affreux cauchemar. Mais mes yeux s'étonnèrent de voir la lampe allumée. J'avais la certitude de l'avoir éteinte avant de me coucher.

— Adam !

Pas de réponse. J'insistai :

— Adam, tu m'entends ?

Ma poitrine était un silence morne et muet.

Je me baissai, angoissé, et regardai sous le lit. Il n'y avait que le vide à la place de la petite valise et une traînée de poussière blanche.

Je bondis jusqu'à la porte entrouverte. Mon Dieu ! je pouvais jurer que je l'avais fermée avant de me coucher. Alors il était bien parti. À la recherche de son fleuve et de sa paix.

Je retournai tristement à mon lit et restai les mains pendantes entre mes genoux.

Une voix amie retentit. La porte s'ouvrit toute grande et Maurice me sourit.

— Tu ne m'attendais pas, Monptit ?

Je voulais sourire et mon sourire forcé apparut à travers mes larmes. Je sentis à peine le visage de Maurice contre le mien et son mouchoir très blanc qui essuyait mes yeux.

— Qu'y a-t-il ? Qu'y a-t-il ?

Je me serrai en sanglotant contre sa poitrine.

— Maurice, il est arrivé un malheur. Adam est parti.

— Calme-toi, calme-toi, et raconte-moi tout.

Je ravalai mon émotion et racontai tous les détails.

— C'est triste, Monptit, mais je suis là.

Je le suppliai avec désespoir :

— Toi, tu n'es pas venu aussi pour me dire adieu, n'est-ce pas ? je t'en prie, Maurice !

— Non. Je resterai encore longtemps. Je ne partirai que lorsque tu découvriras l'amour. L'amour qui est ce qu'il y a de plus beau dans la vie. Ça prendra encore quelque temps, mon enfant.

Maintenant, nous nous regardions.

Je n'acceptais pas le départ d'Adam.

— Maurice, il est parti de mon cœur.

Maurice sourit.

— Ou est-ce toi qui es parti du sien ?

Je reniflai et conclus, découragé :

— Je crois que c'est les deux.

4

Amour

Je tournai en rond dans la cuisine et Dadada me houspilla :

— Tu ne sais pas que la cuisine n'est pas la place des hommes ?

— Je voulais juste te demander une petite chose, Dadada.

Elle me montra la porte.

— Dehors, tout de suite. Je ne veux pas de complications. Tu as déjà oublié l'histoire de la chatte ?

— Il n'y a personne à la maison et tu es au courant de tout.

Dadada s'assit sur un tabouret et se mit à rire. Elle

me regardait de haut en bas comme si elle analysait ma personne.

— Psch ! Dadada. Je croyais que tu étais mon amie.

Elle cessa de m'analyser.

— Tu as quel âge maintenant ?

— Presque quinze ans. Cette année, je termine le collège et je pars pour Rio.

Dadada sifflota.

— Le temps passe diablement vite. Te voilà un homme. J'ai l'impression que c'était hier. Un gamin maigrichon haut comme trois pommes. Maintenant, tu portes des pantalons longs. D'ici peu, tu auras une moustache et une barbe.

— Et je me marierai.

— Écoutez ça ! Avec ta voix de jeune coq qui n'a pas encore mué, tu dis des bêtises.

— Comment est arrivée cette jeune fille ?

— Je crois que tu ferais mieux de déguerpir, je suis très occupée.

— Elle est belle, n'est-ce pas, Dadada ?

— Je ne l'ai pas bien regardée.

— Tu ne l'as pas regardée, mais tu as bavardé avec elle un bon moment par-dessus le mur.

— Le mur m'a empêchée de bien la voir.

— Dolores. Elle ne s'appelle pas Dolores ?

— Comment le sais-tu ?

— Je ne suis pas sourd. J'ai entendu sa mère appeler : « Dolores ! » Elle est très belle.

— Pas tant que ça.

— Si. Belle, la peau très blanche, des yeux très clairs. Un visage qui ressemble à une rose. Une déesse. Divine. La femme la plus belle du monde.

— Cesse tes exagérations. C'est une jolie jeune fille. Pas plus.

— Tu n'y comprends rien. Comment est-elle arrivée ? Je ne l'avais jamais vue avant.

— Je ne sais pas comment tu aurais pu. C'est la fille unique de ce couple qui ne parle à personne.

— Où était-elle cachée tout ce temps ?

— Elle terminait ses études dans un pensionnat de Rio. C'est les vacances et la voilà. On en a déjà parlé une fois.

— Tu sais si elle va rester longtemps ?

— Quelque temps, je crois. Son père est à la Banque du Brésil et il a demandé son changement pour Fortaleza.

Je sentis un douloureux pincement de cœur.

— Oh ! là ! là ! L'injustice de la vie ! Justement quand je suis follement amoureux !

— Amoureux, ce gamin ! Tu sais de quoi tu parles ? Tu ne la connais même pas. Tu ne sais même pas ce qu'elle pense de toi...

— Elle ne pense rien, mais elle va m'aimer. C'est sûr. Nous nous enfuirons dans la forêt vierge et, avant, nous nous marierons à la mission du frère Damien, à Currais Novos.

— Cesse de dire des bêtises. Et file. Si la « piranha » entend, elle va faire des racontars à ta mère et tu te retrouveras interne chez les Maristes. Allons, file, laisse-moi en paix. J'ai beaucoup de linge à repasser.

— Pourquoi ne repasses-tu pas dans le garage ? Il y a plus de place et plus d'air.

— Qu'est-ce que c'est que ce brusque intérêt ?

— Je pense à ton bien-être, Dadada. Et puis, quand tu repasseras dans le garage, tu pourras voir si ma mère arrive et m'avertir.

— Que diable es-tu en train d'inventer ?

— C'est simple. Pour faire ma cour à ma divine Dolores, je vais aller au bout du mur. De ta fenêtre, tu vois tout.

Dadada brandit un balai et me menaça :

— File d'ici. Sinon, ça va barder.

J'éclatai de rire, car je savais que Dadada ne ferait jamais rien contre moi. Ayant néanmoins satisfait une partie de ma curiosité, je disparus de la cuisine.

C'était la chose la plus embarrassante du monde. Mais l'amour faisait faire à mon cœur des bonds de six cents mètres de haut. Je voulais la regarder bien dans les yeux, mais où trouver le courage ? J'étais rouge comme la trogne du père Calazans. Quand nos regards se rencontraient, vite nous les baissions sur le mur, morts de timidité. Je voulais lui dire ma passion et ce qui sortait était de ce genre :

— Vous aimez la plage ?

— Beaucoup, mais Papa ne me laisse pas y aller. Le soleil d'ici est trop fort et j'ai la peau trop blanche.

Je détournais mes yeux vers ses mains longues et bien faites. Ah ! si j'avais pu y poser mes lèvres et...

— Vous jouez du piano ?

— Non, je n'ai jamais eu de dispositions pour la musique. Ç'a toujours été un échec.

— Moi si. J'ai étudié des tas d'années.

Quel malheur de ne pas savoir faire comme Maurice dans ses films ! Il fallait regarder la jeune fille, sourire et...

— Je vous ai vue faire du patin sur le trottoir de l'esplanade. Vous patinez très bien.

— Au collège, on pouvait patiner à la récréation. Ce n'est qu'une question d'entraînement.

Nous restions silencieux, et moi, je tendais l'oreille vers la fenêtre du garage où Dadada repassait. Si elle se mettait à chanter une ballade, c'est que je devais cesser ma cour et disparaître. Rien dans le secteur, tout était paisible.

Je regardais sans en avoir l'air ses cheveux bouclés si blonds, presque blancs. Divine. Maurice y aurait enfoui ses doigts et les aurait caressés, c'était certain.

Quand il viendrait me voir, Maurice devrait m'apprendre un tas de choses. Il me dirait sans doute : « Ces choses ne s'apprennent pas, on les découvre seul. » Ou alors : « Monptit, ne crois pas à tout ce que tu m'as vu faire. C'est du cinéma. »

— Vous aimez Tarzan ? On me surnomme Tarzan au collège.

— Il m'est indifférent. Je ne crois pas que j'aie de grandes dispositions pour être Jane. Mon idéal, c'est plutôt Clark Gable. Vous l'aimez ?

— Beaucoup. Un bon acteur.

Ça, ça me déprimait. Car Clark Gable était brun, fort en diable, et moi un gamin qui n'avait même pas terminé sa croissance et qui s'efforçait de s'élargir la poitrine à force de nager et de faire de l'exercice avec dona Celeste, la pompe à gonfler les pneus. Ce qui m'attristait le plus, c'étaient mes cheveux blonds qui ne devaient pas lui plaire, étant donné que ceux de Clark étaient noirs et lisses et tombaient toujours sur son front. Je décidai de me venger. Je cherchai une actrice bien brune, avec des cheveux bien noirs.

— Moi, j'adore Kay Francis.

— *Credo !* Vieille comme elle est ! Elle a un visage passable et elle est aussi très élégante. Mais elle est trop vieille. Trop vieille.

Nous cessâmes cette conversation qui devenait désagréable. Dolores s'était assise sur le mur et avait allongé les jambes. Ses bas étaient très blancs et ses chaussures vernies brillaient exagérément. Elle devait porter les chaussures de son uniforme de collège. Je m'imaginais que Dolores, en maillot, devait avoir un corps très joli. Sa taille était fine, mince. Exquise. Divine. Une déesse. Elle semblait, dans son indifférence, ignorer tout l'amour qui me consumait.

— Je dois bientôt partir. Avant que Maman ne se doute de quelque chose.

Malédiction ! Mon cœur souffrait déjà de son départ, de son absence, du dépit de mes élans amoureux. Ô cruauté de la vie !

— Déjà ?

— Il le faut.

Nous nous séparions. Nos mains se frôlaient à peine dans un furtif adieu. Dolores descendait du mur et disparaissait dans le jardin. Elle ne se retournait même pas pour me faire un signe. Mes yeux la suivaient et mon cœur lui disait au revoir. Incroyable comme toutes les femmes sont semblables...

Et après le dîner, après l'Heure du Brésil, après que la sainte paix était descendue sur la famille, on se dirigeait vers la terrasse devant la maison. Chacun se munissait de son chapelet et dans la pénombre de la grande terrasse vitrée, en regardant la mer perdue dans la noirceur de la nuit, on priait tous ensemble. Ce n'était pas un moment désagréable. Parfois un bateau tout illuminé passait au loin ou se dirigeait vers l'entrée de la barre, gagnant le port du rio Potengi.

Plus désagréable était la conversation qui précédait le début des prières. Il s'agissait toujours de choses d'Église, d'un thème de méditation.

Mon cœur se consumait d'amour. Parce que, du haut en bas du chemin, Dolores emplissait la nuit de musique. La musique des roulettes de ses patins.

Comme elle était belle, divine, élégante, elle ressemblait à la danseuse Anna Pavlova dans *La Mort du Cygne,* dans un magazine de Rio.

Mais tel n'était pas l'avis de ma « piranha » de sœur :

— La voilà encore qui veut se faire remarquer. Tous les soirs la même chose !

Mon père protesta. Comme je l'aimais à cet instant !

— Voyons, cette jeune fille ne fait rien de mal. Elle patine très bien. Et elle ne dérange personne.

Elle cracha son venin :

— Elle se croit intéressante. Une vraie bécasse sur ses pattes maigres, avec une figure de papier mâché.

Je hurlai intérieurement : « Vieille chouette ! Rachitique ! Miss Bisbille ! Grenouille de bénitier ! Chlorotique ! Sorcière ! »

Si encore elle avait été belle comme Dolores. Elle

mourait de jalousie avec son physique de planche à repasser.

Mon père s'assit dans son fauteuil habituel. Ma mère et nous restâmes debout à regarder la nuit. Avant le chapelet une quelconque histoire de religion fut abordée. Mais mes yeux étaient ailleurs. Mon cœur patinait avec Dolores qui allait et venait dans une danse vaporeuse et subtile. Ô mon merveilleux amour ! Déesse de mes rêves !

Et, au beau milieu de mon extase, cette conversation fit irruption. Et je n'avais pas écouté de quoi il s'agissait. Je fus réveillé par cette question intempestive :

— Et toi, que ferais-tu ?

Diable ! Je ferais quoi ? De quoi parlait-on ?

— Du martyre des chrétiens.

Dieu du ciel, en voilà une idée ! Qu'est-ce que j'avais à voir avec le martyre des chrétiens. Une chose du passé, finie depuis longtemps. Mais mon père insistait :

— Tu donnerais ta vie pour ta foi ? Tu serais un martyr ?

Je restai un instant sans répondre.

— Tous, nous accepterions la couronne du martyre et nous laisserions tuer pour l'amour de notre religion. Et toi ? Dis ce que tu ferais.

— Je... je...

J'hésitai, mais je ne pouvais pas mentir.

— Alors ?

— Je crois que je passerais dans l'autre camp.

Ce fut un désappointement général. Un « hum » à l'unisson résonna sur la terrasse vitrée.

Personne n'ajouta rien. Seul mon père eut un mouvement de tristesse résignée.

— Nous avons élevé un ingrat. Prions et demandons pardon à Dieu de tant d'hérésie... Je crois en Dieu, le Père...

Et Dolores virevoltait dans sa danse. Et moi avec mon chapelet qui glissait entre mes doigts. Quand venait le tramway qui passait toutes les vingt minutes et éclairait la famille sur la terrasse, la « piranha » nous avertissait :

— Voilà le tram !

Nous cachions notre chapelet dans nos mains pour ne pas faire étalage de cette heure de recueillement et de paix. Le tramway tournait en grinçant sur ses vieux rails et nous reprenions notre chapelet. Le tramway disparaissait et Dolores reprenait ses zigzags sur le trottoir. Chacun de ses gestes était une perfection. Une bécasse sur ses pattes maigres ! Pure jalousie. Ave Maria, pleine de grâce. Comment pourrais-je être un martyr ? À quinze ans ? Avec une telle envie de nager et de vivre. De vivre et d'aimer. Maurice m'avait prédit ça un jour, et il disait que l'amour me sauverait pour la vie entière. Il faudrait être un idiot quand on aimait quelqu'un comme Dolores pour se jeter, pour rien, dans la gueule d'un lion ou d'un tigre rayé. À quinze ans, penser à être crucifié la tête en bas et tendre mon jeune cou à une brute d'esclave pour être décapité... Gloire au Père, au Fils et au Saint-Esprit. De toute façon, ça ne pouvait pas m'arriver. Cette histoire de martyre, c'était pour les grandes personnes, ceux qui avaient vécu beaucoup, et c'était autrefois. Au temps où c'était plus facile d'être un saint. Voilà le tramway. Le tramway était passé. À sa place, Dolores avec ses pirouettes merveilleuses. On ne pouvait, d'ailleurs, pas appeler ça des pirouettes. Parce que, en réalité, elle ne faisait qu'aller et venir, monter et descendre le trottoir de la rue. Belle ! Divine ! Maurice, tu dois venir me voir pour apprendre la nouvelle. Maurice, ton « Monptit » est amoureux. Follement amoureux. Un amour qui va durer des siècles.

— Le tram arrive.

La terrasse illuminée, et nous arrêtant nos prières. Que devaient dire le conducteur et le receveur en voyant ces gens figés comme des statues sur une terrasse ?

Sainte Marie, Mère de Dieu, priez pour nous, pécheurs. Les autres, parce que je ne vois aucun péché à ce que mon cœur de quinze ans aime de cette manière exquise et presque douloureuse. La nuit est si longue et je ne vais vivre aucune aventure de Tarzan aujourd'hui. Je vais dormir. Serrer mon traversin dans mes bras comme si c'était Dolores que je serrais sur mon cœur. Dommage qu'elle n'aime guère Tarzan et la forêt ! Mais, avec le temps, elle les aimerait. Elle s'habituerait. Et moi, je lutterais avec les gorilles et les crocodiles. C'est-à-dire les onces et les crocodiles, parce que, au Brésil, il n'y a pas de gorilles.

Le chapelet tirait à sa fin. Peut-être n'y aurait-il plus d'autre tramway. Une hérésie, vouloir vivre une vie que Dieu nous a donnée à vivre ? S'il avait voulu que je périsse dans la gueule des tigres et des lions, il aurait laissé le requin me dévorer dans le rio Potengi. Cette pensée me faisait encore frissonner. Si je fermais les yeux, je voyais sa queue argentée passer près de mon visage. Et ça, je n'en voulais pas. Ce que je voulais, c'était voir Dolores. Attendre que la nuit passe vite. Que le soleil revienne. Que se termine la matinée sur la plage et que, l'après-midi, elle arrive à notre mur avec ses souliers vernis et ses cheveux blonds bouclés qui bougeaient au vent comme une cascade dorée. *Salve, Regina.* Nous terminions, et certainement mon père ne me donnerait pas sa bénédiction ce soir. Il irait se coucher le cœur lourd. Il abritait un renégat. Et moi, fou de vivre. Dolores s'arrêta. Elle semblait avoir calculé la longueur du chapelet. La bonne apparut au portail et lui dit que sa mère l'appelait. La nuit de la rue était morte sans le bruit de ses beaux patins. Ô cruauté de la vie !

Amen. Je vais me laver les dents. Mon cœur a si envie de retrouver Maurice. Maurice qui chaque jour espaçait plus ses visites. Je le serrerais dans mes bras comme jamais. J'allais l'embrasser comme je ne le faisais plus depuis longtemps. J'entendrais de sa bouche cette remarque :

« Que se passe-t-il, Monptit ? Tu as oublié que tu deviens un homme ? Tu m'embrasses ? »

Alors je regarderais ses yeux très clairs et je lui dirais la vérité :

« Maurice ! Maurice ! Tu avais raison. L'amour est la plus belle chose du monde. Et j'aime. Je suis follement amoureux. Tu sais comment elle s'appelle ?

— Dis, Monptit.

— Simplement Dolores. »

5

Sainte Piranha

— Chuch !

Fayolle ouvrit les bras pour m'étreindre.

— Baisse-toi un peu. Cesse de grandir, petit, sinon je ne pourrai plus t'embrasser.

J'avais été à la messe au collège. Il n'y avait aucun élève. C'était impressionnant comme les corridors déserts, les salles muettes, l'odeur du silence rendaient le collège beaucoup plus grand. Beaucoup plus triste. Pas de bruit de pieds, pas de rumeur ni de cris. Le vieux collège semblait somnoler en attendant avec impatience que les vacances se terminent. La chapelle elle-même paraissait coupée en deux. En avant, le chœur du padre Monte et des frères, au milieu le vide, à la place où se tenaient les élèves, et ensuite l'assistance. Toute morose et abandonnée. Les saints aussi devaient se sentir désemparés.

— Je pensais que tu étais déjà parti pour Recife.

— Cette année notre retraite est plus tard. Alors ?

Il me fit faire un demi-tour pour mieux m'examiner.

— Un costume neuf ?

— Je l'ai étrenné aujourd'hui.

— Tu as été à la plage ? Tu es tout brun.

— Et mon nez pèle. Maintenant, j'ai la permission d'y rester plus longtemps. Tu aimes mon costume ? J'ai voulu que tu le voies même avant Dolores.

Il prit un air étonné.

— Dolores ? C'est une nouveauté ?

— Ah ! Fayolle, si tu savais ! Je crois que j'ai trouvé le grand amour de ma vie.

Il se mit à rire.

— À quinze ans ?

— Maintenant c'est différent. Complètement différent.

— Alors tu me raconteras ça plus tard. Je t'invite d'abord à prendre le petit déjeuner au réfectoire des frères.

— D'accord. J'accepte.

Nous longeâmes les longs corridors. Les salles de classe avaient quelques fenêtres ouvertes pour aérer et laisser admirer les bureaux vides et brillants. Le grand réfectoire des internes, avec les bancs renversés sur les tables, paraissait avoir beaucoup grandi.

Je m'assis entre le frère Ambrôsio et Fayolle. Ma présence parut leur faire plaisir à tous. Ils répétaient les mêmes réflexions sur ma taille.

Le frère Luiz me demanda :

— Tu ne remarques aucune absence, Zéca ?

Je regardai les frères un à un. Il manquait trois visages connus, mais peut-être étaient-ils partis plus tôt pour leur grande retraite.

— Le frère Gonçalo ?

— Il nous a quittés.

— Pour Recife ?

Le frère Ambrôsio eut l'air triste.

— Non. Pour toujours.

— Le frère Antônio ?

— Il a suivi le chemin du frère Gonçalo. C'est ainsi, Zéca, tous ne terminent pas la tâche entreprise. Il ne manque plus personne ?

Il y avait un absent, bien sûr, et je faisais des efforts pour me rappeler. Un frère imita le gloussement de poule. Alors mon cœur se serra.

— Le frère Manuel. Il n'est pas...

— Si. Il a été déplacé à Maceió.

— Mais justement lui ?

— Mon ami, nous faisons vœu d'obéissance, de pauvreté et de chasteté.

Heureusement Fayolle était là. J'allais terminer ma

cinquième année et il n'avait pas été déplacé. C'était une grâce du Bon Dieu.

Le frère Ambrôsio s'enquit :

— Et l'atmosphère, chez toi ?

— Ça s'est amélioré. Je ne sais pas si c'est que j'ai grandi ou si simplement c'est comme ça. La maison a changé.

— C'est toi, mon garçon, qui as changé ! Tu étais un petit démon. Si au collège tu en faisais de toutes les couleurs, qu'est-ce que ça devait être chez toi !

— Je l'avoue.

Le frère Ambrôsio plongea la main dans la poche extérieure de ma veste.

— Et ça, jeune homme ?

Je devins rouge comme un poivron.

— On le sait, chez toi ?

— Non, surtout pas. Je crois qu'ils ne s'en doutent même pas.

Je pris le paquet de cigarettes dans ma main.

— Je viens de l'acheter au bistrot de *seu* Artur.

— Parfait. Alors, nous devenons vraiment un homme.

Ce fut un éclat de rire général. Je cachai à nouveau les cigarettes et finis par rire moi aussi.

Le petit déjeuner terminé, j'accompagnai Fayolle jusqu'au secrétariat.

Nous nous assîmes comme autrefois. Sauf que le silence du collège endormi me mettait mal à l'aise.

— Alors ? Je veux tout savoir.

— Simplement Dolores. Une belle jeune fille. Je suis fou d'elle, Fayolle.

— Et cette Maria de Lourdes ?

— Ça, c'était un enfantillage. On échangeait de petits billets et elle était maigrichonne à pleurer.

— Et cette autre ? Comment s'appelait-elle déjà ?

— Valdivia. Rien de commun. Une grosse fille qui faisait la mijaurée.

— Tu dis ça maintenant, Chuch. Mais, « en ce temps-là », il n'y avait rien de plus beau au monde pour toi.

— Fayolle, Dolores est merveilleuse.

Je lui racontai tout. Je ne lui cachai rien. Car, d'ailleurs, il n'y avait rien à cacher dans notre amourette.

Il rit.

— Chuch, tu vas avoir quinze ans, mais tu as gardé le même cœur d'enfant. Grâce à Dieu. Et ce sera ainsi toute ta vie. Maintenant, raconte-moi le reste.

— Quel reste, Fayolle ?

— Ton crapaud-cururu accepte cette nouveauté ?

Je sentis un pincement au cœur. Pourquoi grandissait-on ?

— Adam est parti. Il a dit que j'étais devenu un garçon fort et courageux et qu'il devait se reposer. Il a pris sa petite valise, ses lunettes, il a mis son petit chapeau et son cache-col, et il a disparu de mon cœur. La vérité, c'est qu'il m'a toujours beaucoup aidé.

— Et Maurice, Chuch ?

Fayolle me regardait avec une affection si compréhensive. Il s'intéressait à tout ce qui avait bercé ma vie et mes rêves.

— Tu dois penser que je suis stupide, mais il m'apparaît encore.

— J'aurais été déçu s'il en avait été autrement.

— Une fois, Maurice m'a dit qu'il s'en irait quand j'aurais découvert l'amour. J'ai l'impression que lui aussi va partir. Il m'apparaît rarement. De loin en loin.

Fayolle s'aperçut que j'étais triste ; il changea de sujet :

— Maintenant, Chuch, dis-moi quelque chose. Mais sans mentir ni chercher de faux-fuyant. Promis ?

— Bien sûr.

— Cette histoire des âmes en peine du bois de Manuel Machado ?

Je souris.

— C'est fini. Personne n'en a plus entendu parler.

— Je sais, Chuch, les gens finissent par oublier. Mais il y avait ton doigt dans tout ça.

— Comment t'en es-tu douté ?

— Parce que c'était exactement une chose dans

ton genre. Et aussi parce que tout a commencé quand ta famille a déménagé pour Petropolis.

— Je ne pouvais pas te dire la vérité, Fayolle, quand tu me l'as demandée la première fois. J'avais fait un pacte de sang avec Tarzan. Tu sais, des choses d'enfant imaginatif.

— Chuch ! Chuch !... Quel danger tu as couru ! Et si tu avais reçu un coup de feu une de ces nuits-là ? Heureusement, tout s'est bien terminé.

Je me levai.

— Je dois partir, Fayolle. On m'attend chez moi.

Mon cœur s'épanouit quand il me dit gaiement :

— Profite de la vie, Chuch. Tant que tu auras des rêves dans le cœur, efforce-toi de les conserver. Je reviendrai de Recife et je te verrai terminer le collège. Et sais-tu une chose ? Après la retraite, les frères vont passer un mois à la plage.

— Au revoir, Fayolle.

Il me donna une petite tape dans le dos.

— Prends soin de toi, mon enfant.

Dadada repassait dans la paix du garage, et nous, comme deux fiancés :

— Qu'as-tu fait, dimanche ?

— Bien peu de choses. Et toi ?

— J'ai été à la messe chez les Maristes. J'ai pris le petit déjeuner avec eux. Quoi d'autre ? Laisse-moi réfléchir. Bon, trois frères sont partis. Pour l'un d'eux, ça m'a fait beaucoup de peine. Maintenant, quand les cours vont reprendre, il y aura de nouvelles têtes. Il faudra commencer à faire amitié avec eux.

— Tu aimes les pères de ton collège ?

— Ce ne sont pas des pères. Ce sont des frères. Je les aime beaucoup.

— Eh bien, moi, quand je quitterai le collège, je ne veux plus voir la tête d'aucune des sœurs. Je les ai assez supportées.

— Sans exception ?

— Sans exception. Elles se valent toutes.

Nous nous tûmes une seconde. Et moi, je ne savais pas si les « fiançailles » des autres étaient différentes des nôtres. S'ils parlaient d'autres choses. Je sais seulement que je me sentais l'homme le plus heureux du monde aux côtés de Dolores. Le bonheur, ce devait être ça : se raconter de petits riens agréables. D'ailleurs, cette histoire de fiançailles devenait très étrange, parce qu'il n'y avait que moi de fiancé. Dolores, à la moindre occasion, me perçait le cœur en me rappelant que, bientôt, elle partirait pour le Ceará.

— Plus que quatorze jours ?

— Oui.

— Et tu vas m'écrire ?

— De quelle manière ?

— C'est vrai, tu es très surveillée par tes parents.

Une vague de tendresse m'envahissait.

— La nuit, regarde les étoiles, elles t'apporteront des messages de moi.

— Et s'il pleut ?

Je ne trouvais rien à répondre. Parce que, certainement, la pluie mouillerait les messages, les rendrait tristes et retarderait leur voyage.

— Tu as été à la plage, dimanche ?

— Oui.

— Beaucoup de jeunes filles ?

— J'ai été prendre le soleil et nager. Je ne pense pas à d'autres jeunes filles, seulement à toi.

Dolores posa sa main sur la mienne. Cela me combla de bonheur. Jamais elle ne l'avait fait avant. Sa main était parfumée d'eau de Cologne. Cette nuit, je dormirais la main pendante hors du lit pour rêver qu'elle frôlait le parfum de la main de Dolores.

Dadada chanta sa ballade. Dolores se laissa glisser du mur et moi je bondis vers les vieilles tuiles. Je fis semblant d'empiler les meilleures.

Ma sœur mit son museau à la fenêtre. Je fis semblant de ne pas la voir.

— Ça fait une éternité que tu t'occupes de ces tuiles.

Je levai les yeux avec mépris.

— Et ça ne te regarde pas, espèce de...

Comme un coucou, elle retira la tête. Cette maudite sorcière se doutait de quelque chose. Elle allait certainement faire des complications de tous les diables quand elle en aurait la certitude. Mon cœur m'avertissait qu'il fallait que je me prépare.

— Dadada, tu trouves Dolores horrible ?

— Bien sûr que non. Elle est très jolie et très bien élevée.

— Elle a des jambes de sauterelle ?

— Quelle idée !

— Elle a un teint de papier mâché ?

— Pas du tout. Quelle question !

— C'est qu'elle, la « piranha », passe son temps à dire du mal de Dolores. Elle dit qu'elle est chauve et qu'elle a des boutons.

— N'y fais pas attention, nigaud. C'est la jalousie. La jalousie quand elle ne tue pas rend aveugle. Dolores a quelques boutons comme toutes les filles de son âge.

— Mais tu trouves qu'elle est chauve ?

— Penses-tu ! Elle a un grand front, mais ses cheveux sont un rêve. Bien des gens aimeraient avoir des cheveux pareils.

Je retrouvais cette révolte qui me rongeait.

— Piranha. Piranha. Sainte Piranha. Elle passe sa vie à frapper sa poitrine maigre, à rabâcher des prières. Et quand elle cesse ses litanies, c'est pour empoisonner la vie des gens. Tu crois, Dadada, qu'un jour elle se mariera ?

— Linceul ou mariage, le ciel nous les ménage. Qui sait ?

Dadada se mit à contrefaire la voix de ma sœur :

— Le docteur X je ne veux pas l'épouser, il n'est pas sérieux. Le docteur Y non plus, il est spirite. Lc docteur Z, impossible, il n'est pas catholique, je n'épouserai qu'un homme qui ait la même religion que moi...

J'éclatai de rire.

— Tu l'imites parfaitement, Dadada.

— Aussi, depuis le temps que je suis dans cette maison, il faudrait être bien bête pour ne pas tout savoir.

Elle plia soigneusement une chemise. Elle posa son fer et conclut :

— Je connais beaucoup de gens dans ce cas. On fait la difficile et le temps passe. Et quand elles découvrent qu'elles restent vieilles filles, elles épouseraient n'importe quel bipède pourvu qu'il soit du sexe masculin.

Elle reprit son travail et m'ordonna, sans lever les yeux :

— Maintenant, tâche de disparaître et de t'occuper de tes affaires. Va retrouver ta « fiancée » ou t'occuper à quelque chose. Et fais attention ! il y a de l'orage dans l'air. Un de ces jours, tu vas te retrouver interne chez les Maristes.

— Maintenant, impossible. Le collège est fermé et les frères sont tous à Recife.

— Ou alors, je ne sais pas. Tout ce que je sais, c'est que ça me tape sur les nerfs quand j'ai du travail et qu'on use ma patience.

Je regardai le visage *caboclo*[1] d'Isaura.

— Tu n'as jamais voulu te marier, Dadada ?

— Les pauvres n'ont pas le temps de penser à ces choses.

— J'ai entendu ta cousine Rosa dire que tu avais été la fiancée de Lampion quand il a attaqué Mossoró.

Elle brandit son fer dans ma direction et me menaça :

— File d'ici, ou je vais te réchauffer les fesses !

Je disparus du garage le plus vite possible.

1. Métis de Blanc et d'Indien, et, par extension, paysan de condition très modeste.

6

L'étoile, le navire et les regrets

Il restait trois jours avant le départ de Dolores quand la tragédie éclata. Je comptais les jours qui passaient avec une tristesse affreuse. Je ne savais pas si mon cœur pourrait résister à une telle douleur. C'est pourquoi nous profitions de tous les moments possibles pour nous voir. Et presque toujours, nous ne trouvions rien à nous dire. Nous gardions le silence, nous nous consolions l'un l'autre par notre présence. Maintenant, c'était moi qui prenais ses mains dans les miennes et je restais une éternité à caresser ses longs doigts. Pourquoi parler ? Nous étions trop jeunes pour faire des projets d'avenir. Et notre jeunesse nous interdisait tout rêve, toute possibilité...

— Et si on s'enfuyait ?

Dolores, plus réaliste, objectait :

— S'enfuir où ? Nous n'irions pas loin. La police nous rattraperait avant que nous n'arrivions au Paraiba. Sans argent, on ne peut rien faire. Il vaut mieux laisser agir le temps. Et, plus tard, on se retrouvera.

— Tu m'attendras ?

— Toute la vie. Et toi ?

— Toute l'éternité.

Je pouvais constater que, ces derniers jours, elle aussi était devenue ma « fiancée ». Qu'elle avait les mêmes sentiments que les miens.

Avec l'ongle, elle dessina sur le mur deux cœurs percés d'une flèche embrasée d'amour. Ils n'étaient pas très réussis, car Dolores m'avait toujours avoué qu'elle était nulle en dessin. Mais qu'importait que les cœurs soient un peu tordus ? Ce qui comptait, c'était sa merveilleuse intention.

Brusquement, Isaura chanta une ballade à pleins poumons. On devait l'entendre jusqu'à la plage d'Areia Preta.

Dolores glissa du mur et je bondis empiler les vieilles tuiles.

Dadada était engagée dans une discussion aiguë avec « sainte Piranha ».

Je grimpai sur la fenêtre du garage à point

pour voir ma sœur qui s'éloignait indignée en clamant :

— Une immoralité !

Je blêmis. Nous aurait-elle découverts ? Aurait-elle surpris quelque chose ?

— Qu'y a-t-il, Dadada ?

Dadada était dans tous ses états et ça retomba sur moi :

— Tu vois à quoi ça mène de faire la nounou d'amoureux en herbe ! J'ai entendu ce qu'on ne m'avait jamais dit de ma vie.

— Du calme, Dadada. Raconte-moi ce qui s'est passé.

Elle respira profondément pour essayer de se remettre. Son visage bistre était devenu pourpre de colère.

— Je l'ai vue s'approcher et j'ai commencé à chanter tout doucement pour que vous disparaissiez. Ensuite, comme elle allait droit à la fenêtre, j'ai chanté une ballade un peu « forte » pour détourner son attention.

Elle répéta la ballade et je faillis pouffer de rire :

Dodo le père, dodo la mère
Dodo petite
Dodo toute la famille
Moi aussi je veux dormir...

Dona Chiquinha
Cet enfant pleure
C'est qu'il a le ventre plein
Qu'il a envie de c...

— Quand elle a entendu la fin elle m'a insultée. Et que cette maison était une maison convenable, et que je chantais des indécences. Elle raconterait tout ça. Le pire, c'est qu'elle a dit que maintenant je passais ma vie dans le garage. Que ça cachait quelque chose de très laid, plein de péché.

— Mais ça ne tire pas à conséquence. Si elle raconte ça à mon père ou à ma mère, ils vont en rire.

— Il y a encore une chose. J'ai l'impression qu'elle vous a aperçus ensemble.

— Et alors, elle n'a rien vu de mal. Nous ne faisons rien de contraire à la morale.

Dadada ne s'adoucissait pas.

— Je crois que je suis trop restée dans cette maison. Un de ces quatre matins, je fais mes paquets et je pars.

— Qu'est-ce que tu racontes, Dadada ? Ça va passer.

Je quittai le garage, vaguement préoccupé.

Dans mon lit, révolté, je revivais la scène. Quel mal avions-nous fait ? Quel grand péché était-ce de s'aimer ?

Et ce qu'ils m'avaient dit ! Que je ne savais pas respecter l'honneur des filles des voisins. Des tas de choses très laides. Serrés l'un contre l'autre ? Joue contre joue ? Où étaient mes principes moraux ? Cette idée de s'enfuir était insensée, je ne voyais pas ? Ils auraient averti la police, ç'aurait été vite fait. Qu'est-ce que je croyais ? Me marier à quinze ans à peine ? De la folie furieuse...

Je me demandais comment ils avaient pu déduire tout ça. Car même Isaura ne connaissait pas le détail de nos conversations. Et si elle l'avait su, elle n'aurait rien dit, rien. Quelle humanité répugnante ! Quels gens à l'esprit mal tourné ! Et le résultat de tout ça ? Eh bien, je ne pourrais plus aller dans le jardin jusqu'à ce que la jeune fille soit partie. On me laisserait aller à la plage, parce que là j'étais plus loin de la tentation. L'après-midi, je devrais me promener jusqu'à l'heure du dîner. Après le dîner, je ne mettrais pas les pieds hors de la maison même pour faire trois pas sur l'esplanade. Cela en ce qui me concernait. Dolores fut durement punie. Dadada m'avait raconté qu'elle avait reçu quelques gifles, et pire encore. Que, jusqu'à son départ, elle resterait enfermée dans sa chambre, ne sortant que pour les repas et pour aller aux toilettes. Il fut interdit aux domestiques des deux maisons de se parler.

Et ce qui me faisait le plus mal. Ce qui me faisait le plus mal, c'était de savoir que, deux heures avant de se coucher, Dolores devait rester à genoux avec un fauteuil sur la tête.

Comment Isaura avait-elle su tout ça, s'il lui était interdit de parler avec la bonne de l'autre maison ? Un mystère.

À peine avais-je terminé de dîner, je rentrais dans ma chambre sans savoir ce qui se passait dans le monde. Sans avoir envie de parler à personne. Seul avec ma douleur. Les yeux pleins de larmes en pensant à Dolores qui, à cette heure-là, accomplissait sa pénitence. Si au moins j'avais pu partager ses souffrances ! Si j'avais pu être à côté d'elle, un fauteuil sur la tête ! Ça m'était égal que ce soit un fauteuil, un sofa ou tout le mobilier. Ce qui me faisait saigner le cœur, c'était de ne pouvoir la voir ni partager son sort. Parce que, si nous étions coupables de quelque chose, nous devions expier de la même façon, partager les conséquences de notre grand péché.

Je tournais en rond, plein de sueur et de tristesse. Mon cœur avait tant diminué qu'il n'aurait même pas réussi à abriter une petite grenouille.

Loin de moi l'idée de revêtir mon pagne et de

prendre mon poignard-coupe-papier. Même l'envie de redevenir Tarzan m'avait abandonné. Il valait mieux laisser Tarzan de côté car, à cette heure, il devait être aussi découragé que furieux. Que Tarzan reste dans sa forêt avec ses singes pleins de puces.

Je n'étais pas en colère contre Maurice. Lui, non. Mais, étrangement, je n'avais pas envie de le voir et de lui raconter l'étendue de mon infortune. Et ça, peut-être pour la première fois.

Je ne vis plus Dolores. Le châtiment qu'elle reçut fut impitoyable. Je crois qu'un soir, en pensant que je le remarquerais, elle braqua sa lampe dans la direction de la cuisine. Par cette rapide lueur, elle voulait dire qu'elle m'aimait et qu'elle ne m'oublierait jamais.

Tout terminé. Tout mort. Un cœur pour quoi ? À quoi bon dire quelque chose ? Dolores était partie et je n'avais même pas vu quand elle était montée dans l'automobile qui l'emmenait vers le quai. On avait tenu secrète la date de son départ. Le navire qu'ils allaient prendre. Et moi ? J'étais là. Seul comme j'étais né. Vide en dedans, attendant qu'un vent immense souffle sur mon corps et m'emporte quelque part sur la mer, d'où je voie passer le navire de Dolores.

De la plage, je découvris que la marée monterait vers huit heures. Et, avec la marée haute, le navire de Dolores franchirait la barre, gagnerait la haute mer pour aller vers le nord.

Maintenant on me laissait sortir, me promener sur le trottoir parmi les lumières de l'esplanade. On savait même que je prendrais la descente de la plage pour m'asseoir sur le mur et voir le navire disparaître peu à peu.

C'est ce que je fis. Assis avec ma solitude, j'attendais le navire illuminé qui traversait les eaux du rio Potengi. Je me moquais des conséquences et je sortis une cigarette de ma poche. Je lançai les bouffées dans l'air et je sentais que quelque chose de moi accompagnait ce départ.

Je me mis à chanter une chanson qui était à moi et à Dolores :

Regarde le ciel
Vois le clair de lune
Les étoiles dansent
Autour de la lune
Penchée sur la mer.

Il n'y avait pas de lune. Le ciel était un essaim d'étoiles. Des étoiles qui faisaient toutes sortes de figures. La constellation du Navire paraissait vouloir me rappeler ma douleur. Sirius était là. Canopus aussi. Bon padre Monte qui m'avait appris à voir un peu du ciel. Je continuais ma chanson les yeux pleins de larmes :

Dans le ciel de ma vie
Tu as brillé comme une étoile
Une belle nuit t'en es allée
Et jamais n'es revenue...

Est-ce que tu reviendras, Dolores ? Tout est si difficile. Si impossible et si loin. Et des regrets mortels venaient empoisonner mes souvenirs. Ses mains aux longs doigts. Finalement, elle avait renoncé à Clark Gable pour m'aimer. Pouvait-il y avoir plus grande preuve d'amour ? Je ne pourrais même pas lui écrire. Elle était partie sans me laisser son adresse. Et, si elle m'écrivait, la lettre serait certainement interceptée et ne me parviendrait pas.

Parfois dans le ciel triste
Je regarde la lune
Qui se met à briller
Et la lune, tout bas
Me dit avec tendresse
Qu'un jour tu reviendras.

Les yeux fixés sur l'entrée de la barre. Les petites lumières des maisons des pêcheurs qui brillaient comme de minuscules étoiles. Un bruit me transperça jusqu'au fond de moi-même. Le navire sifflait à la barre. Il venait, majestueux, avec toutes ses lumières éclairées. Il devait siffler pour dire au revoir au pilote ou dire adieu aux eaux du fleuve.

Je tremblai en suivant sa marche indifférente. Il emportait la moitié de ma vie. La moitié, non, toute ma vie. Tout mon cœur. Toute ma détresse.

Le vapeur continua en ligne droite un certain temps, jusqu'à ce qu'il ait gagné la haute mer. Alors il prit la direction du nord. Et Dolores ? Lui avait-on permis de rester sur le pont et de regarder la ville se perdre ? Regarder le collier de lumières de l'esplanade de Petropolis ? Penser à ce trottoir où elle avait fait tant d'évolutions avec ses patins ?

« C'est une bécasse avec de longues pattes. Une figure de papier mâché... »

Pourquoi existait-il des gens si méchants ? Tout aurait pu se terminer sans toute cette tristesse. Il manquait seulement trois jours. Était-ce nécessaire de faire tant de mal ?

Le navire disparaissait parmi les étoiles de la mer.

Cette fois mes yeux étaient noyés de larmes. Je pleurais sur mon désespoir et mon abandon. Parce que j'étais si petit et si fragile et que je ne pouvais rien faire.

Et la lune, tout bas,
Me dit avec tendresse
Qu'un jour tu reviendras...

Je ne me faisais pas d'illusions. Dolores ne reviendrait pas. Mon cœur m'affirmait cette vérité. À la place du navire il n'y avait plus que la nuit sombre pleine d'étoiles et la mer noire et muette. Sirius était le maître du ciel. Canopus aussi. Et la lune ? Il n'y avait pas de lune. Seulement des regrets. Et s'il y avait eu la lune, elle ne m'aurait pas dit ça. Parler de tendresse, pourquoi ? La tendresse, une chose que je connaissais bien peu dans la vie.

7

Partir

Le début de ma cinquième année de collège coïncida presque avec mes quinze ans. Et, à quinze ans, je me sentais presque un homme. La liberté de sortir le soir jusqu'à neuf heures, de rester à la plage le temps que je voulais. Tenir fièrement une cigarette dans mes doigts de jeune adolescent. Recevoir un nécessaire à raser pour ma première barbe, parler fort pour montrer que ma voix était grave. Fréquenter les salons de billard et jouer une partie à l'heure où je devais être en classe. Flirter négligemment avec les filles du collège de la Conception. Enfin, un monde immense qui m'ouvrait ses portes, satisfaisant non seulement ma curiosité, mais mon désir de m'affirmer.

Dolores ? Ah ! Dolores ? Ç'avait été très beau tant que ça avait duré. L'important, maintenant, c'était de fréquenter les séances de cinéma du mercredi, séances de la jeunesse, où les plus jolies femmes du monde affluaient. Nous y allions tous pour faire des conquêtes. Pour chercher de nouvelles sensations romantiques. Et moi, comme les autres, pour suivre le mouvement de la mode. Le mieux porté, c'était de rester à la porte du cinéma, une cigarette aux lèvres, et de sourire avec indifférence aux collégiennes presque toutes accompagnées d'une tante vieille fille ou d'une mère intempestive.

Et avec tout ça, mes études se relâchèrent un peu. Je cessai d'être le premier et conservai péniblement la deuxième place.

Les livres que je lisais se modifièrent beaucoup. Cascudinho continuait à prêter des livres à mon père. Et, sans en avoir l'air, il me laissait choisir mes livres suivant mon bon plaisir. C'est ainsi que je devins familier d'un monstre merveilleux appelé Dostoïevski. Les choses sérieuses remplacèrent les aventures de mes héros chéris tels que Tarzan et l'Homme-Lion.

Le sport était devenu ma seconde passion. Nager, m'entraîner sur des distances énormes et sentir mon corps léger glisser, mes bras qui jamais ne se fatiguaient. Avoir toute l'année le corps bronzé. Savourer l'air et me reposer sur les plages blanches avec un minuscule maillot.

Le soir, la ronde pour rencontrer de jolies filles. Mais tout ça innocemment.

Fayolle m'observait et restait détenteur de toutes mes confidences. Pourtant, quelque chose le préoccupait beaucoup. Mon indifférence quant à mon avenir. Tarcisio avait déjà opté pour la carrière d'avocat. Tous mes camarades avaient des projets. Mais moi, rien.

— Ni la médecine, Chuch ?

— Et quoi encore !

— Pourquoi pas ? Tu suivrais la carrière de ton père.

Il se grattait la tête.

— J'ai pensé aussi à avocat. Tu resterais avec Tarcisio. Vous êtes si amis.

— Ce serait bien.

— Et la carrière militaire ? Ça t'irait, un uniforme.

Je me voyais en officier de marine, mais où trouver l'enthousiasme ? Si nager eût été une carrière, peut-être. Mais même cela ne m'enthousiasmait pas beaucoup. Ce que je voulais, c'était aller, aller, sans penser à rien, sans prendre d'engagements. Comme si la vie eût été une succession de trains, de routes, de navires, sans qu'on s'arrête jamais. Je ne savais pas m'expliquer. Un désir d'aller de plus en plus loin.

Mais à une distance dont on ne revienne jamais. Avancer toujours...

Et la vie passa. Passa si vite que je ne le sentais pas. La vie aussi avançait sans arrêt.

C'est ainsi que je commençai à découvrir une chose. Une chose dont Maurice m'avait toujours dit qu'un jour elle m'arriverait. Je commençai à être ami avec mon père et à aimer la maison. Je commençai à réfléchir à la difficulté d'élever un enfant, surtout quand il n'était pas votre fils et qu'il était d'une précocité et d'une susceptibilité déconcertantes. Pourtant, il y avait toujours un mur entre nous. Un mur créé naturellement par moi.

Au fil des jours, bien des fois cette pensée angoissante me poursuivait. L'année était déjà à demi passée et bientôt viendraient la troisième série d'examens et enfin la quatrième et dernière. Je serais diplômé. Je devais répondre à l'effort qu'on avait fait pour moi. Et la peur ? Une peur que même une douzaine de crapauds-cururus n'auraient pas atténuée. Les examens terminés, je devrais partir. Je retournerais à Rio. Et comment serait ma vie avec mes frères ? Nous nous étions passablement éloignés. Comment me verraient-ils revenir ? Avec joie, naturellement. Je me sentais différent. Un garçon qui avait reçu une éducation et fait des études. Un garçon avec des valises pleines de vêtements et de bonnes chaussures. Un garçon avec des dents bien soignées. Et eux ? La vie d'usine. Les trajets harassants en train pour travailler à la ville. Se lever à l'aube et rentrer à la nuit. Pluie et chaleur dans ces trains tantôt brûlants, tantôt glacés. Ne déjeunant pas toujours parce que, parfois, le repas aigrissait dans les gamelles. Sans chance, ou peu, dans la vie faute d'études meilleures et de formation. Tout ça m'apparaîtrait d'un coup au moment où je débarquerais à Rio. Un monde aussi cruel et hostile que celui que j'avais connu au temps de mon pied d'oranges douces. J'avais des sueurs froides en pensant à tout ça et j'essayais de me rassurer. Je m'arrangerais. Je m'arrangerais pour ne pas voir les mauvais côtés de la vie et pour m'adapter à n'importe quel milieu. Le pire, ce serait quand ils découvriraient que je ne voulais rien être. Ou que, du moins, je n'avais pas encore trouvé mon chemin dans la vie. Une déception. Un de mes frères aurait peut-être mieux profité de cette chance qu'on m'avait donnée et que j'avais gaspillée avec indifférence. Mieux valait oublier. Oublier et nager. Nager et fendre la mer par petits morceaux, comme si nager eût été une autre manière de marcher.

J'aimais regarder Tarcisio jouer au football. Il était avant centre de l'équipe première. Il jouait avec une adresse impressionnante. N'importe quel coup, il l'arrêtait. Un crack. Le ballon semblait attiré par ses pieds. Tarcisio, oui, un grand ami. Toujours avec cette allure silencieuse. Il n'aimait parler qu'avec moi. Il comprenait patiemment toutes les folies qui me venaient à l'esprit. Idéalisant la carrière ingrate d'avocat. Et moi ? Mon cœur disait, sans la consolation de mon crapaud-cururu : « Et toi, Zézé ? » Voyons, assez de bêtises, quelque chose va apparaître, ce n'est pas possible. En attendant, allons voyager et attendons. « Mais, Zézé, attendre en voyageant ? » Bien sûr, quelle autre solution pour moi ?

J'étais dans ma chambre, allongé sur mon lit avec un livre de trigonométrie et une table de logarithmes. Je ne travaillais pas vraiment. Je réfléchissais par intermittence à l'inutilité de certaines études. À quoi me serviraient dans l'avenir mes déclinaisons latines, *rosa, rosae* ? Pourquoi prendre une indigestion de ces antipathiques logarithmes s'il n'y avait aucun rapport avec une carrière que je pensais suivre ? N'était-ce pas une ânerie de m'être cassé la tête sur les racines cubiques dans les cris du frère José (qui n'était pas mort pour que le collège ait trois jours de vacances et qui n'avait pas été assassiné par moi – adieu, Légion étrangère) ?

J'étais tellement absorbé dans ces réflexions que je n'entendis pas la porte s'ouvrir et une silhouette s'arrêter devant moi.

— Monptit !

J'eus une telle peur que je laissai tomber mes livres par terre. Maurice riait.

— Qu'y a-t-il ? On croirait que tu as vu un fantôme.

Je restai muet, tremblant sans répondre. Depuis longtemps, je m'étais habitué à ce que Maurice ait été un des plus beaux rêves de ma vie. Un coffre secret pour toute ma tendresse accumulée.

— Lève-toi, Monptit.

J'obéis lentement.

— Tourne-toi.

Maurice fit claquer ses doigts et commenta :

— Mon Dieu, comme tu as grandi ! Que tu es fort, Monptit ! Et tout bronzé.

Moi, fasciné, je le regardais dans les yeux. Sans savoir si je pleurais ou si je riais. Ou même si je ne faisais pas les deux choses à la fois.

— As-tu oublié une chose, Monptit ?

Bien sûr, je n'avais pas oublié. Ses paroles retentissaient à mes oreilles : « Même quand tu seras un homme, tu devras toujours m'embrasser comme un père. »

Et pourquoi pas ? N'est-ce pas lui qui m'avait bercé dans la solitude de ma chambre ? Ne m'avait-il pas toujours consolé ? N'avait-il pas veillé mon sommeil ?

Il ouvrit les bras.

— Qu'attends-tu ?

— Rien.

Je me jetai dans ses bras et l'embrassai. Je le serrai très fort contre mon cœur.

— Ah ! Maurice, il y avait si longtemps que tu ne m'apparaissais plus !

Il me regarda une seconde, droit dans les yeux. Ensuite il prit la décision de s'asseoir.

— Tant de temps, n'est-ce pas, Maurice ?

— Oui, c'est vrai. Mais j'ai été si occupé par tant de contrats, de casinos, de films, de shows. Je n'avais pas une minute. Et comme je savais une chose...

— Que savais-tu ?

— Que tu mûrissais et que tu découvrais la vie par toi-même. Que je ne te manquerais pas autant... N'est-ce pas exact ?

— Peut-être. Peut-être mes journées étaient-elles très pleines. Peut-être, et malheureusement, quand venait l'heure de me coucher, j'étais si fatigué qu'à peine avais-je posé la tête sur mon traversin, je m'endormais.

— Je le savais. Maintenant, raconte-moi. Raconte-moi tout.

— Sur quoi ?

— Voyons, nous avons tellement de choses à nous dire. Ma vie, tu le sais, n'a guère changé. Mais la tienne ?

— Je ne sais pas par où commencer. J'avoue que

je me suis un peu déshabitué de toi, mon cher Maurice.

— Alors, je vais t'aider. Comment va ta vie dans cette maison ?

— Très bien, tu sais. J'ai commencé à découvrir des choses nouvelles. Des faits nouveaux qui m'ont convaincu qu'ici personne n'est mon ennemi.

— Ne te l'avais-je pas dit ?

— Mon père me manifeste un intérêt que je ne lui avais jamais connu.

— Peut-être ne lui en avais-tu pas donné l'occasion ?

— Je pourrais même t'avouer une chose.

— Dis.

— Ils sont parfaits. Très bons. C'était une mission difficile et ingrate de m'élever. La vérité, c'est que c'est moi qui ne suis bon à rien.

— Je suis d'accord avec la première partie. La seconde, non. J'ai confiance en toi, dans la bonté de ton cœur. Quand on a le pouvoir de rêver des choses si belles, on ne peut qu'avoir une vie merveilleuse devant soi. Tu te rappelles Adam ?

— Bien sûr, Maurice. Il était si réel que j'ai l'impression de le voir encore.

— Ça me fait plaisir, Monptit. Parce que, dans la vie, tu seras toujours un grand enfant.

— Tu dis les mêmes choses que Fayolle.

— Et lui, comment va-t-il ?

— Il ne change pas, le même que toujours. Jamais il n'a eu un mot sévère pour moi. Toujours attendant de moi le meilleur.

Maurice s'enfonça dans son fauteuil.

— Tu sais, j'étais très fatigué aujourd'hui. Mais je ne pouvais pas manquer de venir. Aujourd'hui surtout.

— Pourquoi, surtout ?

— Je te le dirai tout à l'heure.

Il contempla longuement le plafond, et ensuite ses yeux, des yeux très clairs, cherchèrent les miens. J'ai toujours aimé parler à des gens qui ne détournent pas les yeux. Ça me donne une impression de sécurité, de confiance.

— Et ton cœur, Monptit ?

— J'ai découvert, Maurice. J'ai découvert ce que tu m'avais appris il y a longtemps. J'ai découvert que l'amour est la chose la plus importante au monde.

— Je suis content, Monptit, très content de toi. Très content, parce que, dans la vie, tu deviens un homme. Vraiment un homme. C'est pourquoi je t'ai dit tout à l'heure qu'aujourd'hui était un jour particulier.

Soudain, mon cœur bondit de tristesse. Était-ce ce que je pensais ?

— Exactement, Monptit. Je t'ai dit une fois que, lorsque tu découvrirais l'amour, tu n'aurais plus besoin de moi.

— Tu veux dire que tu vas me quitter comme l'a fait Adam ?

— Tu vas découvrir que je le ferai de la même manière.

Je soupirai :

— Mais Adam était un crapaud. Un rêve.

— Et moi, je ne suis pas la même chose ?

— Comment, la même chose ? Je peux te toucher, voir que tu es réel...

Pour le lui prouver, je serrai longuement sa main.

— Monptit, la vie est ainsi. Les gens partent toujours. Non que le cœur oublie et que les regrets meurent. Les choses persistent toujours dans notre tendresse. Mais les gens doivent partir au moment voulu.

Mes yeux se remplissaient de larmes.

— Pas de ça, Monptit.

Et, à mon grand émoi, Maurice tira de sa poche un mouchoir à carreaux noirs et blancs. Lui aussi, mon Dieu !

Il essuya soigneusement mon visage.

— Je ne veux pas partir en voyant ces larmes.

Je tentai de me dominer, ravalant peu à peu mon émotion.

— Mon rôle était de faire naître dans ton cœur un monde d'espérances, et surtout l'amour. Maintenant, Monptit, je vais partir.

Il me serra longuement dans ses bras et me tendit sa joue pour que je l'embrasse.

— Nous ne nous reverrons plus, Maurice ?

— Bien sûr que si. Un jour. Quand nous serons plus âgés.

Pour la dernière fois, il me regarda dans les yeux, de toute sa franchise.

— Et il y a encore une chose. Où que ce soit, quand nous nous reverrons, même si tu es un homme fait, n'oublie pas ce que tu m'as promis une fois.

Je savais ce qu'il voulait dire. Que je devrais l'embrasser comme un père, sans hésitation et sans honte.

— Promis ?

— Promis.

— Alors, adieu, Monptit.

— Adieu, Maurice.

Ma voix s'était enrouée, pleine de larmes que mes yeux n'avaient pas le droit de laisser voir.

Le bruit des livres tombant sur le sol me réveilla. J'étais seul, allongé sur le lit. Le corps engourdi. Mes yeux humides me brûlaient à la lumière de la lampe.

Ainsi Maurice était parti de ma vie. Il avait utilisé le même expédient qu'Adam. Il était venu dans un rêve et était parti dans un autre rêve. Pourquoi tout devait-il partir dans la vie ? Simplement, Zézé, parce que naître, c'est partir. Partir dès la première heure.

Dès le moment où l'on respire. Et tu ne peux pas lutter contre la dure réalité de la vie.

La porte de ma chambre s'ouvrit doucement. Je sursautai à nouveau. Était-ce Maurice qui aurait oublié de me dire quelque chose ? À sa place apparut le visage brun de mon père qui me regardait, préoccupé :

— Tu es souffrant ? J'ai vu la lumière.

— Ce n'est rien. J'ai travaillé tard.

— Il est temps de t'arrêter. Il est plus d'une heure du matin.

Il me regarda attentivement.

— Tu as les yeux très rouges, congestionnés. Dans la salle de bain il y a du collyre, dans l'armoire.

— Je vais en mettre.

Il me sourit.

— Va dormir, bonne nuit.

Étrange que, pour la première fois, il vienne dans ma chambre me dire bonsoir. Et ce geste fit naître un petit soleil de reconnaissance.

8

Le voyage

Tout allait à une vitesse vertigineuse. En un tour de main, j'avais déjà terminé les derniers examens de ma cinquième année de collège. Je les avais passés en me maintenant de justesse au deuxième rang, rompant la série des places de premier obtenues les années précédentes.

En un clin d'œil je me retrouvais chez le tailleur pour essayer le costume de casimir bleu de la remise des diplômes. J'avais été honteusement battu quand on avait élu l'élève de ma promotion qui prononcerait le discours. Je n'avais eu que deux voix, la mienne et celle d'un camarade. Fiasco total.

La cérémonie aurait lieu le 23 novembre au théâtre

Carlos Gomes. C'était un événement officiel à Natal. Le gouverneur Raphaël Fernandes assisterait à la remise des diplômes. Une grande fête. Le frère Luiz faisait répéter une pièce pleine d'Indiens emplumés. Tout était parfait, jusqu'à ce qu'en pleine représentation commence la « musique ». La révolution de 1935 avait éclaté. Ce fut un vrai feu d'artifice. Le théâtre où se trouvait le gouverneur fut pris pour cible. Des fusils mitrailleurs s'acharnaient contre les murs de l'édifice. Tout le monde avait l'air de blattes affolées. Et les diplômes ? Et la fête ? Et la pièce de théâtre ? *Le Triomphe de la Croix* s'en fut à vau-l'eau. Les élèves assis en rang sur la scène partirent à la débandade. Les frères couraient, réclamant du calme et de l'ordre. Des Indiens empanachés se cognaient aux employés du théâtre qui, à leur tour, se heurtaient aux lauréats auxquels leurs familles, penchées dans les loges, faisaient des signes pour qu'ils sortent de la scène. Ce fut la chose la plus drôle que mes yeux de quinze ans aient vue jusqu'à ce jour.

Le gouverneur disparut comme par miracle. Personne ne sait comment il fit, avec le théâtre encerclé et les balles qui sifflaient.

Ce furent cinq jours de panique. Les révolutionnaires commencèrent à battre en retraite et allèrent même chercher mon père chez lui pour l'emmener et qu'il soigne les blessés. Ils ne pouvaient pas deviner que lui aussi était à la cérémonie.

La nuit, les balles pleuvaient. La caserne de la police militaire fut très endommagée. Nous nous étions réfugiés dans une maison proche du théâtre, et personne ne mettait le nez dehors. Cinq jours dans une maison barricadée. Avec cet idiot de costume de casimir bleu dans la chaleur de cette maison fermée.

Jusqu'au moment où l'on vint nous informer que les rebelles s'enfuyaient dans l'intérieur de l'État. Je reçus l'ordre de sortir en empruntant les rues les plus abritées et les moins dangereuses. Ils voulaient savoir ce qu'il était advenu de notre maison. Je trouvais ça parfait. Car je ne supportais plus de rester tapi dans ce lieu qui, charitablement, nous avait sauvé la vie.

En arrivant à la maison je constatai qu'une serrure avait été cassée et une vitre de la terrasse aussi. Et je constatai encore que c'était une journée splendide avec un soleil irrésistible. Je n'hésitai pas. Je mis mon maillot et allai nager. Me remettre de la chaleur de ces journées torrides et si préoccupantes pour tous. Nager, oui. La marée était haute. M'élancer sur les vagues immenses. Et toute la mer était à moi. Pas âme qui vive. J'oubliai tout. Je voulais profiter de la mer. Cette mer houleuse que, bientôt, j'abandonnerais. J'arrachai mon maillot et le glissai à mon cou. Je nageais librement. J'avançais dans la mer et je retournais vers la plage sur ces énormes vagues.

Quand je revins à la réalité je m'affolai. Le soleil était juste au-dessus de moi, indiquant la proximité de midi. Il fallait courir. Monter le chemin en haletant. Une douche froide, la serviette frottant énergiquement mon corps. La rue. Mes pieds avaient des ailes, car même les tramways ne marchaient pas. J'arrivai à plus d'une heure. Quand on découvrit que j'étais bien vivant, que je n'avais pas été blessé, que je n'avais pas une égratignure... Quand on découvrit mes cheveux décoiffés et mon visage doré par le soleil, le monde s'écroula. Ce fut une telle scène que je regrettai presque de ne pas avoir reçu un coup de feu en chemin.

Puis la ville reprit son rythme calme de toujours. Car jamais, dans une ville comme Natal, on ne se pressait pour quoi que ce soit. Seulement peut-être les jours de régates. Dans les compétitions de yoles. Bien sûr, tout le monde s'arrêtait un peu plus pour parler de ce qui s'était passé et de ce qui ne s'était pas passé. Des gens étaient morts. La conversation s'attristait. Mais il ne pouvait en être autrement. Une révolution sans morts, ce n'était pas une révolution.

Et tout passa. Il resta seulement dans la physionomie de la ville le témoignage des murs et des maisons sinistrées. Quelques croix nouvelles dans le cimetière. Le bruit des gros tramways jaunes emplit à nouveau les rues. Quand on se rencontrait, on changeait vite de sujet. C'était déjà une vieille histoire.

Maintenant, je dirigeais mes pas vers le collège. Je devais revoir Fayolle avant qu'il ne parte pour la retraite annuelle à Recife.

Mes pas acquéraient une nouvelle signification. Le poids des nouvelles responsabilités à venir. Le cours de ma vie qui serait bientôt modifié. Une transformation se produirait dans les prochains jours et cela me remplissait d'inquiétude et de peur, pourquoi ne pas le dire ?

Mes yeux contemplaient le paysage avec un regard d'adieu. C'était comme si je voulais apprendre tout par cœur pour me rappeler ensuite. Je marchais sur les ficus-benjamins, sur ces petites boules sur le trottoir, que j'avais toujours eu un plaisir immense à écraser, mais je marchais tristement. Là, au sommet du clocher de la cathédrale, les petits drapeaux frissonnaient au vent pour faire signe aux bateaux. Ensuite la rue du collège. Le trottoir de l'église où un jour j'avais couru vêtu d'un simple pantalon de pyjama. Le bistrot de *seu* Artur où nous prouvions notre virilité en achetant des cigarettes ou en ingurgitant à contrecœur une *batida.* La fenêtre qui donnait sur la classe de ma troisième année de collège. Il semblait que la fenêtre fermée me lançait un gloussement de poule en voyant mon état d'âme. Le clocher blanc et désaffecté de l'église. Moïse là-haut, tout mort, tout vieux, tout triste. Moïse qui ne sonna jamais la nuit pour réveiller les gens dans le calme de la nuit tiède.

L'escalier de l'entrée où nous avions pris notre dernière photo de collège.

La porte à ressorts. Le bureau. FAYOLLE.

— J'avais peur de ne pas te trouver.

— C'est pourquoi j'ai téléphoné chez toi pour t'avertir de mon départ.

Nous nous assîmes comme autrefois. Toute ma vie d'enfant était assise là. Face à Fayolle. Je savais que nous pensions à la même chose. J'avais grandi et, sur la tête de Fayolle, une tonsure récente, mais la couronne de cheveux roux laissait apparaître quelques cheveux argentés.

Nous ne savions pas comment rompre le silence.

— Alors, Chuch ?

Je soupirai tristement avant de répondre :

— Nous préparons mes papiers et, dans moins de quinze jours, je partirai vers le sud par l'*Itahité.*

Fayolle s'agita nerveusement sur sa chaise. Il pâlit un peu, chose difficile pour son visage si sanguin.

— Alors je préfère faire une chose.

Il tarda à avouer :

— Je vais demander l'autorisation d'arriver plus tard à la retraite. Je ne partirai pas tout de suite. Je veux assister à ton embarquement. Je veux voir tout, Chuch.

La vérité, c'est que la vie était cruelle et que certains moments pourraient bien nous être évités.

Il feignit la désinvolture.

— Ta vie a commencé d'une manière très compliquée.

Il faisait allusion à la cérémonie de remise des diplômes. Je ris sans entrain.

— C'est peut-être un signe que tout va être très compliqué.

Fayolle me regarda longuement dans les yeux comme il le faisait toujours quand il voulait obtenir une confession sans me questionner.

— Dis-moi la vérité, Chuch.

— Tu sais la vérité.

— Tu n'as rien décidé, n'est-ce pas ?

Je hochai la tête douloureusement.

— Je ne sais pas, je ne sais vraiment pas, Fayolle.

— Alors, ce que tu as dit à ton père ne signifie rien.

— Rien. Mais je devais inventer quelque chose pour ne pas décevoir davantage ma famille.

— Tu n'as pas même envie d'être aviateur ?

— Non. Et c'est terrible. Parce qu'ils me préparent déjà des lettres pour l'École militaire de Realengo. Mais je ne veux pas voler. Je n'ai jamais voulu. Seulement dans mes rêves.

Nous restâmes silencieux, mais je rompis la glace :

— Je dois être bon à rien, Fayolle. Justement moi qui ai une famille que je devrais aider. Il y a une chose que je ne veux pas te cacher. J'ai toujours désiré partir d'ici, j'attendais en me rongeant les ongles que ce jour arrive, et maintenant, j'ai peur. J'ai des remords de ne pas avoir été meilleur. D'avoir agi comme un petit sauvage cruel et méchant. Qui n'acceptait rien, qui refusait tout contact, qui n'a pas su s'acquitter par un minimum de bonne volonté de tout ce qu'on a fait pour lui. Oui, je ne suis bon à rien. À toi, je peux le dire. Je ne voyais que des ennemis autour de moi. Je pensais que tout ce qu'ils faisaient pour moi, c'était mal, stupide. Maintenant...

— Non, Chuch. Ce n'est pas vrai. Tu as un bon cœur et tu vas trouver ton chemin dans la vie. Oui. Dussé-je user mes genoux et les grains de mon chapelet. Tu as seulement été un enfant difficile. Mais je sais que tu franchiras tous les obstacles. Tu vas finir par te découvrir. Dieu n'aurait pas mis tant d'imagination dans une tête comme la tienne pour n'arriver à rien. Seulement pour la gaspiller, tu ne crois pas ?

Ses yeux confiants et bons me donnaient une petite dose d'espoir. Sans lui, quelle n'aurait pas été la solitude de mes jeunes années ? Jamais il ne pourrait être le père dont j'avais rêvé parce qu'il avait renoncé aux vanités du monde.

— Tu as beaucoup grandi, Chuch. Presque le plus grand parmi tous tes camarades. Et tu es fort, chaque jour plus solide. Tout ça va t'aider beaucoup dans la vie, Chuch.

— J'ai grandi parce que tu m'as convaincu de me faire opérer des amygdales. Toi et Maurice.

Je souris en hochant la tête. Fayolle tenta d'imiter mon sourire.

— Et lui ?

Nous jouions de nouveau à rêver.

— Maurice est parti. Il est parti en accomplissant tout ce qu'il avait promis. Le jour où je découvrirais l'amour...

— Et ensuite ?

— Un jour, plus tard, nous nous retrouverions, et ses dernières paroles ont été pour me dire que je l'embrasse comme un fils quel que soit l'âge que j'aurais.

Pourquoi rêver de belles choses faisait-il tant de bien ?

— Tu vas m'écrire, n'est-ce pas, Chuch ?

— Aussi souvent que je pourrai.

— Si tu avais trop de difficultés financières... tout peut arriver. Peut-être pourrais-je une fois ou l'autre t'aider un peu.

Je pris sa main pour le remercier.

— Merci, Fayolle. Mais, si Dieu le veut, ce ne sera pas nécessaire.

Je me levai, rassemblant mon courage et exhortant mon cœur : « Allons... c'est la vie. Puisqu'il faut vivre. »

Il me serra dans ses bras et ne dit presque rien. Il fit une croix sur ma poitrine.

— Va en paix, Chuch. Aime et sois heureux.

Mes derniers jours se résumèrent à peu de chose. Je continuais à fréquenter la plage et, l'après-midi, aussitôt après le déjeuner, je sortais. Je déambulais dans les rues, les places, regardant le paysage.

Je voulais graver chaque endroit dans ma mémoire. À deux reprises, je m'arrêtai près de l'église du Rosaire pour contempler mon rio Potengi. Là resterait un grand morceau de ma vie. Le fleuve qui s'élargissait dans le lointain en atteignant la barre. Les bateaux à voiles qui emmenaient et ramenaient des gens à la plage de Redinha. Les berges pleines de verdure à marée haute et cette vase grouillante de crabes et de tourteaux quand elle baissait. Les deux fois j'avais senti mes yeux se mouiller.

Il restait deux jours avant mon départ quand arriva une triste nouvelle. Après une querelle particulièrement aiguë, Isaura avait demandé son compte et était partie. Dadada aussi avait fait ses malles. J'étais triste de ne pas avoir pu lui dire au revoir. Une *sertanège* farouche, Dadada, qui prenait feu et flamme pour n'importe quoi, et au-dedans tendre comme du beurre.

La veille de mon départ, quand mes bagages furent prêts, je fis mes adieux au jardin. À tous les arbres à cajou ; au manguier d'où j'avais observé, espionné la vie de dona Severuba. Les trapèzes abandonnés dont les cordes vieillissaient. Bientôt elles pourriraient et on les jetterait. Des trapèzes sans lendemain qui emporteraient dans l'oubli tous mes rêves de m'enfuir avec un cirque et de courir le monde en exhibant l'adresse et la légèreté de Caldeu, l'homme le plus fort ; non, pas le plus fort, l'un des plus forts du monde.

Je rendis visite au vieux poulailler où je cachais les fruits que je volais aux voisins pour les manger dans l'obscurité de la nuit. J'avais ri tristement, parce que là, un jour, ç'avait été la caverne de Winnetou.

Ensuite, il restait à attendre. Attendre que la nuit vienne, que passe le dîner, l'Heure du Brésil et le chapelet. Un tour mélancolique sur le trottoir qui avait été le royaume de Dolores. M'asseoir au bout de l'esplanade et regarder la plage du Milieu faiblement éclairée là en bas. Et près de ses lumières tremblotantes, la mer qui battait contre les roches noires, pleines d'huîtres et de moules. Sur ces rochers j'avais joué, couru, cherchant les endroits sûrs où poser le pied sans danger de me couper. Je plongeais de ces rochers, affolant les baigneurs quand c'était la marée haute. De la plage du Milieu, avec deux camarades, Armando Viana et Geraldo, nous traversions jusqu'à Areia Preta, ce qui effrayait les habitants de la plage. La peur que nous faisaient les pêcheurs sur leurs jangadas : « Petits ! attention au requin, attention au squale ! » Que nous importait ? Nous pensions chacun que, si la bête apparaissait, elle attraperait d'abord le voisin. Quinze ans et beaucoup d'énergie. Quinze ans et beaucoup de paresse pour aller à pied jusqu'à Areia Preta. Combien de kilomètres d'eau et de vagues ? Allez savoir ! Mais c'était diablement long, ça oui. Là, nous nous reposions sur la plage blanche et tiède, et nous rentrions par le même chemin. C'était stupide et trop ennuyeux de marcher si loin.

Ensuite, dormir le dernier sommeil de l'enfance et attendre l'heure de l'embarquement. Un embarquement différent du premier car, lorsque j'étais venu du Sud, j'avais été malade tout le temps du voyage. Ça ne s'améliorait que lorsque le bateau s'arrêtait dans les ports. Petit enfant chétif quand j'étais arrivé, je repartais un garçon fort mais, en vérité, je mourais de peur.

L'arrivée à bord, l'odeur du bateau partout. La recherche de la cabine et mon père me disant :

— Ensuite, c'est facile. Tu prends l'escalier comme point de repère.

Nous allâmes voir comment était la salle à manger. Il faisait chaud.

— Quand le vapeur est en marche c'est une merveille. Il fait presque froid.

Tout dans la précipitation.

— Maintenant, allons prendre un rafraîchissement.

Nous bûmes sans hâte.

— Venez, la cloche sonne pour avertir les visiteurs.

Nous courûmes vers l'escalier qui menait au pont. Je dus descendre en courant parce que Fayolle était arrivé en retard et il était encore plus rouge d'avoir couru. Il s'éventait avec son grand chapeau noir.

Le navire lança son premier sifflement. Mon cœur prit peur. Personne pour me dire, comme Adam : « Du calme, Zézé, tout va bien marcher... »

Je dis adieu à tous et j'étreignis Fayolle qui tremblait. Je voulais le quitter le dernier.

Je montai sur la passerelle et mon cœur faisait trembler mes genoux.

Un nouveau sifflement. Le quai plein de gens qui faisaient des signes d'adieu. On retira la passerelle, on détacha les cordages. Le bateau-pilote était à son poste, prêt pour la manœuvre, l'*Itahité* s'éloignait du quai.

Je me blottis dans un coin pour leur dire adieu. Comment pleurer ? Je ne pouvais même pas. Si j'avais sauté, j'aurais pu encore atteindre la terre. Pourtant, je devais partir pour découvrir le monde qui s'ouvrait à mes yeux presque innocents.

À peine le navire s'était-il éloigné de cent mètres que mon père, pressé, me faisait un dernier adieu. Avec son mouchoir, il essuyait la chaleur de son visage et entraînait la famille par le bras, comme s'il trouvait qu'il était resté bien assez longtemps.

Le quai se vidait à mesure que l'*Itahité* gagnait le large et prenait le grand canal du fleuve.

Quand il fut complètement vide, il resta une silhouette noire qui me disait adieu. Une silhouette qui s'éventait avec son grand chapeau et s'épongeait le front avec ce mouchoir à carreaux qui me poursuivait dans ma tristesse. Ensuite, ça devint un point minuscule perdu dans l'ombre des grandes grues. Sans doute resterait-il collé au quai jusqu'à ce que le navire ait franchi la barre. Ce serait alors l'ultime vision gravée dans mes regrets.

Je restai là aussi, sans plus rien voir. Certainement il partirait sans hâte, mettrait son grand chapeau et chercherait un sourire de résignation. Il attendrait le tramway jaune pour rentrer au centre de la ville et aux vieilles bâtisses du collège.

Passé la barre, le navire se sépara du pilote et poussa un dernier sifflement. La ville s'éloignait, on voyait l'esplanade de Petropolis comme si elle avait été un jouet d'enfant. La cathédrale avec son grand clocher. L'église de mon collège Santo Antônio. Son clocher arrondi avec un coq qui attendait un éclair qui jamais n'avait apparu. Avec une cloche appelée Moïse, silencieuse, immobile, muette. Moïse trop sage pour faire ce carillon que ma naïveté d'enfant avait toujours espéré.

9

Mon crapaud-cururu

J'étais assis à la table du bar du musée d'Art moderne. Je buvais mon whisky lentement, vaguement absent de la conversation qui occupait la table. Parce que toujours, les gens, les artistes se réunissaient là pour bavarder librement, se raconter des choses sans conséquence, sans importance. Une manière de terminer la soirée, d'oublier la journée, les problèmes courants, galopants, qui se bousculaient dans une ville comme São Paulo qui grandissait d'une façon terrifiante et désordonnée.

Deux mains se posèrent sur mes épaules et un baiser effleura ma joue. Puis une voix sympathique me reprochait :

— Où étais-tu passé ? Tu te caches ?

C'était Maria, la fille du préfet Arruda Pereira. J'approchai une chaise pour qu'elle s'asseye. Aussitôt le garçon arriva et elle commanda son whisky préféré. Elle me regarda dans les yeux et sourit.

— Alors ? Tu écris ?

— Comme toujours.

Elle ôta ses gants. Elle les jeta négligemment sur la table.

— Tu ne peux pas t'arrêter.

— C'est bien pourquoi je ne m'arrête pas.

Après s'être informée des nouvelles de la tablée, elle annonça :

— Vous savez ce que je fais à neuf heures ? Je parie que vous ne devinerez pas.

— Assez de suspense, dis vite.

— Je vais à Radio Tupi.

Ce fut un éclat de rire. Maria avait de ces inventions.

— Tu es devenue un pilier d'auditorium ?

— Pas du tout. Je vais assister au dernier spectacle à São Paulo de Maurice Chevalier. Un spectacle exceptionnel.

Elle dit Maurice Chevalier comme si toutes les lettres eussent été majuscules. Et elles grandirent encore en résonnant dans mon cœur. Il y avait longtemps que je ne m'étais pas senti si mal à mon aise. Personne ne le remarquait, mais je me faisais tout petit, tout petit, et je me revis, enfant, bavardant avec lui. Que diable, moi, un vieux routier, faire ce retour en arrière ! Je pris une contenance en avalant une longue gorgée de whisky. Personne ne remarqua combien ma main tremblait.

— Il paraît que c'est une performance étonnante.

— C'est pourquoi j'y vais. Je l'ai manqué au théâtre, mais je profite de cette occasion à la radio.

— Tu viens, Zé ? J'ai encore une place.

— Comment ?

Malgré moi, j'avais sursauté sur ma chaise et j'avais violemment rougi.

Maria rit.

— Il n'y a pas de quoi avoir peur. Tout le monde peut assister à des spectacles à la radio. Les auditoriums sont faits pour ça.

— Ce n'est pas ça. C'est que...

— Écoute, tu ne vas pas me dire que tu as des engagements ce soir.

Je me grattai la tête, perplexe.

— Tu viens ?

Je ne pouvais pas résister à son invitation. Mais mon cœur semblait me supplier de ne pas y aller.

— Ce n'est pas possible que tu n'aimes pas Chevalier. Tu n'as jamais vu ses films ?

— J'en ai vu beaucoup.

— Et tu ne les aimes pas ?

— Beaucoup plus que tu ne penses.

— Alors ?

Je sentais mon âme oppressée quand j'acceptai.

La vérité, c'est que l'auditorium n'était pas totalement plein. D'abord on présenta un show d'artistes brésiliens. Il y avait une petite brune aux cheveux noirs et ondulés, très jolie, qui chanta une samba.

— Qui est-ce ?

— Hebe Camargo.

— Elle est très bonne, n'est-ce pas ?

Ma voix me brûlait la gorge. Je voulais dire quelque chose pour tromper mon attente, mon angoisse.

Quand on l'annonça, mon cœur me fit mal. Mais vraiment mal. Des menteurs, les gens qui disent qu'un cœur ne fait pas mal. J'avais peur de me regarder et de me retrouver avec mon pyjama rayé. Je cachais mes mains pour ne pas voir qu'elles avaient diminué, rétréci.

On applaudissait, mais je refusais de partager l'enthousiasme des autres. Seul Dieu pouvait partager la terrible tristesse qui envahissait ma poitrine. C'était bien Maurice. Pareil. Absolument pareil à mes rêves d'enfant. Peut-être un peu plus grand. Peut-être avec des cheveux plus blancs sur les tempes. Le même sourire contagieux, le même charme, la même élégance. Pourquoi étais-je venu ?

Pourquoi affronter un vieil enchantement ? Et surtout, à quoi bon ?

Quand le show prit fin, il fut si applaudi qu'il dut chanter encore deux chansons. Ensuite, il salua et se retira.

Tout le monde se leva et se dirigea vers la sortie. Mes jambes tremblaient. Je ne trouvais pas la force de me lever. Maria me prit la main.

— Tu viens ?

— Regardez, mes amis, Zé a les yeux pleins de larmes.

Je cherchai une contenance et me levai gauchement.

— Ça t'a tant ému ?

— Je ne sais pas pourquoi, mais ça m'a vraiment ému.

— Alors tu vas être encore plus ému, car il faut aller le féliciter.

— Je n'y vais pas.

— Mais si.

Elle ne lâchait pas ma main et me tirait comme un bébé.

Nous traversâmes des couloirs et nous étions devant sa loge. On nous demanda d'attendre un peu. Et la porte ne tarda pas à s'ouvrir. C'était lui, Maurice. Plus grand, oui. Les mêmes yeux clairs. L'éclairage de la loge ne permettait pas de bien distinguer s'ils étaient bleus ou châtain très clair. Ses cheveux étaient très blanchis. Et sur son visage rosé, il avait une espèce de petite cicatrice. Il paraissait assez fatigué. Mais il souriait toujours de ce sourire qui avait éclairé ma vie.

Les femmes le félicitèrent les premières. Puis, à demi mort, à nouveau enfant, je tendis ma main glacée vers la sienne :

— *Bonsoir, monsieur Chevalier*[1] .

Je ne sais pas comment ma voix avait réussi à sortir.

— *Enchanté, monsieur.*

J'essayai naïvement de laisser ma main dans la sienne. Je le regardai droit dans les yeux attendant qu'il ouvre la bouche et qu'il m'appelle comme autrefois Monptit. Mais il lâcha ma main en souriant comme il souriait à tout le monde. Cet homme ne savait pas qu'il avait été « mon père ».

Je sortis précipitamment de la loge pour essuyer mes yeux humides.

Après tout, Adam chéri, comment me disais-tu autrefois ?

« Allons réveiller le soleil. » Oui, il faut réveiller le soleil.

— Vous pouvez me laisser à l'avenue Pauliste ?

— Pourquoi ? Tu ne viens pas dîner avec nous ?

— Pour moi, il est trop tard pour dîner.

---

1. En français dans le texte. *(N.d.T.)*

Maria me dit gentiment :

— Quel homme étrange tu es ! Tu assistes à un spectacle très gai et tu en sors déprimé.

Je cherchai un faux-fuyant :

— Ce n'est pas le spectacle. J'étais déjà déprimé avant. Je vais marcher un peu. Ça passera.

— Dans cette brume ?

— J'aime ça. Aujourd'hui, avec tous ces édifices qui trouent le ciel de São Paulo, il est si rare de voir de la brume. Il faut en profiter.

Ils s'arrêtèrent pour me laisser descendre. J'embrassai Maria.

— Tu me téléphones ?

— D'accord. Ciao.

La voiture disparut au milieu des autres et je me mis à marcher dans l'avenue. Tout se transformait. Les belles demeures traditionnelles disparaissaient. Elles étaient abattues pour faire place à de nouveaux gratte-ciel qui viendraient à leur tour disperser les dernières brumes.

Les trottoirs étaient presque vides. C'était bien, parce que ça me permettait de parler seul avec ma déception. De dialoguer avec ma petite douleur.

— C'est comme ça, Adam. Combien d'années ont passé ?

Je n'avais pas besoin de fermer les yeux pour voir Adam partir avec sa petite valise. Il allait si loin. Vers le pays des regrets. As-tu été heureux, Adam ? C'est quoi, être heureux ? Qui sait ? Le bonheur, c'est comme le temps : il est immobile et les gens passent. Ils passent. Ils passent. Tu voulais une nuit pleine d'étoiles, Adam. Dormir dans le disque de la lune réfléchie dans la rivière. Ma nuit n'a rien de tout ça, n'est-ce pas ? Seulement cette brume légère qui pique le nez et poisse les cheveux.

Qui sait si tu n'as pas trouvé une crapaude de ton âge ? Avec de petites tresses blondes et une petite toque blanche sur la tête ?

Je marchai seul sur le trottoir. Mon cœur sursautait quand il entendait des pas, de rares pas qui passaient, pressés, près de moi. Qui sait si Maurice n'apparaîtrait pas aussi et, me prenant par le bras, me dirait : « Tu sais, Monptit, je ne pouvais pas te reconnaître devant les autres... »

Des bêtises, n'est-ce pas, Adam ? Nous sommes deux hommes sans rêves. Lui, plus vieux. Moi avec mes quasi quarante ans. Quelle bêtise ! C'est Maurice lui-même qui m'a dit qu'il partirait lorsque j'aurais découvert l'amour. C'est quoi, l'amour, Adam ? L'amour, beaucoup d'amours qui passent. L'amour de Paula qui vieillit et ne l'accepte pas...

— Marchons encore un peu, Zézé.

C'est moi qui me parle à moi-même. Toi aussi tu m'as annoncé que tu ne reviendrais jamais plus. Seulement dans mes regrets. Pourtant, je sais que tu ne te fâcheras pas si je tente de bavarder avec toi dans ma solitude.

— *Bonsoir, monsieur Chevalier.*

— *Enchanté, monsieur.*

Je suis à nouveau un enfant. Un enfant qui rêve. Un enfant seul. Pourquoi grandir ? Je ne veux pas. Je n'ai jamais voulu. Mais le temps s'est arrêté et moi j'ai continué. En vérité, personne ne peut savoir la capacité de douleur des gens. Seul notre propre cœur. Et à quoi bon ?

Une voix me parvient de je ne sais où, qui tente de calmer mon angoisse :

— Chuch... Chuch...

— Ah ! je sais ! C'est toi. Paul Louis Fayolle.

Je passe la main sur mon visage pour ne pas revoir la silhouette qui disparaît, tout en noir dans sa soutane, me faisant des signes d'adieu avec son mouchoir à carreaux. Et le navire qui s'éloigne, qui gagne la barre pour prendre la mer.

Mais ce n'est pas le navire qui siffle, Adam. Je suis encore plus petit. C'est un train. Un train assassin qui a tué mon Portugâ. Qui a coupé les illusions de mon pied d'oranges douces. Devenu grand, j'ai pris souvent ce train, Adam. Personne ne savait que toujours ses roues remâchaient ma tristesse et l'absence des absents. Je ne racontai pas mon secret à mes frères. Je ne le raconte jamais. Je dois l'engloutir avec mon désespoir.

— Chuch... Chuch...

Il y a peu de temps, Adam, j'ai été dans le Nord, à Natal. J'ai été voir ma famille. De là, j'ai écrit une lettre à Fayolle. Il m'a répondu quatre lignes. Qu'il était très malade, à Fortaleza. Je n'ai pas hésité, Adam. J'ai fait un voyage affreux, en autocar. Je l'ai trouvé toujours rouge. Ses cheveux avaient perdu cette couleur de feu et étaient presque blancs. Il parlait avec difficulté. Il était très essoufflé. Tu sais comment il est, Adam ? Comme une bougie, à la fin, avec une petite flamme vacillante au moindre souffle de vent.

— Quelle courte lettre, Fayolle !

— Ah ! Chuch. Si tu savais combien ça m'a fatigué de l'écrire !

Il me regardait. Et je n'avais pas grandi. J'étais toujours Chuch. Pourquoi ne pas le laisser avec cette illusion ?

Un de ces jours, Adam, je vais recevoir la nouvelle qu'il est parti. Aujourd'hui, à mon âge, je crois fermement qu'il s'envolera au ciel avec ses ailes d'ange. Un ange qui vole en battant des ailes comme les oiseaux ou comme les papillons.

À quoi bon, Adam ? Tu m'entends ? Parle, Adam. Apprends-moi de nouveau à réveiller le soleil. À accepter de devoir continuer, avancer, passer. C'est difficile d'avancer et de réveiller le soleil, n'est-ce pas, Adam ?

Je t'en prie, je te le demande pour la dernière fois,

réponds-moi : comment les grandes personnes peuvent-elles réveiller le soleil ? Seulement cette fois.

Comme je n'entendais pas de réponse, je sifflotai, puis je me mis à chanter pour la brume :

Un crapaud-cururu
Au bord de la rivière.
Quand le crapaud chante,
Fillette,
Il dit qu'il a froid...

C'est bon, Adam. Les grandes personnes ne savent pas réveiller le soleil. Il se peut alors que la bonté de Dieu, demain, fasse le soleil se lever de lui-même. Comme il l'a fait pour toute l'éternité immobile.

Ça n'a pas d'importance, je vais continuer à chanter pour moi, parce que, heureusement, je sais encore ce que signifie le mot regret :

Un crapaud-cururu
Au bord de la rivière.
Quand le crapaud chante,
Fillette,
Il dit qu'il a froid...
Il dit qu'il a froid...
Il dit qu'il a froid...
Il dit qu'il a froid...

José Mauro de Vasconcelos

José Mauro de Vasconcelos est né à Rio de Janeiro en 1920. Il est d'origine indienne et portugaise. Auteur d'une quinzaine de récits et de romans, il est très populaire au Brésil. *Mon bel oranger,* directement inspiré de son enfance difficile, est son livre le plus célèbre. Il est mort en 1984.

TABLE

PREMIÈRE PARTIE

MAURICE ET MOI

DEUXIÈME PARTIE

L'HEURE DU DIABLE

TROISIÈME PARTIE

MON CRAPAUD-CURURU

TITRES PARUS DANS LA COLLECTION
Mon bel oranger
CRÉÉE PAR ANDRÉ BAY ET DIRIGÉE PAR MARIE-PIERRE BAY

KATHERINE AYRES
Esclaves en fuite

MEG CABOT
Journal d'une princesse

DANIELA CARMI
Samir et Jonathan

FORREST CARTER
Petit Arbre

JEROME CHARYN
Une petite histoire de guerre

BERLIE DOHERTY
L'enfant des rues

LINDA DURRANT
Faucon blanc
Ma vie chez les Indiens

ALLAN W. ECKERT
La rencontre

LILLIAN EIGE
J'ai kidnappé Mister Huey

ALANE FERGUSON
Secrets

JAMES HENEGHAN
Les passagers de la dernière chance

ANNE HOLM
David, c'est moi

JULIE JOHNSTON
Sara la farouche

CAROLE MATAS
Lisa
Une lumière dans la nuit

BEN MIKAELSEN
Ils n'auront pas mon ours !

BARBARA O'CONNOR
Beethoven au paradis
Rupert Goody et moi

URI ORLEV
Une île, rue des Oiseaux

KATHERINE PATERSON
L'histoire de Jip

WILSON RAWLS
L'enfant qui chassait la nuit

PATRICK RAYMOND
Daniel et Esther

WENDY ROBERTSON
Pour venger mon copain

ISAAC BASHEVIS SINGER
Un jour de plaisir

ELIZABETH GEORGE SPEARE
Le signe du castor

MARC TALBERT
Le pèlerinage de Chimayo

SUE TOWNSEND
Journal secret d'Adrien, 13 ans 3/4

JOSÉ MAURO DE VASCONCELOS
Allons réveiller le soleil

RUTH WHITE
Le fils de Belle Prater

PATRICIA WILLIS
Danger sur le fleuve

KATHRYN WINTER
Katarina, l'enfant cachée

Composition JOUVE - 53100 Mayenne
N° 3014521
Imprimé en Italie par G. Canale & C. S.p.A. - Borgaro T.se (Turin)
août 2005 - Dépôt éditeur n° 61964
32.10.1968.0/04 - ISBN : 2.01.321968.7
Loi n° 49-956 du 16 juillet 1949 sur les publications destinées à la jeunesse
Dépôt légal : août 2005